Rebecca Wait · Das Vermächtnis unsrer Väter

REBECCA WAIT

Das Vermächtnis unsrer Väter

ROMAN

Aus dem Englischen von
Jenny Merling

KEIN & ABER

Ebenfalls von Rebecca Wait:
Kopfüber zurück

Die Originalausgabe erscheint 2020 unter dem Titel *Our Fathers* bei
riverrun, an imprint of Quercus Editions Limited, London

Deutsche Erstausgabe

Coverbild: Scottish Viewpoint
Satz: Dörlemann Satz, Lemförde
Druck und Bindung: CPI books GmbH, Leck
ISBN 978-3-0369-5808-8
Auch als eBook erhältlich

www.keinundaber.ch

Unsre Väter haben gesündigt
und leben nicht mehr, wir aber
müssen ihre Schuld tragen.

KLAGELIEDER 5,7

Hätte Katrina überlebt, hätte sie hinterher gesagt, was Menschen in solchen Fällen immer sagen: dass es ein Tag gewesen sei wie jeder andere. Alles ganz normal. Vielleicht hätte sie auch gesagt, wie seltsam es doch war, dass man Normalität immer erst wahrnahm, wenn sie nicht mehr da war, dass es in ihrer Natur lag, unsichtbar zu sein.

Es war März und der Himmel ausgeblichen wie das angeschwemmte Treibholz draußen am Strand. Sie hatte die Jungs losgeschickt, das Holz einzusammeln, damit sie es trocknen und als Feuerholz verwenden konnten, denn manchmal bekam man das Haus nur schwer warm. Der Frühling kam sehr spät nach Litta, und Tage wie heute, eiskalt und farblos, gab es häufig. Hin und wieder setzte ihr die Abgeschiedenheit dieses Orts wirklich zu. Selbst an klaren Tagen konnte man das Festland nicht sehen, das sich dreißig Meilen östlich von der Insel befand. Im Westen erstreckte sich der Atlantik, nichts außer einem Leuchtturm zwischen hier und Kanada. Nach ihrem Umzug hatte Katrina sich anfangs genauso gedämpft gefühlt wie diese Landschaft während der endlosen Winter. Aber

John meinte immer, sie würde sich schon noch daran gewöhnen, und das hatte sie wohl auch.

An jenem Dienstag im März war das Meer seit dem frühen Morgen aufgewühlt gewesen, warf sich immer wieder gegen die Felsen, spuckte Schaum empor, zog sich zurück, sammelte Kraft und stürmte wieder vorwärts. Der Wind wehte kräftig, drückte das Gras auf dem Machair flach und rüttelte an den Schafen. Im Laufe des Nachmittags würde der Wind noch zunehmen, aber auf der Insel musste einem schon das Haus um die Ohren fliegen, bevor man das Wort »Sturm« in den Mund nahm.

Die Jungs spielten nach der Schule draußen vor dem Haus. Beth saß in ihrem Laufgitter und war vorerst mit Joe Bear und ihrem Stoffbuch beschäftigt, sodass Katrina Gelegenheit hatte, sich um die Hausarbeit zu kümmern. Sie hatte die Scheuerleisten abgestaubt, weil Johns Bruder und dessen Frau am nächsten Abend zum Essen kommen wollten. Katrina achtete sehr auf Sauberkeit im Haus, aber die Scheuerleisten fielen ihr erst auf, wenn sie mit kritischem Blick durch die einzelnen Räume ging und versuchte, sie mit den Augen eines Gasts zu sehen. Man hätte meinen können, dass John es ein wenig lockerer nahm, wenn Familie zu Besuch kam, aber nein, es war ihm sehr wichtig, dass alles perfekt war für Malcolm und Heather.

Er hatte an diesem Tag zu Hause gearbeitet und war fast die gesamte Zeit in seinem Arbeitszimmer gewesen. Nur gegen elf Uhr war er herausgekommen, um sich wortlos einen Kaffee zu machen, und dann noch mal um eins, um sich das Sandwich zu holen, das Katrina für ihn bereitgestellt hatte. Nach dem Aufwachen hatte sie vom ersten

Moment an gewusst, dass sie ihn heute auf keinen Fall stören durfte. Ob es tatsächlich ein schlechter Tag war, konnte sie jedoch noch nicht mit Gewissheit sagen.

Sie wischte also über die Scheuerleisten im Wohnzimmer, staubte mit demselben feuchten Lappen das Klavier und die Fensterbretter ab und ging dann mit dem Staubwedel abermals in die Ecken an der Decke. Sie musste dreimal hintereinander niesen, legte den Staubwedel beiseite und kniete sich neben das Laufgitter.

»Na, Mäuschen?«

Beth ließ Joe Bear los und streckte die kleinen pummeligen Arme nach den Ohrringen ihrer Mutter aus, lange Perlenhänger, die Katrina vor ein paar Jahren von John geschenkt bekommen hatte und nicht sonderlich mochte. Schnell nahm sie sie ab. Sie fing an, ihre Tochter zu kitzeln, die daraufhin sofort entzückt, wenn auch fast noch zahnlos grinste, und in ihr typisches, überraschend kratziges Lachen ausbrach, das wiederum Katrina zum Lachen brachte.

»Spielst du schön, ja?«

»Ba-rat«, antwortete Beth, ein relativ neues Wort von ihr, von dem Katrina noch nicht herausgefunden hatte, was es heißen sollte. »Mama«, fügte Beth noch hinzu und lächelte so strahlend, dass ihre Augen dabei zugingen, als wollte sie alle Gesichtsmuskeln gleichzeitig trainieren.

»Genau, mein Schatz«, stimmte Katrina zu, hob das Mädchen aus dem Laufgitter und seufzte glücklich beim vertrauten Gefühl der Tochter auf ihrem Arm.

Nicky und Tommy entfernten sich wegen des Winds nicht weit vom Haus. In etwa einer Stunde würde die Sonne untergehen. Hier draußen blieb es nie lange hell. Bald würde ihre Mum sie bitten, auf Beth aufzupassen, während sie das Abendbrot machte, also mussten sie die verbleibende Zeit nutzen. Tommy hatte die kalten Hände in den Jackentaschen und dachte bei sich, dass er heute viel lieber drinnen geblieben wäre, aber Nicky hatte ihn nach dem Nachmittagssnack mit einem altklugen »Wir dürfen nicht so laut sein« nach draußen gescheucht. Das hatte ihn genervt, auch wenn Nicky recht hatte. Der dachte immer, er wüsste alles besser, weil er zehn war und Tommy erst acht, und Tommy konnte es nicht ausstehen, wenn Nicky wie ein Erwachsener redete und so tat, als hätte er sich das alles selbst ausgedacht.

Beide besaßen ein ausgeprägtes Gespür für die Stimmung im Haus und wussten genau, wann sie den Erwachsenen besser aus dem Weg gehen sollten.

Tommy wollte Wikinger spielen, weil sie das gerade in der Schule durchnahmen und er die Wikinger mochte, auch wenn Nicky meinte, sie wären ihre Feinde. Aber sie waren so mutig und angriffslustig und reisten unglaublich weit. Er selbst war noch nie richtig weit weg gewesen, nur manchmal nahm ihn seine Mutter mit zum Einkaufen nach Oban. Ansonsten war er im Urlaub in Loch Lomond gewesen, das zählte nicht. Nicht mal in Glasgow oder London oder irgendwo, wo man mit dem Flugzeug hinfliegen musste. Er kannte eigentlich auch niemanden, der schon an irgendeinem interessanten Ort gewesen war. Bis auf Angus, der einzige andere Junge an der Schule außer

Nicky und ihm (obwohl die Wilson-Zwillinge eigentlich auch sehr jungenhaft waren). Der war letzten Sommer mit seinen Großeltern aus Dumfries in Portugal gewesen und redete seitdem ununterbrochen davon, wie warm und hell es dort war. Als Nicky ihn bat, doch endlich die Klappe zu halten, hatte er sie beide nur mitleidig angesehen und gemeint, wenn sie Glück hätten, könnten sie vielleicht auch eines Tages dorthin. Tommy war so wütend darüber geworden, dass jemand es wagte, in solch einem Ton mit Nicky zu reden, erst recht jemand, der zwei Jahre jünger war, dass er Angus gegen den Arm boxte. Angus weinte daraufhin sofort los, obwohl es gar nicht so schlimm gewesen war, und Tommy musste sich entschuldigen und durfte in der großen Pause nicht raus zum Spielen. Trotzdem war er zufrieden, das Mächtegleichgewicht wiederhergestellt zu haben. Auch wenn er sich hatte entschuldigen müssen – Angus hatte geweint. Er dachte, Nicky würde sich nach der Schule bei ihm bedanken, aber der sagte nur: »Man darf andere nicht hauen.« Und wieder war Tommy genervt gewesen, weil Nicky sich als Erwachsener aufgespielt hatte.

Als er nun schüchtern vorschlug, Wikinger zu spielen, lehnte Nicky ab. Er meinte, zu zweit würde das nicht gehen, dafür wären sie zu wenig. Was keinen Sinn ergab, weil sie sonst immer alles zu zweit spielten, außer Angus oder die Zwillinge waren zufällig dabei. Man konnte eigentlich alles zu zweit spielen, man dachte sich die anderen Figuren einfach dazu, oder jeder spielte mehrere. Ab und zu holten sie auch Beth dazu, doch die war selten nützlich. Entweder saß sie auf dem Boden und steckte sich alles in den Mund, was sie fand, oder sie kam auf die Beine und versuchte wegzutappen, sodass die Jungs das Spiel unterbrechen und sie wieder einfangen mussten.

»Was willst du denn dann spielen?«, fragte er und gab sich dabei Mühe, enttäuscht genug zu klingen, dass Nicky es merkte, aber auch nicht so enttäuscht, dass er ihn als Baby bezeichnete.

»Star Wars.«

Das spielten sie oft, obwohl Tommy nicht sicher war, ob Nicky es selbst überhaupt mochte. Sie behaupteten beide voreinander, große *Star Wars*-Fans zu sein, da ihr Dad die Filme liebte. Er besaß alle Filme auf Video und hatte sie sich gemeinsam mit ihnen angesehen, sich dabei zwischen sie auf die Couch gesetzt und den Arm um beide gelegt. Tommy fand die Filme langweilig und verwirrend. Er hatte versucht, sie ernst zu nehmen, aber sie kamen ihm einfach zu unmodern und albern vor. Das würde er seinem Vater gegenüber jedoch nie zugeben, denn der bekam immer gute Laune, wenn er die Filme mit seinen Söhnen sah. »*Star Wars* hat mein Leben verändert«, hatte er mal zu ihnen gesagt. »Ich hab dadurch verstanden, dass es außerhalb dieser Insel noch eine große weite Welt gibt. Und als eure Mum meinte, dass sie *Star Wars* mag, wusste ich: Die ist die Richtige für mich. Die meisten Frauen verstehen die Filme nämlich nicht.«

Jung, wie er war, kam Tommy damals dennoch der Gedanke, seine Mutter könnte auch nur so getan haben.

»Ich bin Luke Skywalker, und du kannst Darth Vader sein«, sagte Nicky jetzt.

Tommy stellte sich auf den unvermeidlichen Streit ein.

»Ich will nicht Darth Vader sein. Ich bin immer Darth Vader!«

»Musst du aber, sonst funktioniert es nicht.«

»Ich will Han Solo sein.«

Nicky schüttelte nur fassungslos den Kopf. »Du kannst nicht Han Solo sein und mit Luke Skywalker kämpfen. Das ergibt gar keinen Sinn.«

»Dann sei du doch Darth Vader.«

Sein Bruder bedachte ihn mit einem geduldigen Blick. »So funktioniert das Spiel nun mal nicht, Tommy.«

Eigentlich wollte Tommy schon seit einer Weile nicht mehr Tommy genannt werden. Die letzten Monate hatte er alles in seiner Macht Stehende getan, dass man ihn Tom nannte, das klang älter. Wenn er ehrlich war, fühlte er sich innerlich jedoch immer noch wie ein Tommy. Er hatte bereits verstanden, dass die Identität eines Menschen von den Mitmenschen bestimmt wurde, nicht von einem selbst.

»Ich will Luke Skywalker sein«, beharrte er.

»Geht nun mal nicht.« Nicky dachte kurz nach. »Pass auf, wenn du unbedingt willst, kannst du einer von den Sturmtruppen sein«, sagte er schließlich gönnerhaft.

»Will ich aber nicht.«

»Okay, dann bin ich zuerst Luke Skywalker, und nachher tauschen wir, dann bist du Han Solo und ich einer von den Sturmtruppen. Das ist fair.«

Tommy überlegte kurz. Ja, es klang fair, das war ja meistens so bei Nicky, doch er hatte die Befürchtung, dass er sie erst kurz vor dem Abendbrot tauschen lassen würde und dann kaum noch Zeit blieb, Han Solo zu sein.

Andererseits hatte es auch keinen Sinn, weiter mit seinem Bruder zu diskutieren, das wusste er. Er gewann eh nie gegen ihn.

»Na gut.«

Sie suchten eine Weile nach den Stöcken, die sie immer als Lichtschwerter benutzten, und fanden sie ein ganzes Stück vom Haus entfernt, wo sie sie wohl beim letzten Mal liegengelassen hatten.

Tommy hielt sein Lichtschwert hoch und schwang es mehrmals durch die Luft. Er mochte das Gefühl der Waffe in seiner Hand, dieses Gefühl von Macht und Selbstbewusstsein. Irgendwann würde er so mutig sein wie Han Solo oder die Wikinger. Er beschloss, heimlich so zu tun, als wäre er selbst Han Solo und Nicky Darth Vader, und war höchst zufrieden mit seiner Idee.

Fiona McKenzie war einen Tag zuvor vierzig geworden, und diese Tatsache setzte ihr überraschend stark zu. Auf dem Weg zu den Mülltonnen oben an der Straße kam sie an Tommy und Nicky vorbei, die Stöcke schwangen. Was die beiden wohl gerade spielten? Bestimmt Piraten. Sie winkte ihnen zu, und sie winkten zurück. Tommy bemerkte sie erst gar nicht, Nicky musste ihm einen kleinen Schubs geben. Sehr liebe Jungs, dachte Fiona bei sich, das musste man Katrina lassen, und sie waren richtige Inselburschen. Die beiden widmeten sich wieder ihrem Spiel. In dem Moment trat Katrina mit Beth auf dem Arm aus dem Haus. Ihr winkte Fiona nicht, sie ging einfach weiter. Katrina hatte sie auch gar nicht gesehen, sie übergab das Baby gerade Nicky. Ihre wunderschönen roten Haare trug sie offen, aber auch die würden früher oder später grau werden, sagte Fiona sich und wechselte die Hand, in der sie den schweren Müllsack hielt. Vor dem Ergrauen war niemand gefeit, und so viel jünger als sie selbst war Katrina nicht. Obwohl sie sich die Haare natürlich färben könnte, wenn es so weit war. Doch das passte nicht zu ihr, entschied Fiona und lief weiter.

Was es heute wohl bei den Bairds zum Abendbrot gab? Solche Sachen interessierten sie. Bei ihr und Gavin würde es die Reste des überbackenen Hähnchenfilets von gestern Abend geben, das sie für das gemeinsame Essen mit Kathy und Ed zubereitet hatte. Ihr war der Auflauf zu flüssig erschienen, aber die anderen hatten ihn anscheinend gemocht. Gavin hatte sich sogar nachgenommen, sich dabei nur leider das Kinn bekleckert und es erst nach dem Dessert bemerkt. Während des ganzen Essens hatte sie erfolglos versucht, seinen Blick einzufangen.

Ihre Mum war wieder reingegangen, und Nicky und Tommy saßen zusammen mit der dick eingemummelten Beth auf einer Decke neben dem Haus.

»Jetzt sind wir richtig aufgeschmissen«, stöhnte Tommy. Das hatte er einen Mann im Fernsehen sagen hören, und es hatte ihm gut gefallen.

»Ist doch egal«, erwiderte Nicky. »Wir können trotzdem weiterspielen.«

Sie versuchten es eine Weile, aber mit der kleinen Schwester daneben, die die ganze Zeit vor sich hin lallte und lachte, ließ sich die Illusion eines ernsthaften Kampfes einfach nicht aufrechterhalten.

Nicky ließ sein Lichtschwert sinken. »Vielleicht kann sie ja mitspielen?«

»Wie denn?«

»Sie könnte Yoda sein.«

Darauf mussten beide minutenlang aus vollem Halse lachen. Tommy schaute immerzu Nicky an, ob der noch lachte, und fing dann selbst wieder an, damit der schöne Moment mit seinem Bruder nicht zu schnell zu Ende war. Schließlich hörte Nicky auf. »Wir dürfen nicht so laut sein!«

»Stimmt, wir dürfen Dad nicht stören«, pflichtete Tommy ihm bei, bevor Nicky es selbst sagen konnte.

Beth hatte sich unterdessen hochgestemmt und war losgestapft, wobei sie die Hauswand immer wieder liebevoll tätschelte, als wäre diese ein Hund oder ein Pony. Dann drehte sie sich zu ihren Brüdern um und lief mit ausgestreckten Armen und ihrem typischen Beth-Grinsen auf sie zu.

Tommy wusste, dass sie hinfallen würde, bevor es passierte. Sie hatte zu viel Schwung in der Drehung, ihre kleinen unsicheren Schritte waren dem noch nicht gewachsen. Nicky und er waren nicht schnell genug bei ihr, sie fiel geradewegs nach vorn auf den Kies. Steinchen stoben auf. Einen Moment waren die beiden Jungs wie erstarrt und warteten darauf, dass Beth verstand, was geschehen war, und anfing zu weinen. Nicky half ihr schnell hoch und stellte sie auf die Füße, in der Hoffnung, sie vielleicht ablenken und ein Weinen verhindern zu können. Es nützte nichts, die Verwirrung auf Beths Gesicht wich Unglück und Rotz, und schon stieß sie das langgezogene Heulen aus, das die Brüder bestens kannten.

»Ist doch nichts passiert, Lizzy-Lizzard«, beruhigte Nicky sie und klopfte ihr den Schmutz ab. »Hat doch gar nicht wehgetan.« Er pustete auf ihr Knie und gab ihr einen Kuss darauf. »Guck, schon wieder gut.«

»Ich glaub, sie ist auf den Ellenbogen gefallen«, sagte Tommy.

»Soll ich da auch pusten?«, bot Nicky an. »Ist doch alles wieder gut.«

Beth weinte weiter, ihr Gesicht war mittlerweile ganz rot. Manchmal sah sie aus wie ein Alien, wenn sie weinte, ging es Tommy durch den Kopf.

»Ich würde sagen, wir bringen sie rein«, sagte er.

»Ach, das geht schon«, widersprach Nicky, hob Beth hoch und schüttelte sie ein bisschen, was Tommy nicht unbedingt hilfreich erschien.

»Nein, lass sie uns lieber reinbringen«, wiederholte er. Er wusste nicht genau, ob es ihm wirklich um Beth ging oder ob er sie nur loswerden wollte.

»Sie ist doch viel zu laut für Dad«, sagte Nicky. »Wir müssen warten, bis sie nicht mehr weint.«

»Soll ich dir Joe Bear holen?«, fragte Tommy sie, damit nicht wieder nur Nicky der Bestimmer war. Aber Beth heulte weiter.

Nicky schwang sie hin und her. Beth war kurz still, dann fing sie wieder an, aber es klang schon nicht mehr so überzeugt.

Nicky schwang sie erneut. »Na, magst du das?«

Ihr Weinen ließ nach, bis es schließlich ganz verebbte.

Sie hielt sich an Nickys Jackenkragen fest und knetete ihn mit einem unschlüssigen Ausdruck in den Fingern. Tommy sah ihr an, dass sie überlegte, ob sie noch mal anfangen sollte. Er zog den Reißverschluss ihrer Jacke auf und kitzelte sie, sofort war ihr komisches tiefes Beth-Lachen zu hören.

Nicky setzte sie ab und wischte ihr mit dem Saum seines T-Shirts die Tränen weg. »Das mit dem Laufen lernst du schon noch«, sagte er liebevoll. »Eben langsamer laufen du musst«, fügte er mit Yoda-Stimme hinzu, woraufhin Tommy loslachte, was Beth ebenfalls zum Kichern brachte, und so lachten sie alle drei.

Als Fiona von den Mülltonnen zurückkam, fiel ihr auf, dass es bereits dunkel wurde. Katrina holte gerade die Kinder ins Haus. Die vier wurden von der Lampe über der Hintertür beschienen, während Fiona in der beginnenden Dunkelheit unsichtbar war.

Sie kramte in der Jackentasche nach der kleinen Taschenlampe, von der sie sicher war, sie vorhin eingesteckt zu haben. Die Kinder waren wirklich sehr süß und die Jungs ausgesprochen höflich. Als Fiona einmal bei Katrina vorbeigeschaut hatte, diese jedoch gerade gemeinsam mit Beth Mittagsschlaf machte, bot Nicky ihr eine Tasse Tee an wie ein Erwachsener, und Tommy brachte einen Teller mit Keksen herein, die in einem perfekten Kreis angeordnet waren. Der Tee war so dünn, dass er wie heißes Wasser schmeckte. Aber sie hatten sich solche Mühe gegeben, gute Gastgeber zu sein, weil sie ihre Mutter nicht stören wollten. Fiona musste an ihren eigenen

Sohn denken. Stuart schien jeden Tag verschlossener und ablehnender gegenüber seinen Eltern zu werden. Er ging jetzt auf die Oban Highschool und blieb die Woche über auf dem Festland. Manchmal war Fiona dankbar für seine Abwesenheit und bekam dann sofort ein schlechtes Gewissen. Sie hatte gehofft, er hätte ihr vielleicht etwas zum Geburtstag dagelassen, eine Karte oder sogar ein kleines Geschenk, aber als sie gestern unauffällig im Haus danach gesucht hatte, hatte sie nichts finden können und sich hinterher dumm gefühlt. Als sie ihn abends wie immer anrief, erwähnte er ihren Geburtstag mit keiner Silbe, bis sie es selbst ansprach. Daraufhin gratulierte er ihr und fragte desinteressiert, als wäre sie eine entfernte ältere Verwandte, ob sie einen schönen Tag gehabt hätte. Nach dem Anruf war sie stinksauer. Nicht auf ihren Sohn, sondern auf ihren Mann, der sich darum hätte kümmern müssen. Wenn Gavin Geburtstag hatte, sorgte sie immer dafür, dass Stuart wenigstens eine Karte für ihn schrieb. Männer waren bei so etwas nicht so sensibel wie Frauen. Wie sich Katrinas Söhne wohl entwickeln würden? Würden die beiden auch über Nacht plötzlich mürrisch und feindselig sein? Früher hatte Stuart auf dem Nachhauseweg von der Schule oft Blumen für sie gepflückt.

Fiona zog triumphierend die Taschenlampe aus der Innentasche. Katrina und die Kinder verschwanden im Haus. Nicky war der Letzte und legte zwei lange Stöcke sorgsam neben der Tür ab, wahrscheinlich damit Tommy und er am nächsten Tag weiterspielen könnten. Die Tür schloss sich hinter ihnen, und das Außenlicht wurde gelöscht. Fiona stellte sich vor, wie die Familie Baird jetzt in ihrem hellen, warmen Zuhause beisammensaß. Hoffentlich hatte Gavin daran gedacht, das Terrassenlicht für sie anzulassen. Oft vergaß er das. Der Wind nahm zu, es würde eine fast stürmische Nacht werden.

Als sie später von der Polizei befragt wurde, gab Fiona an, sie wäre das erste Mal gegen 17:35 Uhr am Haus der Bairds vorbeigegangen und das zweite Mal gegen 18 Uhr. Zwar hatte sie zu diesem Zeitpunkt nicht auf die Uhr gesehen, jedoch einen Blick auf ihre Küchenuhr geworfen, nachdem sie zu Hause angekommen war, und da war es 18:20 Uhr gewesen. Vom Haus der Bairds bis zu ihrem brauchte man etwa eine Viertelstunde zu Fuß. Fionas Aussage war wichtig. Sie war die Letzte, die die Familie lebend gesehen hatte.

Als Nicky und Tommy am nächsten Tag nicht in der Schule erschienen, rief ihre Lehrerin bei Katrina an. Niemand ging ans Telefon. Im Laufe des Vormittags versuchte sie es noch mehrmals, erreichte aber weiterhin niemanden. Aileen Brown war die einzige Lehrerin der fünf Schüler, die zu jeder Zeit vor Ort war, sie konnte deshalb niemanden fragen, was zu tun sei, und wurde immer besorgter. Es passte überhaupt nicht zu Katrina Baird, die Jungs nicht zur Schule zu schicken, ohne Bescheid zu sagen.

In der letzten Stunde vor der Mittagspause, während Angus und die Wilson-Zwillinge mit ihren Wikingermodellschiffen beschäftigt waren, kramte Aileen die Nummer der Firma in Oban heraus, wo John in der Buchhaltung angestellt war. Die Sekretärin antwortete verwundert, John würde schon eine ganze Weile nicht mehr dort arbeiten.

Nach dem Mittag machte sich Aileen schließlich so große Sorgen, dass sie ihren Mann in dessen Praxis anrief und bat, kurz zum Haus der Bairds zu fahren, um nach dem Rechten zu sehen. Greg Brown fand zwar, seine Frau würde ein wenig überreagieren, wusste aber, dass sie der Gedanke jetzt nicht mehr loslassen würde. Außerdem hatte er heute, obwohl er der einzige Arzt auf der Insel war, keine Patienten mehr (was gar nicht so selten vorkam) und machte sich deshalb auf den Weg. Etwa zwanzig Minuten mit dem Auto waren es zur anderen Seite. Er kam kurz nach vierzehn Uhr an.

Später, nachdem er den anfänglichen Schock halbwegs überwunden hatte, saß er gemeinsam mit zwei Polizisten im Haus der McKenzies und versuchte, möglichst genau wiederzugeben, was er bei den Bairds vorgefunden hatte. Manche Dinge waren jedoch unaussprechlich, und er brachte sie auch nicht über die Lippen, nachdem Aileen, die sich mit fassungslosem Gesicht neben ihn gesetzt hatte, seine Hand nahm.

Auf sein Klingeln hatte niemand reagiert, also hatte er ein paar Minuten gewartet und es dann noch mal versucht. Es regte sich weiterhin nichts im Haus. Vielleicht war die Klingel kaputt, dachte sich Greg, und er klopfte an der Tür. Nichts. Er kam zu dem Schluss, dass die Familie außer Haus war. Damit Aileen ihm aber nicht vorwerfen konnte, er hätte nicht alles versucht, ging er um das Haus herum zur Hintertür, um es dort ein letztes Mal zu versuchen. Dabei fiel sein Blick in das Küchenfenster. Zunächst verarbeitete sein Gehirn gar nicht, was er sah. Die renovieren wohl gerade, ging es ihm durch den Kopf (ein so absurder Gedanke, dass er ihn später für sich behielt), aber warum streichen sie die Wände ausgerechnet rot?

Mit einem Schlag wurde ihm eiskalt. Die Sonne schien nicht, dennoch war es ein heller Tag unter der Wolkendecke. Seine Umgebung spiegelte sich im Fenster, sodass er keine klare Sicht hatte, klar genug jedoch, um zu erkennen, dass die gesamte Küche voller Blut war. Er erstarrte. Dann zwang er sich, einen Schritt näher heranzutreten und noch mal hineinzusehen. Er schirmte die Augen mit den Händen ab. Ein rotes Zimmer. Der ganze Fußboden voller Blut. Um die Leichen herum, wo es wohl noch frisch war, hell und glänzend. Zu den Ecken hin dunkler, schon leicht angetrocknet. Die Wand mit Blutflecken und Spritzern überzogen, die ihn an die ersten Versuche seiner Kinder in abstrakter Kunst erinnerten.

Inmitten dieses vielen Rots lag Katrina rücklings auf dem Boden, die Beine angewinkelt, einen Arm über der Stirn, als wäre sie ohnmächtig geworden. Greg erkannte sie an dem lila Pullover, den sie oft trug und der nun mit Blut vollgesogen war, und an ihren roten Haaren, die ihren Kopf umrahmten, als wäre sie unter Wasser. Es dauerte einen Moment, bis ihm aufging, dass ihr der halbe Kopf fehlte und an dessen Stelle nur noch Leere, glänzendes Hellrot und dunkle Masse war.

Es fühlte sich obszön an, ging ihm im Nachhinein auf, ja, das war das richtige Wort dafür, den Körper eines Menschen zu sehen, wie er nicht gesehen werden sollte, auch nicht von einem Arzt – als einen Haufen blutiges Fleisch.

Der Anblick von Beth war es, der sich ihm am meisten einbrannte, obwohl er lediglich einen ganz kurzen Blick auf sie geworfen, sich nicht erlaubt hatte, länger hinzuschauen. Er hatte sie gleich nach Katrina entdeckt, sie lag nicht weit entfernt von ihr in der Nähe der Küchentür. Er ließ die Augen schnell über ihren Körper schweifen und sah gleich wieder weg. Dabei bemerkte er ihre offenen Augen und ihren ebenfalls offenen Brustkorb, ein dunkelroter Krater in ihrem kleinen Oberkörper. Wer brachte es bloß fertig, mit einer Schrotflinte auf ein Baby zu schießen?

Greg wusste, sobald er die Küche betrat, würde ihm der starke Geruch nach rohem Fleisch entgegenschlagen, nach Blut, nach Schlachthof.

Trotzdem zwang er sich zu schauen, ob die Hintertür offen war. Seine Hände zitterten so stark, dass sie mehrmals vom Knauf abrutschten. Die Tür war zum Glück verschlossen, er hätte vor Erleichterung fast geweint. Nur eins war ihm in diesem Moment völlig klar: Egal, was noch im Haus zu sehen war, er würde den Anblick auf keinen Fall ertragen.

Er stolperte zurück zu seinem Auto und fuhr zu den McKenzies, den nächsten Nachbarn der Bairds, um die Polizei und den Notarzt zu verständigen. Er konnte kaum glauben, dass diese hohe schrille Stimme wirklich seine war, die Gavin McKenzie erzählte, was er eben gesehen hatte.

Da es keine dauerhafte Polizeipräsenz auf der Insel gab, verging eine ganze Stunde, bis der Hubschrauber aus Oban eintraf und die Polizei die Tür der Bairds mit Gewalt öffnete.

Im Haus fanden sie die Leichen der vierunddreißigjährigen Katrina Baird, ihrer einjährigen Tochter Elizabeth, ihres zehnjährigen Sohns Nicholas und ihres siebenunddreißigjährigen Ehemanns John. Alle waren mit einer Schrotflinte getötet worden. Es gab einen Überlebenden, den achtjährigen Thomas, den die Polizei zusammengekauert in einer Urinpfütze im Kleiderschrank der Eltern fand. Er starrte nur vor sich hin und war nicht ansprechbar.

Später sagte Greg immer wieder zu Aileen: »Ich hätte ihn da rausholen sollen. So musste er eine ganze Stunde länger da drinbleiben, ganz allein. Ich hätte ihn da rausholen müssen.«

Und Aileen antwortete: »Konntest du doch gar nicht, Schatz.«

Greg sagte dann: »Ich hätte ein Fenster einschlagen sollen.«

Und Aileen sagte erneut: »Konntest du aber nicht.«

Zwei Jahre später verkauften die Browns ihr Haus und zogen nach Harris, wo Greg Arbeit in einer aufstrebenden Praxis für Allgemeinmedizin fand. Die beengten Verhältnisse von Litta gegen eine größere Insel einzutauschen, war eine Erleichterung. Beide sagten niemandem, auch nicht einander, dass sie die Insel wegen der Bairds verlassen hatten. Aber Greg wusste genau, dass er den Anblick der kleinen Beth sonst nie wieder loswürde, und Aileen war sich dessen ebenfalls bewusst. (Das gelang ihm nicht mal, nachdem ihre Jungs mit der Schule fertig waren und die Browns die Hebriden endgültig hinter sich ließen und nach Edinburgh zogen.)

Die genauen Umstände der Tat blieben ein Rätsel, nach

den ersten Ermittlungstagen konnte die Polizei lediglich Folgendes mit Sicherheit sagen: Am Abend des 8. März 1994 griff John Baird, der von allen stets als zurückhaltend und als Familienmensch beschrieben wurde, kurz nach zwanzig Uhr zu einer Schrotflinte, brachte damit erst seine Frau und zwei seiner Kinder um und erschoss sich danach selbst.

Als Tommy sich etwas erholt hatte, konnte er zwar auch nicht mehr Aufschluss über den Tathergang geben, wusste jedoch sicher, dass sein Vater der Mörder gewesen war. Johns Bruder Malcolm, der mit seiner Frau etwa drei Meilen weiter westlich auf der Insel wohnte, identifizierte die Leichen und nahm Tommy zu sich.

Noch nie zuvor hatte es einen Mord auf der Insel gegeben, genau genommen hatte es nicht einmal ein ernsthaftes Verbrechen gegeben. Innerhalb dieser kleinen Gemeinde kannte jeder jeden, und jeder hatte die Bairds gemocht. Über John hatte die einhellige Meinung geherrscht, er sei ein freundlicher, hilfsbereiter Mann und guter Familienvater. Zunächst hatte niemand glauben können, dass er verantwortlich war, und es gingen Gerüchte um, es wäre ein Fremder ins Haus eingebrochen, hätte die Morde begangen und es so aussehen lassen, als wäre John der Täter. Das konnte die Polizei jedoch schnell ausschließen. Die Beweislage gegen ihn war selbst ohne Tommys Aussage eindeutig. Außerdem wollte die Polizei eine Panik vor einem frei herumlaufenden Mörder verhindern. Bei der Pressekonferenz waren sie deutlich: Es gab keinerlei Verdacht auf Beteiligung einer anderen Person. Davon abgesehen, kamen die Inselbewohner selbst zu dem Schluss, dass kein Fremder durch Litta hätte spazieren können, ohne dass er bemerkt und seine Ankunft sofort diskutiert worden wäre.

Irgendetwas musste jedoch passiert sein, da war man sich einig. Irgendetwas musste bei John zum Durchdrehen geführt haben. Niemand hatte auch nur die geringste Ahnung, was es sein könnte – bis auf die Tatsache, dass er einige Monate zuvor seinen Job verloren und Schulden hatte, wie man später herausfand. Aber es wurden ja viele Männer entlassen, und die brachten deshalb nicht gleich Frau und Kinder um. Vielleicht hatte Katrina eine Affäre gehabt, wurde überlegt. Aber wie wäre das möglich gewesen, auf der Insel blieb nichts unbemerkt. Dann müsste er eben auf andere Weise dazu getrieben worden sein, beharrten einige, auch wenn sie es nicht explizit sagten. Ein normaler Mann drehte doch nicht einfach durch. Es musste einen Anlass gegeben haben.

Manche Dinge konnte man einfach nicht begreifen, egal wie viel Zeit vergangen war. Schließlich kam man offiziell zu dem Schluss, ohne sich ganz darüber im Klaren zu sein, ob man das wirklich glaubte oder nicht, dass es eben doch stimmte: Man wusste nie, was im Kopf eines anderen vor sich ging. Nicht mal bei Freunden und Familie.

Teil 1

I

Gavin McKenzie kam aus dem Pub nach Hause, putzte sich – ein untrügliches Zeichen, dass er einen sitzen hatte – sorgfältig die Stiefel an der Fußmatte ab und sagte zu seiner Frau: »Tommy Baird ist wieder da.«

Fiona wusste sofort, wer gemeint war, so etwas vergaß man ja nicht. Aber es überraschte sie derart, diesen Namen zu hören, dass sie einen Moment lang partout kein Gesicht dazu im Kopf hatte. Dann sah sie ihn wieder vor sich, wie er mit diesem typisch ernsten Gesicht neben seiner Mutter im Laden stand. Er und sein Bruder hatten immer solche Anoraks in leuchtenden Farben getragen. Fiona war dreiundsechzig, aber ihr Gedächtnis noch einwandfrei.

»Der kleine Tommy? Bist du sicher?«

»Klein ist er nicht mehr«, entgegnete Gavin, zog die nasse Jacke aus und verschwand kurz im Flur, um sie aufzuhängen. »Müsste jetzt um die dreißig sein.«

Fiona rechnete im Kopf nach. Ihr Stuart wurde dieses

Jahr neununddreißig. Zum zweiten Mal verheiratet, diesmal hielt es hoffentlich. Obwohl Joanne auch sehr sympathisch gewesen war.

»Einunddreißig«, sagte sie schließlich und brauchte selbst einen Moment, um die Zahl auf sich wirken zu lassen. »Wieso ist er wieder hier?«

Gavin lehnte im Türrahmen. »Ich hab keine Ahnung.« Was absurd war, er erzählte hier schließlich die Geschichte. »Ross hat ihn heute Morgen auf der Fähre von Oban hierher gesehen.«

Fiona entspannte sich ein wenig. »Ross hat ihn gesehen? Der erkennt doch nicht mal seine eigene Frau.«

»Er hat auch mit ihm geredet. Waren die einzigen beiden Passagiere auf der Fähre. Du kennst doch Ross, wenn der einen Fremden entdeckt, gerade um diese Jahreszeit, er muss den natürlich ansprechen. Er hat Tommy wohl gefragt, ob er hier Urlaub macht.«

»Und Tommy hat ihm gesagt, wer er ist?«

»Jep. Ross meint aber, er hätte ihn eh erkannt.«

Fiona wurde es heiß und kalt zugleich. »Ross erzählt viel, wenn der Tag lang ist«, wehrte sie ab. Dann kam ihr ein Gedanke. »Vielleicht hat er sich das auch nur ausgedacht. Dieser Mann, meine ich.«

Gavin verzog das Gesicht. Sie hasste diesen Ausdruck an ihm, den bekam er nur, wenn er mit ihr sprach. Es war nicht direkt Verachtung, dafür war Gavin ein zu freundlicher Mensch, eher ein Ausdruck von Verwunderung, als könnte er nach den vielen gemeinsamen Jahren immer noch nicht fassen, was sie manchmal für Dummheiten von sich gab. Und das tat weh.

»Wieso sollte irgendwer so tun, als wäre er Tommy?«

Das wusste Fiona auch nicht. Wenn sie jedoch eins aus der Baird-Tragödie gelernt hatte, dann, dass Menschen manchmal Dinge taten, die man sich nicht erklären konnte, die man sich zum Teil nicht mal hätte vorstellen können. »Aber wieso sollte er plötzlich zurückkommen?«

»Ich nehme an, er will Malcolm besuchen.«

»Die haben sich seit Jahren nicht mehr gesehen.«

»Trotzdem. Familie bleibt Familie.«

Familie bedeutete für Tommy wahrscheinlich etwas anderes als für sie beide, ging es Fiona durch den Kopf, doch sie schwieg.

Gavin ging in die Küche und goss sich einen Tee auf. »Ich nehm auch einen«, rief sie ihm nach, machte sich aber keine allzu großen Hoffnungen. Gavin hörte immer schlechter, und er machte ihr schon lange nicht mehr automatisch eine Tasse mit. Andere Frauen in ihrem Alter witzelten darüber, wie gut sie ihre Männer erziehen konnten, doch Fiona hatte das Gefühl, bei ihr und Gavin ging es rückwärts: Er hatte seine Manieren im Laufe der Jahre eher verloren.

Kurz darauf kam er tatsächlich mit zwei Tassen aus der Küche zurück, stellte ihre ein klein wenig unsicher ab und machte es sich mit seiner im Sessel vor dem Kamin gemütlich.

»Ich find nur komisch«, fuhr er fort, als wäre die Unterhaltung nie unterbrochen worden, »dass Malcolm so gar nichts gesagt hat. Er hat gestern im Pub kein Wort darüber verloren, dass Tommy kommt.«

»Vielleicht hat er nicht mit ihm gerechnet.« Der Gedanke beunruhigte Fiona noch mehr.

Beide schwiegen eine Weile. Gavin schlürfte seinen Tee. Fiona versuchte, sich auf das Knistern des Feuers zu konzentrieren und nicht auf die nassen Geräusche aus dem Mund ihres Mannes. Diese Technik hatte sie sich vor Jahren selbst beigebracht. Und sie rief sich in Erinnerung, dass er ein guter, warmherziger Mann war, stets geduldig mit Stuart. Und Geduld war nicht dasselbe wie Schwäche.

»Tommy Baird«, sagte Gavin schließlich nachdenklich. »Ich hab bei dem irgendwie immer ein ungutes Gefühl gehabt.«

»Inwiefern?« Wieder wurde es Fiona heiß und kalt.

»Na, als ob es abzusehen war. Meinst du nicht? Wir hätten das doch ahnen müssen. Wir hätten irgendwas tun müssen.«

»Jetzt hör auf mit dem Quatsch.« Fiona klang ärgerlicher, als sie wollte. »Was hätten wir denn machen sollen?« Sie wollte die Diskussion um jeden Preis beenden. »Außerdem bringt es ohnehin nichts, sich den Kopf über so was zu zerbrechen.«

Sie dachte zu oft an Tommy. Sie sah ihn deutlich vor sich, er war zehn oder elf, das Gesicht wutverzerrt, wie er etwas nach ihr warf, eine Vase vielleicht? Irgendwas von Heather, das direkt neben ihren Kopf an die Wand gekracht war. Zu dem Zeitpunkt war er schon ein richtiger Teufel.

»Hast du Lust auf ein Stück Kuchen?«, fragte sie Gavin, um ihren Tonfall von eben etwas zu entschärfen und von der Erinnerung an Tommy abzulenken. »Der wird noch trocken, wenn wir den nicht essen.«

»Ja, gerne.«

Fiona ging in die Küche. Sie hätten nichts tun können, versicherte sie sich. Sie holte die Form vom Regal und schnitt für Gavin ein großes und für sich selbst ein kleines Stück ab. Außerdem, beruhigte sie sich (auch wenn es eigentlich nicht beruhigend war), wusste man eh nie, was sich hinter verschlossenen Türen abspielte.

2

Nein, Malcolm hatte tatsächlich nicht mit ihm gerechnet. Als er spätnachmittags die Tür öffnete und Tommy in der beginnenden Dunkelheit vor ihm stand, war er im ersten Moment geradezu sprachlos vor Schreck.

Natürlich hatte Tommy sich verändert. Er war jetzt ein erwachsener Mann und sah völlig anders aus als beim letzten Mal, als er vor dieser Tür gestanden hatte. Das Schlimme aber war, dass er als Erwachsener nicht etwa Katrina ähnelte, sondern John: die gleichen dunkelbraunen Augen wie sein Vater, das gleiche kantige Kinn. Die gleiche schlanke Statur. Die Ähnlichkeit war frappierend, und Malcolm hoffte nur, dass sie Tommy nicht bewusst war.

Es regnete. Dieser Mann hier war mit seinen Jeans, dem Pullover und den Turnschuhen – auch noch diesen dünnen Stoffdingern – weder für den heute ungewöhnlich leichten Regen noch für das sonst übliche Wetter auf den Hebriden gekleidet. Er trug einen Rucksack über der

Schulter, der jedoch fast leer aussah, zumindest nicht so, als wären ordentliche Stiefel und ein Regenmantel darin enthalten.

»Tommy.« Mehr fiel Malcolm nicht ein.

Tommy sah hoch und schnell wieder weg. »Hallo Malcolm.«

Nach einem kurzen Schweigen sagte Malcolm: »Na, dann mal rein mit dir in die gute Stube.« Heather hatte das immer gesagt, und Malcolm vermisste sie in dem Moment so sehr, dass ihm kurz die Luft wegblieb. Der Fremde – der eigentlich kein Fremder war – lenkte ihn jedoch schnell wieder ab. Er trat über die Schwelle und war nun das erste Mal seit zwanzig Jahren zurück in diesem Haus.

»Ich hoffe, es ist okay, dass ich …« Tommy verstummte und sah sich in dem engen Flur um, als wüsste er nicht, wie er hier gelandet war. Bestimmt wirkte alles kleiner als in seiner Erinnerung, ging es Malcolm durch den Kopf. Der erwachsene Tommy nahm ja viel mehr Raum ein als damals.

Tommy schob die Hände in die Hosentaschen. »Ich weiß, ist komisch, dass ich einfach hier aufschlage. Ich hätte vorher anrufen oder dir schreiben sollen oder so.« Er lachte auf, es klang unecht. »Aber ich hab keine E-Mail-Adresse von dir. Ich hab ja nicht mal deine Telefonnummer.«

»Ich habe gar keine E-Mail-Adresse.« Seltsam, Tommy mit so einer tiefen Männerstimme reden zu hören, dachte Malcolm. Seltsam auch sein Männergesicht, Johns Gesicht. Sein Dialekt überraschte ihn ebenfalls, es klang weder eindeutig Schottisch noch Englisch und erinnerte nur noch entfernt daran, wie er früher gesprochen hatte. »Dieser Technikkram ist nicht so meins«, fügte Malcolm schnell hinzu, als er merkte, wie lange er schon geschwiegen hatte. »Heather hatte eine E-Mail-Adresse, einen Laptop und so.« Ihm wurde bewusst, dass er nur redete, um die Stille zu überbrücken, und verstummte wieder.

»Wo ist Heather denn?«, fragte Tommy und sah an Malcolm vorbei in die Küche, als würde sie dort auf ihn warten. Und wie Übelkeit stieg in Malcolm die Erkenntnis auf, dass der Junge nicht Bescheid wusste, über gar nichts, dass er sich nicht nur eine Weile nicht hatte sehen lassen, sondern so lange weg gewesen war, dass er genauso gut längst unter der Erde hätte sein können. Und nun war er hier, wie von den Toten auferstanden, in Malcolms Flur und fragte nach Heather.

Drum herumreden würde weder ihm helfen noch Tommy. »Sie ist gestorben, vor fast sechs Jahren jetzt.« Er hatte diesen Satz noch nicht oft genug sagen müssen, als dass er nicht mehr schmerzen würde. Nach Heathers Tod hatte er ein letztes Mal versucht, Kontakt mit Tommy aufzunehmen, und bei dessen Cousin Henry angerufen. Kein Anschluss unter dieser Nummer. Die Trauer um Heather hatte ihn damals jedoch so in Beschlag genommen, dass ihn das in dem Moment nicht allzu schlimm traf. Innerlich hatte er Tommy ohnehin schon lange vorher aufgegeben.

»Schlaganfall«, erzählte er ihm nun. »Zwei, um genau zu sein. Beide Male sehr schwere. Nach dem ersten ging es noch ein paar Jahre gut, doch dann kam der zweite.« Tommy sah ihn stumm an. »Sie war aber immer noch sie selbst, bis zum Schluss.«

»Sie war doch gar nicht alt!«

Tommy wirkte bestürzt. Damit hatte Malcolm nicht gerechnet, Heather war ja letztendlich nur eine angeheiratete Verwandte für ihn gewesen. »Ja, sie war viel zu jung«, stimmte er zu.

»Sie war immer so herzlich.«

Darauf wusste Malcolm keine Antwort. Er freute sich, dass Tommy sie nach so vielen Jahren als herzlich in Erinnerung hatte. Dann fiel ihm auf, wie lange sie hier bereits herumstanden. »Komm, ich mach uns Tee.«

»Gerne.«

»Den Rucksack kannst du erst mal da drüben abstellen.« Malcolm deutete auf das Schuhregal neben der Tür. Tommy tat, wie ihm geheißen, und folgte Malcolm in die kleine Küche.

Wie lange er wohl bleiben wollte? Malcolm versuchte, die aufsteigende Panik niederzukämpfen. Zwei Nächte musste er mindestens hier schlafen, vor Freitag fuhr keine Fähre zurück zum Festland. Dabei sah das Gästezimmer schlimm aus, Bücher und Krimskrams bis zur Decke und alles voller Staub. Was würde Heather jetzt tun? Die hatte sich nie aus der Ruhe bringen lassen. Einen Schritt nach dem anderen, würde sie raten, dem Jungen erst mal einen Tee kochen. Also bat er Tommy, sich an den Tisch zu setzen, und machte sich an die beruhigend vertrauten Handgriffe. Den Wasserkocher befüllen, Tassen und Teebeutel auf den Tisch, Milch aus dem Kühlschrank holen. Er war dankbar für den Lärm des altmodischen Wasserkochers: Bei der Geräuschkulisse war eine Unterhaltung unmöglich.

Unauffällig warf er einen Blick zu Tommy, der stumm dasaß, die Hände vor sich auf dem Tisch wie ein Kind, das sich große Mühe gab, stillzusitzen. Seine Augen glitten durch den Raum, ruhten jedoch sofort wieder auf seinen Händen, als er Malcolms Blick spürte. Sah es hier im Haus anders für ihn aus als früher?, überlegte Malcolm. Er versuchte, sich zu erinnern, ob sich viel verändert hatte, aber es gelang ihm nicht. Heather und er hatten immer den Aufwand eines … wie nannte man das heutzutage … *Makeovers* gescheut. Sie waren mit anderen Sachen beschäftigt gewesen. Mit dem uralten Gasherd und der billigen Arbeitsplatte mit den abgeplatzten Ecken musste die Küche altmodisch und bedrückend auf Tommy wirken. Malcolm war es nicht gewohnt, sein Heim durch die Augen eines Außenstehenden zu betrachten.

»Milch und Zucker?«, fragte er.

»Nur Milch, bitte.«

Malcolm stellte die Tassen auf den Tisch und setzte sich Tommy gegenüber. *Seinem Neffen*, rief er sich abrupt in Erinnerung.

»Das mit Jill hat uns sehr mitgenommen«, sagte er. »Mein Beileid.«

»Ich war damals weit weg«, gab Tommy reserviert zurück. Eine Weile herrschte Stille. Gerade als Malcolm dachte, Tommy würde nichts weiter dazu sagen wollen, fügte er noch hinzu: »Ich war aber rechtzeitig wieder da. Gerade so. Ich hab sie vor ihrem Tod noch mal gesehen.«

Malcolm nickte. »Wir wären gern zur Beerdigung gekommen, aber Heather war leider zu schwach.«

»Ist schon okay.«

Die Beerdigung wäre die erste Gelegenheit seit Jahren gewesen, Tommy wiederzusehen. Heather hatte sich unbedingt von Jill verabschieden wollen und die Telefonnummer von Tommys Cousin Henry in Erfahrung gebracht, der für seine kranke Mutter aus Kanada angereist war. Obwohl dieser versprochen hatte, Tommy auszurichten, er möge sich melden, hatte Tommy nie zurückgerufen, und auch ihre Briefe waren unbeantwortet geblieben.

Heather war den Tränen nahe gewesen, als sie von Jills Diagnose erfuhren. »Der arme Kerl hat nun wirklich genug Familienmitglieder verloren! Und die arme Jill. Sie ist so jung.« Damals wussten sie nicht, dass Heather im selben Alter sterben würde.

Es musste doch ein anderes Thema für sie geben als den Tod, ging es Malcolm durch den Kopf. Aber welches? Man konnte ja schlecht jemanden fragen, was der Grund für seinen Besuch war, wenn dieser Jemand zur Familie gehörte. Ganz sicher nicht, hörte er Heather resolut sagen. Lass den Jungen, er wird schon reden, wenn er so weit ist.

»Wie gehts Henry eigentlich?« Endlich war ihm etwas eingefallen.

Tommy zuckte mit den Schultern. »Ganz gut. Wir hören nicht so oft voneinander. Er ist jetzt verheiratet und wohnt in Vancouver. Und er hat zwei Kinder.«

»Schön.« Malcolm versuchte, sich an Henrys Gesicht zu erinnern.

Wieder herrschte Stille. Diesmal fiel Malcolm keine neue Frage ein.

Schließlich brach Tommy das Schweigen. »Was macht der Hof?«

»Als Heather krank wurde, habe ich das Pachtverhältnis aufgelöst«, antwortete Malcolm. »Es war einfach zu viel Aufwand und zu wenig Verdienst. Gar keiner, um genau zu sein. Und ich musste mich um Heather kümmern.« Er verstand nicht, wieso er sich dabei fast schämte – der kleine Hof, den er früher bewirtschaftet hatte, interessierte Tommy bestimmt nicht, jedenfalls war er deswegen wohl kaum hier.

»Das mit Heather tut mir ehrlich leid«, sagte Tommy leise.

Malcolm nickte. Auch nach sechs Jahren wusste er immer noch nicht, wie er mit Beileidsbekundungen umgehen sollte. Sie waren ja kein Trost.

»Und du?« Ihm kam in den Sinn, was Heather fragen würde. »Bist du verheiratet?«

Tommy schüttelte den Kopf. Kurz sah es so aus, als wollte er lächeln, hätte sich dann aber eines Besseren besonnen. »Nein, ist nicht mein Ding. Ich war aber mit jemandem zusammen, sie hieß Caroline.«

»Ach«, sagte Malcolm. »Ist sie …?«

Jetzt lächelte Tommy doch, seine Mundwinkel zogen sich nach oben und erzeugten einen Ausdruck auf seinem Gesicht, den Malcolm nicht wiedererkannte. »Nein, sie ist nicht gestorben, wir haben uns getrennt.«

»Schade.« Malcolm hörte, wie formell er klang. Er kam sich plötzlich dumm vor, dass Beziehungen in seiner Welt stets mit dem Tod eines der Beteiligten endeten. »Habt ihr Kinder?«

»Nein.« Das Lächeln war wieder weg.

Malcolm sah Tommy an, offensichtlich wollte dieser

nicht weiter darauf eingehen. Als wäre keinerlei Zeit vergangen, hielt er sich an seiner Tasse fest, als wäre er elf und säße wie immer still da, während Malcolm um ihn herum seinem Alltag nachging und ihn kaum beachtete.

»Wo wohnst du eigentlich?«

»In London.«

»Seit wann?«

»Schon eine ganze Weile. Ich bin ziemlich rumgekommen, ich hab in Edinburgh gewohnt, dann in Manchester, sogar in Lissabon.« Er kniff die Augen zusammen, als würde ihn die portugiesische Sonne blenden. »Ich hab mich nie an das grelle Licht da gewöhnt.«

»Ich war noch nie in Portugal«, sagte Malcolm.

»Bist du überhaupt schon mal aus Schottland rausgekommen?«

Malcolm sah Tommy scharf an, sein Gesicht verriet jedoch nicht, was in ihm vorging.

»Nein«, sagte er dann. »Weiter als Edinburgh war ich noch nicht.«

Tommy nickte.

»Wir wollten zusammen nach Spanien, Heather und ich. Kein Strandurlaub, Heather wollte sich Barcelona angucken. Die …« Ihm fiel der Name nicht ein, aus Heathers Mund hatte er immer so schön geklungen. »Diese Kathedrale. Und noch viele andere Sachen. Wir wollten das Hotel buchen, aber dann kam uns Heathers Schlaganfall zuvor. Der erste.«

Andere hätten an dieser Stelle wiederholt, dass es ihnen leidtat, aber Tommy erwiderte nichts. Malcolm war ihm dankbar dafür.

»Hast du in Oban übernachtet?«, fragte er.

»Ja. Ich bin gestern früh mit dem Zug nach Glasgow gefahren und abends weiter nach Oban. Ich wollte auf keinen Fall die Fähre verpassen.« Tommy zögerte kurz und sprach seltsam förmlich weiter, als hätte er die Worte einstudiert: »Tut mir leid, dass ich dich einfach so überfalle. Aber kann ich vielleicht eine Weile bei dir bleiben? Eine Woche oder so? Also wenn es dir nichts ausmacht?«

»Klar, Tommy!« Malcolm versuchte, seine Panik hinter einer Freundlichkeit zu verstecken, die selbst für ihn unecht klang. »Ich würde mich freuen.«

»Wirklich nur, wenn es dir nichts ausmacht«, sagte Tommy, ohne ihn anzusehen.

»Natürlich nicht, du bist doch hier zu Hause.«

Unglückliche Formulierung, ging es Malcolm durch den Kopf. Tommy sah ihn an, und er wich dem Blick nicht aus. *Jaja, ich weiß.*

»Dann wollen wir dir mal dein Zimmer fertig machen«, sagte er. »Und danach mach ich uns was zu essen.«

Er stieg vor Tommy die schmale Treppe hinauf. Vor der ersten Tür blieben sie stehen. Es war ein altes Bauernhaus, das Mitte der Sechziger modernisiert, seitdem aber so gut wie sich selbst überlassen worden war – an den Deckenbalken, dem Kamin und den altmodischen Türriegeln hatte sich ebenso wenig getan wie an den zugigen Ecken. Im Obergeschoss gab es drei Zimmer, die sich unter dem niedrigen Dach zusammendrängten: vorn das winzige Gästezimmer, dann Heathers und Malcolms Schlafzimmer und am Ende des kurzen Flurs das Bad. Das Gästezimmer war Tommys Zimmer gewesen. Malcolm fiel auf, dass er das seit Jahren ausgeblendet hatte. In der Zeit, in der Tommy bei ihnen wohnte, hatten Heather und er ihn oft durch die Wand im Schlaf schreien gehört. Wenn Heather ihn dann weckte, konnte er sich nicht an den Traum erinnern. Zumindest sagte er das. Bis er von der Insel wegging hatte er auch ins Bett gemacht, nicht jede Nacht, aber oft genug. Er war jedes Mal außer sich gewesen vor Scham, während Heather liebevoll auf ihn einredete, Bettwäsche und Schlafanzug könne man doch waschen, dafür gäbe es doch Waschmaschinen, alles nicht so schlimm. Sie hatte einmal zu Malcolm gesagt, Tommys Albträume würden aufhören, wenn er älter sei und die Insel verlassen hätte. Malcolm, der damals die Leichen identifiziert und selbst weiterhin Albträume hatte, sah das anders. Wie gut sich Tommy wohl an diese Zeit erinnerte?

Er öffnete die Tür zum Gästezimmer. Hier drin sah es schlimmer aus, als er befürchtet hatte. Die Hoffnung, Tommy würde zurückkommen, hatten sie vor sehr langer Zeit aufgegeben, und eigene Kinder hatten sie nie gehabt. Tommys altes Bett war noch da, aber schon lange nicht mehr bezogen worden. Es an Ort und Stelle stehen zu lassen, war weniger Aufwand gewesen, als es zu entsorgen. Jetzt war es mit Bücherstapeln und Zeitschriften zugestellt. Das ganze Zimmer war voll mit Kartons, Sachen, für die sie keine Verwendung mehr hatten und die eigentlich in den Müll gehörten: ein kaputtes Radio, das er hatte reparieren wollen, die Milchbauernzeitschrift, die Heathers Schwester ihnen früher jedes Jahr um die Weihnachtszeit geschickt hatte und die Heather wegen der Rezepte aufbewahrt, diese dann aber doch nie nachgekocht hatte, eine alte Spielzeugeisenbahn von Tommy, deren Anblick Malcolm überraschend sentimental machte, Broschüren aus dem Reisebüro, die Heather nicht entsorgt hatte, weil sie sich die Bilder so gern ansah. Was sich eben alles so ansammelte, wenn man lange an einem Ort lebte.

Ein paar Kleidungsstücke und Schmuck von Heather lagen ebenfalls rum und ein angefangener Flakon von ihrem Lieblingsparfüm. Manchmal stahl er sich in das Zimmer und schnupperte an dem Fläschchen und spürte gleichzeitig überdeutlich ihre Präsenz und ihre Abwesenheit. Er hätte das alles nicht wegwerfen können, auch wenn sich ihm in letzter Zeit mehr und mehr der Gedanke aufdrängte, es sei seltsam, seit Heathers Tod nichts in ihrem gemeinsamen Schlafzimmer verändert zu haben – der Schrank voller Kleider und Schuhe von ihr, auf der Kommode ihr Haarspray und ihre Gesichtscreme. Vielleicht war das wirklich nicht »gesund«, dieses Wort benutzten neuerdings ja alle in diesem Zusammenhang. Das hatte auf jeden Fall Fiona McKenzie gesagt. Sie meinte es gut, auch wenn sie immer ein bisschen zu sehr davon überzeugt war, dass sie in allem recht hatte. Heathers Sachen aus dem Schlafzimmer ins Gästezimmer zu räumen, schien ihm insofern ein guter Kompromiss.

Der Raum roch staubig und abgestanden. *Alt*, ging es Malcolm durch den Kopf. Wahrscheinlich wie er selbst. Er war mittlerweile zweiundsechzig Jahre, fühlte sich aber älter.

»Müsste vielleicht mal wieder aufräumen hier«, sagte er und musste dann ob dieser Untertreibung fast lachen.

»Ach, die Unordnung macht mir nichts«, erwiderte Tommy.

»Ein Teil kann in den Schuppen, der ist um diese Jahreszeit nicht mehr feucht.«

Die nächste halbe Stunde arbeiteten sie beide stumm nebeneinander, trugen Kartons und Tüten nach unten und hinaus durch die Dunkelheit zu dem kleinen Schuppen neben dem Hintereingang. Als Tommy gerade draußen war, brachte Malcolm heimlich ein paar von Heathers Kartons ins Schlafzimmer, unter anderem den mit ihrem Parfüm, und verstaute sie unten im Kleiderschrank.

Als Bett und Fußboden schließlich freigeräumt waren, hatten beide Männer schon mehrere Niesanfälle gehabt. Malcolm kniete sich aufs Bett und versuchte, das kleine Schiebefenster zu öffnen. Es klemmte, weil sich das Holz verzogen hatte, er musste mehrmals mit ganzer Kraft daran rütteln, bis es aufging. Sofort strömte feuchte Nachtluft ins Zimmer.

»Erst mal lüften! Tut mir leid, dass es hier so staubig ist.« Er sah sich um. »Staubsaugen müsste man auch mal wieder.«

»Ich mach das schon«, bot Tommy an.

»Alles klar.« Malcolm holte den Staubsauger aus der Abstellkammer, und während Tommy damit beschäftigt war, machte er sich auf die Suche nach frischer Bettwäsche und dem Kissen und der Decke für Gäste, die Heather irgendwo verstaut hatte. Er fand alles in einem oberen Fach des Kleiderschranks. Dass die Sachen schimmlig riechen könnten, musste er nicht befürchten, Heather hatte alles sorgfältig in Plastiktüten verpackt. Die Frau war ein Genie.

Als Malcolm zurück ins Gästezimmer kam, war Tommy fertig mit Staubsaugen und betrachtete sein Werk. »Schon viel besser, oder nicht?« Ein kurzes Lächeln, das Malcolm schmerzhaft an Tommy als kleinen Jungen erinnerte, der Heather beim Staubwischen half oder den Abwasch machte und nach Lob für seine Arbeit gierte. Malcolm kam sich etwas lächerlich vor, wie er sich demonstrativ umschaute und beeindruckt pfiff. »Im Ernst, man erkennt das Zimmer kaum wieder!«

Tommy zog den Stecker des Staubsaugers aus der Steckdose und wickelte das Kabel auf. Malcolm legte Bettwäsche und Decke ab.

»Ich kann das auch machen«, sagte Tommy.

»Ach, ist doch kein Problem«, wehrte Malcolm ab.

»Nein, im Ernst, lass mich mal.«

Malcolm nickte. Hoffentlich hatte Tommy die Situation nicht daran erinnert, wie oft Malcolm oder Heather früher das Bett neu für ihn hatten beziehen müssen.

Er räumte den Staubsauger wieder in die Abstellkammer. Dabei fiel sein Blick auf Tommys Rucksack neben dem Schuhregal. Er hob ihn hoch. Der Rucksack fühlte sich so leicht an, als sei er leer. Hatte der Junge außer seinen Kleidern am Leib nichts mitgebracht?

Im Gästezimmer kniete Tommy vor dem Bett und breitete das Laken sorgfältig über die Matratze.

»Ich hab deinen Rucksack mit hochgebracht«, sagte Malcolm und stellte ihn neben der Tür ab. Er hatte das Gefühl, als wäre er gerade einen Schritt zu weit gegangen, als wäre er damit in Tommys Privatsphäre eingedrungen.

»Danke.«

Einen Moment lang herrschte Schweigen.

»Das Bad ist am Ende vom Flur«, sagte Malcolm.

»Weiß ich doch.«

»Ach so, klar.« Erneutes Schweigen, dann sagte Malcolm: »Na ja, ich kümmer mich mal ums Abendbrot. Komm runter, wenn du so weit bist. Keine Eile.«

Er ging aus dem Zimmer und schloss sanft die Tür hinter sich.

Malcolm stand vor dem Kühlschrank und begutachtete dessen Inhalt. Er war immer noch so durcheinander von Tommys unverhofftem Auftauchen, dass er Mühe hatte, seine Gedanken zu ordnen. Er hatte sich einen Rest Shepherds Pie aufwärmen wollen, für zwei würde es jedoch nicht ganz reichen. Obwohl – er hatte ja noch ein paar Möhren! Für jeden etwas Möhrengemüse dazu, dann war es genug. Von oben hörte er das Rauschen der Dusche. Malcolm war froh, Tommy beschäftigt zu wissen.

Das Essen war fast fertig und der Tisch bereits gedeckt, als er wieder herunterkam. Seine Haare waren frisch gewaschen, aber er trug dieselben Sachen – ein rotes Karohemd, Jeans und Pullover. Er stand unsicher im Türrahmen.

»Setz dich doch«, sagte Malcolm. Ihm fiel auf, dass er Tommy vielleicht einen Drink anbieten sollte. Er selbst trank selten Alkohol und hatte deshalb nur eine Flasche Whisky und einen uralten Rest Sherry aus der Zeit im Haus, als Heather noch lebte. Dann eben der Whisky, dachte er bei sich. Als er ihn Tommy anbot, beschämt, dass er weder Bier noch Wein dahatte, lehnte dieser jedoch ab.

Malcolm servierte das Essen. »Ist nicht viel, ich hab uns was aufgewärmt. Du bist doch kein Vegetarier, oder?« Der Gedanke war ihm ganz plötzlich gekommen.

»Nein.«

Tommy fuhr mit dem Finger über das Besteck vor ihm auf dem Tisch, ob aus Nervosität oder weil er in Gedanken war, konnte Malcolm nicht erkennen. Als Tommy es selbst bemerkte, hörte er sofort auf und legte die Hände übereinander. Er sah unendlich müde aus. Die Schatten unter seinen Augen waren fast lila, der Rest seines Gesichts wiederum so bleich, dass man unwillkürlich an Krankheit und Tod dachte.

Tommy musste mal wieder etwas Vernünftiges essen und sich richtig ausschlafen, befand Malcolm und war sich nicht sicher, ob dies seine eigenen Worte waren oder Heathers.

Sie saßen einander gegenüber und aßen schweigend. Malcolm hatte nie so ein Problem mit Stille gehabt wie Heather, selten verspürte er das Bedürfnis, ein Schweigen durch Reden um des Redens willen zu überbrücken. Er war es aber auch nicht mehr gewohnt, gemeinsam mit jemandem zu essen. Plötzlich fielen ihm tausend kleine Sachen ein, auf die Heather ihn stets hingewiesen hatte und die in ihrer Abwesenheit sicherlich schlimmer geworden waren: wie zusammengesunken er dasaß und wie er die Ellenbogen beim Essen aufstützte und zwischen den Bissen nicht das Besteck ablegte, was Heather als unhöflich bezeichnet hatte.

Tommys Tischmanieren ließen ebenfalls zu wünschen übrig, er aß hastig, den Kopf über den Teller gesenkt, als müsste er eine Aufgabe so schnell wie möglich hinter sich bringen. Oder er war einfach ausgehungert.

Als Tommy fast fertig war, fragte er schließlich: »Hast du das selbst gekocht?«

Malcolm nickte mit vollem Mund.

»Schmeckt gut.«

»Gestern war es besser, aufgewärmt ist es nicht mehr so lecker, finde ich.«

»Kann mich gar nicht daran erinnern, dass du früher viel gekocht hättest«, sagte Tommy. »So was hat Heather gemacht.«

Es überraschte Malcolm, wie persönlich sich dieser Satz anfühlte, wie blitzschnell und schmerzhaft die Vergangenheit damit zwischen ihnen auferstanden war. Er sah Tommy als kleinen Jungen vor sich, auf demselben Platz wie jetzt, und Heather, die versuchte, ihm jeden Wunsch von den Augen abzulesen, während Malcolm schweigend dabei zusah.

»Hab ich nach Heathers Tod gelernt«, antwortete er. »Musste ich. War auch gar nicht so schwer. Man sucht sich halt ein Rezept und macht, was da steht. Keine große Sache.« Er hatte plötzlich das Gefühl, Heather damit unrecht zu tun. »Aber so gut wie sie kann ich das natürlich nicht.«

Tommy nickte und schwieg. Er war mittlerweile mit dem Essen fertig und hatte das Besteck vor sich auf den Tisch gelegt. Dann fielen ihm anscheinend seine Manieren wieder ein, und er legte Messer und Gabel ordentlich auf seinen Teller. Er stützte den Kopf auf die Hand und sah aus, als könnte er jeden Moment am Tisch einschlafen.

Malcolm warf unauffällig einen Blick auf die Uhr. Erst

halb neun. Normalerweise würde er sich jetzt einen Tee machen und sich mit einem Buch ins Wohnzimmer setzen oder ein wenig fernsehen. Wie Tommy wohl sonst seine Abende verbrachte? Malcolm konnte es sich nicht vorstellen.

Er stand auf und wollte die Teller abräumen, aber Tommy sagte in einem Ton, der sich bereits vertraut anfühlte: »Ich mach das schon.«

»Stell einfach alles neben die Spüle, ich kümmer mich morgen drum«, entgegnete Malcolm. Den Abwasch auf den nächsten Tag zu verschieben, war eine der wenigen Bequemlichkeiten, die er sich seit Heathers Tod erlaubte. Ansonsten gab er sich viel Mühe, die Ordnung aufrechtzuerhalten, die sie eingeführt hatte.

Tommy stellte das Geschirr ordentlich neben die Spüle und blieb daneben stehen.

»Soll ich uns Tee machen? Vielleicht kommt was im Fernsehen«, sagte Malcolm. »Du kannst aber auch Zeitung lesen, wenn du willst.« (Sie war drei Tage alt, was für Litta nicht schlecht war, aber Tommy sah das vielleicht anders.)

»Wenn du nichts dagegen hast, gehe ich lieber ins Bett, war ein langer Tag.«

»Klar, versteh ich.« Malcolm versuchte, sich seine Erleichterung nicht anmerken zu lassen. »Brauchst du noch irgendwas?«

»Nee, ich nehm mir nur noch ein Glas Wasser mit hoch.«

Das hatte er schon als Kind immer getan. »Du weißt, wo alles ist …« Malcolm war sich nicht sicher, ob das eine Frage oder eine Aussage war.

»Ja, ich komm klar.«

»Na dann. Schlaf gut.«

»Du auch.« Tommy zögerte einen Moment, dann füllte er sich ein Glas am Wasserhahn und ging.

Sobald er allein war, atmete Malcolm tief durch. Er war froh, dass Tommy früh schlafen gegangen war und beiden so die unangenehme Situation erspart blieb, sich gleichzeitig bettfertig zu machen, einander höflich den Vortritt auf dem Weg zum Bad zu lassen und sich im Schlafanzug beim Zähneputzen abzuwechseln.

Er schaltete den Wasserkocher ein. Heather hätte gewusst, was zu tun war, mit ihr an seiner Seite wäre das alles viel leichter gewesen. Nur ganz kurz, nur für den Moment, gestand Malcolm sich ein, dass er Tommy ungern im Haus hatte. Er wusste: Er war damals nicht so für den Jungen da gewesen, wie der es gebraucht hätte. Keiner war wirklich für ihn da gewesen. Trotzdem wollte er ihn jetzt nicht hier haben, diesen jungen Mann, der John so schrecklich ähnelte. Er wollte sich nicht mit ihm unterhalten, und er wollte auch nicht an früher erinnert werden. Vor allem aber wollte er sich nicht der Tatsache stellen, dass er zum Schluss geradezu Angst vor Tommy gehabt hatte. Gegen dieses Gefühl hatte er sich so gewehrt, sich selbst dafür gehasst und sich immer wieder gesagt, dass er doch nur ein Kind war, noch dazu eins, das viel durchgemacht hatte. Aber Tommy war zu diesem Zeitpunkt bereits gewalttätig gewesen, hatte angefangen, anderen wehzutun.

Heather hätte sich trotzdem unglaublich über seinen Besuch gefreut, und deshalb versuchte Malcolm das auch.

Heather war sowieso ein besserer Mensch gewesen als er, viel herzlicher, viel mutiger als alle anderen. Es musste schlimm gewesen sein für Tommy, anzukommen und festzustellen, dass es Heather nicht mehr gab. Natürlich war er nicht wegen Malcolm hier.

Abgesehen von Tommys Cousin in Kanada, war er jedoch sein einziger noch lebender Verwandter, das war nun mal Fakt. Und vielleicht bedeutete Tommy Familie ja etwas, selbst jetzt noch, selbst nach allem, was passiert war. Warum sonst kam er zwanzig Jahre später zurück? Blut ist dicker als Wasser, ging es Malcolm durch den Kopf. Er mochte diese Redewendung nicht. Jahrelang hatte er versucht, nicht mehr an Blut zu denken.

3

Als Tommy am nächsten Tag aus seinem Zimmer kam, war Malcolm bereits seit fünf Stunden wach. Gut, die ersten beiden davon hatte er noch im Bett verbracht, nachdem er gegen fünf Uhr aus dem Schlaf geschreckt war und fieberhaft überlegt hatte, was er bloß mit Tommy machen sollte. Seit sieben saß er jedoch in der Küche, trank Tee und las Zeitung. Heute stand keine Arbeit an. Seitdem er den Hof abgegeben hatte, half er Robert Nairne auf dessen Farm aus, aber das Silofutter war fertig (sie hatten die zwei trockenen Tage in der vorangegangenen Woche genutzt und auch die Nacht durchgearbeitet), und sonst gab es im Moment nicht viel zu tun. Außerdem war nicht nur Roberts Sohn für einen Tag zu Besuch und würde seinem Vater helfen, die letzten Lämmer zusammenzutreiben, sondern Ken Stewart war mittlerweile Vollzeitkraft. Und der Oktober war ohnehin ein relativ ruhiger Monat. Trotzdem wollte Malcolm am nächsten Tag vorbeigehen und schauen, ob es etwas zu helfen gab. Heute hatte er eigentlich ein paar Dinge im Haushalt erledigen und einkaufen gehen wollen. Aber jetzt war Tommy ja da.

Er hatte versucht, so leise wie möglich zu duschen; die Zimmer kamen ihm plötzlich sehr nah beieinander vor. Um halb neun war es immer noch still in Tommys Zimmer, und er setzte sich wieder in die Küche, fand es jedoch schwer, sich auf die Zeitung zu konzentrieren.

Gegen zehn hörte er endlich Schritte auf dem Flur und kurz danach die Badezimmertür zuschlagen. Malcolm war diese Intimität unangenehm, er drehte schnell den Wasserhahn auf und spülte lange seine Tasse und seine Müslischale. Als er das Wasser abstellte, rauschte zu seiner Erleichterung die Dusche.

Eine Viertelstunde später kam Tommy die Treppe herunter. Malcolm gab sich Mühe, möglichst entspannt zu wirken. Tommy trug dieselben Sachen wie am Abend zuvor. Sollte er ihm vielleicht etwas zum Anziehen leihen? Aber wie sollte er das ansprechen? Wenigstens sah der Junge etwas besser aus, das Gesicht nicht mehr ganz so blass, die dunklen Ränder unter den Augen nicht mehr ganz so tief.

»Gut geschlafen?«

Tommy nickte und kratzte sich den Dreitagebart. »Ich hatte vergessen, wie laut der Wind hier ist.«

»Stimmt, war ganz schön was los heute Nacht.«

»Ich bin dabei eingeschlafen. Hier draußen fühlt man sich Wind und Wetter richtig nah. In der Stadt kriegt man das gar nicht mit.«

»Da hört man eher Verkehrslärm, nehme ich an. Also die Autos.« Würde jetzt jedes Gespräch zwischen ihnen beiden so verkrampft sein? Hatte er ohne Heather etwa vergessen, wie man eine normale Unterhaltung führte? »Ich muss nachher einkaufen gehen«, sagte er. »Willst du mitkommen? Wir können mit dem Auto los, wir können aber auch laufen, wenn du Lust auf einen Spaziergang hast.«

»Klar, ein Spaziergang ist immer gut.«

Malcolm suchte eine Regenjacke und ein Paar Stiefel für Tommy heraus, und eine Stunde später waren sie auf dem kleinen Pfad unterwegs, der von Malcolms Haus zur einzigen Straße der Insel führte. Die Straße verlief fast um die gesamte Insel herum, und wo sie endete, musste man sich selbstständig zwischen Hügeln und Heideland zurechtfinden. Aber da die Insel lediglich acht mal drei Meilen maß, stellte das für ihre Bewohner kein Problem dar, die jedes Stück Heide, jede Klippe, jeden Meter Strand und jeden Felsen kannten.

Malcolm und Tommy folgten dem unteren Bogen der Straße Richtung Osten. Die Luft war feucht, aber mild. Eine Weile gingen sie schweigend nebeneinander, und Malcolm fiel auf, dass er sich öfter als sonst umsah, versuchte, die Insel mit Tommys Augen zu sehen. Links und rechts erhoben sich Hügel, die steinigen Oberflächen stellenweise mit Heide und Flechten bedeckt. Als sie an der Schafherde vorbeikamen, die auf dem Stück Land weidete, das früher ihm gehört hatte, versetzte ihm das einen tieferen Stich ins Herz als sonst.

»Was macht eigentlich Angus MacIntyre?«, fragte Tommy auf einmal. »Wohnt der noch hier?«

Malcolm musste einen Moment überlegen, wen Tommy meinte. »Ach, der, mit dem du zur Schule gegangen bist?«

Tommy nickte.

»Die MacIntyres sind weggezogen. Nach Mull, soweit ich weiß. Da war Angus so vierzehn, fünfzehn. Ich hab keine Ahnung, ob sie immer noch da wohnen.« Malcolm versuchte, sich an mehr zu erinnern. »Ich glaube, Moira hatte Joe verlassen. Aber vielleicht war das ein Gerücht. Heather hatte noch eine Weile Kontakt mit ihr, nur irgendwann … na ja, du kennst das ja.«

Tommy sah sich um. Sein Blick blieb an einem Punkt hinter Malcolm haften, der brauchte jedoch einen Moment, bis er verstand. Sie befanden sich mittlerweile auf der Ostseite der Insel und näherten sich dem Trampelpfad, der zu Tommys altem Zuhause führte. Malcolm überlegte, ob er etwas sagen sollte, beschloss dann aber, das Thema nicht von sich aus anzusprechen.

Innerhalb eines Jahres nach dem Mordfall war das Haus verkauft worden. John hatte finanzielle Schwierigkeiten gehabt, was erst nach seinem Tod ans Licht kam, und Malcolm steckte über Nacht bis zum Hals in nervenaufreibenden juristischen Kleinkriegen. Sein Bruder war völlig überschuldet, wurde ihm mitgeteilt. Das Haus musste verkauft werden, um diese Schulden zu begleichen und die Beerdigungen zu bezahlen, und hinterher war nichts mehr für Tommy übrig. Ein Investor hatte es ersteigert, dann hatte es zwei Jahre leergestanden und war schließlich von zwei Zugezogenen aus Stirling gekauft worden, Chris und Mary Dougdale. Sie bezogen es, als Tommy schon nicht mehr da war. Natürlich wussten sie Bescheid, aber für sie besaß die Geschichte nicht die Tragweite wie für die Einheimischen.

Als Tommy weitersprach, erwartete Malcolm eine Frage zum Haus, stattdessen erkundigte er sich nach den Wilson-Zwillingen: »Sophie und Millie, was machen die? Die sind auch mit uns zur Schule gegangen damals.«

»Familie Wilson wohnt noch hier«, antwortete Malcolm. »Una und James jedenfalls. Die Mädchen sind nach der Schule weggezogen. Millie lebt in Glasgow, die ist verheiratet und hat selbst Kinder.« Sie ließen den Trampelpfad hinter sich. »Sophie wohnt in London, arbeitet für eine Zeitung, glaube ich. Geht ihr bestens da, sagen ihre Eltern.«

Malcolm konnte sich noch gut an sie erinnern, als sie klein waren. Liebe Mädchen, die zwei, mit ihren geflochtenen Zöpfen. Sie besuchten ihre Eltern nach wie vor, Millie mit ihrer eigenen Familie, Sophie manchmal mit ihrem Freund, und es war immer schön, sie zu sehen. »Die jungen Leute ziehen alle schnell weg«, sagte Malcolm. »Heutzutage bleibt kaum einer, die meisten hauen ab, sobald sie können.«

Tommy zuckte mit den Schultern. »Gibt halt keine Arbeit.«

»Jep.« Das war aber nicht der einzige Grund, und das wussten sie beide.

»Man könnte auch zum Festland pendeln«, sagte Tommy.

»Du weißt doch, wie lange die Fähre braucht, und manchmal kommt sie gar nicht«, erwiderte Malcolm.

Einen Moment schwieg Tommy, dann sagte er: »Mein Vater hat das früher gemacht.«

Malcolm wählte seine Worte mit Bedacht und sah

Tommy dabei nicht an: »Dein Vater hatte immer schon ganz eigene Ansichten, wie die Dinge zu sein haben.«

Bis zum Laden sagte keiner mehr etwas.

Der Laden lag gegenüber dem Hafen in Orsaig, etwa in der Mitte der östlichen Küste. Das hier war der am dichtesten bevölkerte Teil der Insel, innerhalb eines Radius von einer halben Meile standen fünfzehn Häuser entlang der sanft gekurvten Straße, die aus nördlicher Richtung kam, ein paar verstreut in westlicher Richtung, und dann noch ein paar bei den Abzweigungen von der Hauptstraße. Durch die Post direkt neben dem Laden sowie dem Hafen in der Nähe und dem kleinen Souvenirladen, der im Sommer für die Touristen geöffnet hatte (von denen es nicht viele gab), war es hier viel geschäftiger als irgendwo sonst auf der Insel, wo man oft eine ganze Stunde unterwegs sein konnte, ohne einer Menschenseele zu begegnen.

Malcolm wunderte sich, dass sie in Orsaig noch keinen Bekannten getroffen hatten.

»Weißt du noch …?«, fragte er.

»Klar.« Tommy zögerte einen Moment. »Nachdem ich zu euch gezogen bin, hab ich Heather manchmal im Laden geholfen.«

»Genau.« Wie unverfänglich er das formuliert hatte, *nachdem ich zu euch gezogen bin*. Vielleicht hatte er sich das antrainiert. Vielleicht war diese Fähigkeit, emotionale Klippen gekonnt verbal zu umschiffen, einfach ein Teil von ihm geworden. Malcolm musste daran denken, wie Tommy am Abend zuvor in der beginnenden Dunkelheit vor seiner Tür gestanden hatte, als hätte er sich dort in dem Moment materialisiert.

Sie betraten den Laden. Hinter der Kasse stand grauhaarig und resolut Kathy MacDonald. Man konnte den genauen Zeitpunkt ausmachen, in dem sie Tommy erkannte. Erst zeigte sich Neugier auf ihrem Gesicht, weil Malcolm hier mit einem jungen Fremden auftauchte, dann ein Erschrecken, als ihr aufging, wer der Unbekannte sein musste, jedoch nur für den Bruchteil einer Sekunde, schnell hatte sie sich wieder gefangen.

»Na, heute gar nicht auf dem Hof?«, begrüßte sie Malcolm.

»Hab frei.«

»Ach so. Und wen bringst du uns da mit … ist das etwa Tommy?«, fragte sie mit einem freundlichen Lächeln.

Malcolm beeindruckte Kathys Talent, potenziell unangenehme Situationen zu entschärfen.

»Genau«, entgegnete er. »Tommy ist für ein paar Tage zu Besuch.« Wenn man es so formulierte, klang die Situation beruhigend normal.

Tommy ließ sich nicht anmerken, ob er Kathy wiedererkannte oder nicht. Er grüßte kurz, auf dem Gesicht dabei der leere Ausdruck, an den Malcolm sich langsam gewöhnte.

»Wir brauchen nur ein paar Kleinigkeiten«, sagte Malcolm.

»Ich hab dich ja ewig nicht mehr gesehen«, wandte Kathy sich erneut an Tommy. »Wie gehts dir denn so?«

»Gut.«

»Lebst du jetzt auf dem Festland?«

»Jep.«

War Tommy eigentlich bewusst, wie abweisend seine einsilbigen Antworten wirkten? Wie jemand, der gerade aus dem Gefängnis kam und nicht wollte, dass es jemand merkte. Vielleicht war er ja tatsächlich aus dem Gefängnis entlassen worden. Ach, bestimmt nicht.

Tommy betrachtete die Regale mit Keksen und Chips. »Neues Sortiment, hm?«, sagte er zu niemand Bestimmtem.

»Na, aber!«, gab Kathy sofort zurück. »Ein bisschen mit der Zeit gehen muss man schon.« Erneut war Malcolm dankbar über ihre Fröhlichkeit. Sie sorgte wirklich dafür, dass sich das alles etwas natürlicher anfühlte.

Tommy nickte, ging zur Kühltheke und inspizierte die Käseauswahl.

Malcolm suchte so schnell wie möglich die Sachen zusammen, die er brauchte. Er fühlte sich erstaunlich unwohl. »Willst du irgendwas?«, rief er Tommy zu, bekam zur Antwort aber nur ein Kopfschütteln.

»War schön, dich mal wiederzusehen«, sagte Kathy zum Abschied zu Tommy, nachdem Malcolm bezahlt und die Einkäufe im Rucksack verstaut hatte. »Und willkommen zurück!«

Tommy, der bereits an der Tür stand und gerade gehen wollte, erstarrte. Malcolm meinte zu sehen, wie sich sein ganzer Körper anspannte. Dann drehte er sich kurz zu Kathy um und sagte: »Danke.«

Auf dem Rückweg bot er Malcolm an, den Rucksack zu tragen, doch der lehnte ab. »Das schaff ich schon noch.«

Malcolm sah hinaus aufs Meer. »Da unten auf den Felsen hat sich übrigens eine Robbenkolonie angesiedelt. So nah hab ich noch nie welche gesehen! Wenn du Lust hast, können wir einen Spaziergang dahin machen und sie uns angucken. Früher musste man dafür bis ganz zur Südspitze, stimmts?«

»Oder zur Nordspitze. Da waren Nicky und ich immer.«

»Ach, echt? Bis nach Craigmore?« Der Nordteil der Insel war unbewohnt.

»Ja, da konnte man am besten auf den Felsen klettern.«

Das war das erste Mal, dass Tommy von sich aus mehr als einen Satz gesagt hatte. Malcolm wartete ab, ob noch mehr kam, doch Tommy war schon wieder verstummt und schaute hinaus aufs Meer.

Sie waren fast hinter einer Kurve verschwunden, als Malcolm Fiona McKenzie in ihrem Van entdeckte. Wahrscheinlich war sie für heute mit dem Ausliefern fertig und auf dem Weg zurück zum Laden. Er war froh, dass sie einander nicht getroffen hatten. Natürlich würde sie von Kathy sofort erfahren, dass Tommy wieder da war, die beiden Frauen waren schamlos neugierig. Aber eine Begegnung reichte ihm für heute. Außerdem verfügte Fiona nicht über Kathys diplomatisches Geschick, und bis jetzt konnte er sich Tommys Anwesenheit ja nicht mal selbst erklären, ganz zu schweigen jemand anderem. Er hätte nicht gewusst, wie er mit Fragen von ihr umgehen sollte.

Tommy sah seinem Vater so unglaublich ähnlich.

Manchmal träumte Malcolm noch von John. Das Schlimmste war, dass es keine Albträume waren, sondern normale Situationen – John und er als Kinder, wie sie Fußball spielten oder am Strand entlangliefen. Jedes Mal schreckte Malcolm aus diesen an sich harmlosen, friedlichen Szenarien nass geschwitzt und völlig aufgewühlt hoch, erfüllt von einer Art Vorahnung, dass etwas Schreckliches geschehen würde, was er nicht verhindern konnte, nicht einmal jetzt, da es schon geschehen war.

4

Am Nachmittag fragte Tommy, ob er seine Sachen waschen könne. Er stand im Türrahmen der Küche, die Arme verschränkt, hatte aber gleichzeitig etwas Unsicheres an sich, sodass es eher wie Selbstschutz wirkte, nicht abweisend.

»Klar.«

»Ich hab nicht viel dabei. Ich … war in Eile und hab nicht nachgedacht«, erklärte Tommy.

Wieder ging Malcolm durch den Kopf, ob Tommy wohl im Gefängnis gewesen war. Er schob den Gedanken weg. »Wir können deine Sachen gleich waschen, wenn du willst. Ich leihe dir aber auch gern was.«

Hinter Tommys Stirn arbeitete es. Offensichtlich wog er ab, was unangenehmer wäre – sich Sachen von seinem Onkel zu leihen oder gar nichts zum Anziehen zu haben. Schließlich sagte er: »Das wäre nett, danke.«

Malcolm suchte für ihn eine Jeans, ein paar T-Shirts, Pullover, Socken und Unterwäsche zusammen (dieser Teil war ihm peinlich, aber der Junge brauchte ja sicher alles). Er legte den Stapel Kleidung auf Tommys Bett und ging nach unten, um ihm die uralte Waschmaschine zu erklären.

»Die beiden Schläuche musst du da unter der Spüle anschließen. Und schau, ob sie wirklich fest sind, bevor du den Wasserhahn aufdrehst.«

»Du schließt die an den Wasserhahn hier in der Küche an?«, fragte Tommy verwundert.

»Jep, wir haben nie eine eigene Leitung dafür verlegt. Ach so, und vergiss nicht, die Tür mit dem Gummiband festzumachen, die geht sonst auf. Manchmal hält die Maschine mitten im Waschgang an, dann braucht sie einen kleinen Stoß, bevor sie weiterläuft. Und mach dir keine Sorgen wegen dem Rattern, da ist irgendwas locker, sie funktioniert trotzdem.«

Nachdenklich betrachtete Tommy das ausgeleierte Gummiband. »Du, Malcolm … ich will dir ja nicht zu nahe treten, aber wär es nicht langsam mal Zeit für eine neue Maschine?«

»Meinte Heather auch immer! Da kann ich nur sagen, was ich ihr geantwortet hab: Solange die Wäsche sauber wird, ist doch alles gut.«

»Diese Frau und ihre Engelsgeduld«, murmelte Tommy vor sich hin, zupfte probehalber an dem Gummiband, drehte den Wasserhahn auf und stellte die Waschmaschine vorsichtig an. Schlagartig ertönte ohrenbetäubender Lärm. Tommy machte einen erschrockenen Satz nach hinten und fing an zu lachen.

»Das Ding hat den Namen Waschmaschine gar nicht mehr verdient!«

Malcolm überging den Kommentar. Es war schön, Tommy lachen zu sehen. Auf dem Weg nach oben in sein Zimmer lächelte er immer noch.

Als Tommy wieder herunterkam, hatte Malcolm bereits mit dem Abendbrot begonnen. Tommy hatte sich etwas von Malcolms alten Sachen ausgesucht und fühlte sich offensichtlich unwohl in ihnen. Malcolm hingegen freute sich, ihn mit etwas Wärmerem auf dem Leib zu sehen, schwieg aber bewusst dazu. »Sind Baked Beans auf Toastbrot in Ordnung für dich?«

»Jep.«

Tommys Aussprache klang bereits etwas schottischer, fiel Malcolm auf. Die kurze Zeit hier auf der Insel hatte anscheinend schon gewirkt.

Während Malcolm sich weiter um das Essen kümmerte, spazierte Tommy durch die Küche, bot ab und zu seine Hilfe an, blätterte in der Zeitung auf dem Tisch, ohne etwas zu lesen, und machte Malcolm insgesamt ganz nervös. Wir hätten gestern Bier mitbringen sollen, dachte er bei sich. Etwas, was er Tommy hätte anbieten können, irgendetwas, um die Stimmung aufzulockern, die mittlerweile wieder so verkrampft war wie am Anfang. Aber als er sich dafür entschuldigte, nichts dergleichen im Haus zu haben, winkte Tommy ab. »Ich trinke eh keinen Alkohol.«

»Bist du wirklich ein Baird?«, fragte Malcolm lachend, bereute es jedoch sofort. »Ich trinke, ehrlich gesagt, auch so gut wie nie was.«

»Ich hab früher schon getrunken«, sagte Tommy. »Jede

Menge sogar. Vor Kurzem erst aufgehört. War einfach zu viel.«

Ach, du meine Güte, dachte Malcolm. Vielleicht war Tommy deshalb so wortkarg, wenn man ihn auf sein Leben ansprach.

»Vernünftige Entscheidung«, erwiderte er nur.

»Sieht lecker aus«, sagte Tommy, nachdem Malcolm die Baked Beans aufgetan hatte, und schwieg dann lange. Als er fast fertig war, sagte er plötzlich: »Kennen …« Er verstummte und setzte neu an. »Meinst du, dass mich hier noch viele von früher kennen?«

Malcolm sah auf. »Ja.«

»Auf der Fähre war so ein Mann, der hier wohnt. Ross irgendwas.«

»Bestimmt Ross Johnston.«

»Der hat geredet wie ein Wasserfall.«

»Dann war es auf jeden Fall Ross.«

»Erst hat er mich gar nicht erkannt, glaube ich. Aber dann hab ich gesagt, wie ich heiße …«

Gewöhn dich schon mal dran, dachte Malcolm. Na ja, wenigstens wüsste die ganze Insel dank Ross innerhalb weniger Tage, dass Tommy wieder da war, selbst ohne die Hilfe von Kathy und Fiona. Die Leute hätten Zeit, sich darauf einzustellen, und würden ihn hoffentlich nicht zu schlimm anstarren. »Erinnerst du dich nicht mehr an Ross?«

»Nein.«

»Wenn der angefangen hat zu reden, hört er so schnell nicht mehr auf.«

»Das kannst du laut sagen!«, erwiderte Tommy entschieden.

»Wir haben uns hier dran gewöhnt«, sagte Malcolm. »Aber früher hat er mich regelmäßig in den Wahnsinn getrieben. Wir haben uns sogar mal richtig geprügelt.«

»Nicht dein Ernst!«

»Doch, wirklich! Wir waren noch Teenager, aber trotzdem. War das einzige Mal in meinem Leben, dass ich mich geprügelt hab.« Tommys Vater zählte Malcolm nicht mit.

»Worum gings denn?«

»Weiß ich nicht mehr.«

»Um ein Mädchen?«

Malcolm musste lachen. »Als ob es Mädchen auf der Insel gegeben hätte, um die man sich hätte prügeln können. Nein, ich weiß nicht mehr, worum es ging. Bestimmt irgendwas total Dummes.«

Tommy trank einen Schluck Wasser. »Ich kann mir überhaupt nicht vorstellen, dass du dich mit jemandem prügelst.«

»War, wie gesagt, auch nur das eine Mal.«

Tommy sah aus dem Fenster, obwohl es außer Dunkelheit draußen nichts zu sehen gab. »Ich hab mich früher oft mit anderen geschlagen, oder? Nachdem ich bei euch eingezogen bin.«

»Ja, ab und zu«, sagte Malcolm vorsichtig.

»Ich hab Angus MacIntyre die Nase blutig gehauen. Die war sogar gebrochen.«

»Stimmt, hast du.« Das war nicht der Tropfen gewesen, der das Fass zum Überlaufen gebracht hatte, aber auf jeden Fall einer der letzten.

»Ich hab mich ewig schlecht gefühlt deshalb.«

»Du warst damals noch ein Kind.«

Malcolm hatte selbst genug Erinnerungen, die ein schlechtes Gewissen in ihm auslösten. Während der schlimmen letzten Jahre mit Tommy – und erst recht, nachdem er die Insel verlassen hatte – hatte er sich oft gefragt, ob Tommy sie beide genauso verantwortlich machte wie sie sich selbst. Ob er deshalb derart unberechenbar gewesen war? Ob Heather und Malcolm deshalb den Eindruck gehabt hatten, dass Tommy sie beide hasste?

»Er ist nicht auf uns wütend, Mal«, hatte Heather unter Tränen zu ihm gesagt. »Er ist einfach nur wütend. Und leidet unglaublich. Und wir sind die Einzigen, an denen er es auslassen kann, er hat ja sonst niemanden mehr.«

Und trotzdem, *trotzdem* hatten auch sie ihn letztendlich nicht aufgefangen.

5

Am nächsten Tag machte Malcolm sich früh auf den Weg zu den Klippen an der Westseite der Insel. Robert brauchte Hilfe bei der Reparatur seiner Zäune, worüber Malcolm sehr froh war. Er hatte Tommy gefragt, ob er ihn für eine Weile allein lassen könnte, und natürlich hatte der Ja gesagt.

Malcolm und Robert arbeiteten mehrere Stunden schweigend Seite an Seite, trieben neue Holzpflöcke in den Boden, gruben die alten, halb verfaulten aus und stapelten sie auf der Ladefläche von Roberts Truck. Ein starker Wind wehte und hätte eine Unterhaltung ohnehin erschwert. Die Schafe wussten offensichtlich nicht, wie sie die Aktion einzuordnen hatten, und hielten einen Sicherheitsabstand zu den beiden. Als der Vormittag zur Hälfte um war, setzten sich Malcom und Robert in den Truck und gönnten sich einen Kaffee aus der Thermosflasche.

Schließlich sprach Robert an, worauf Malcolm gewartet hatte: »Hab gehört, Tommy ist wieder da.«

»Stimmt.«

Die Männer nippten an ihren Plastikbechern.

»Ganz schön lange her, dass ihr euch das letzte Mal gesehen habt, oder?« Für Roberts Verhältnisse war das schon fast aufdringlich.

»Sehr lange, ja.«

»Gehts ihm gut?«

»Denke schon.« In Wahrheit hatte Malcolm nicht die geringste Ahnung.

»Ist bestimmt komisch, wieder hier zu sein. Also für ihn, mein ich.«

»Bestimmt.«

»Und für dich erst.«

»Mhm.«

Die Männer tranken den letzten Schluck Kaffee und machten sich wieder an die Arbeit. Malcolm hatte das Gefühl, die Stimmung habe sich plötzlich ein wenig verändert. Tommys Rückkehr erinnerte die Inselbewohner an das, was passiert war, und er hatte den Eindruck, sie sahen auch Malcolm deshalb mit anderen Augen. Das war schon lange nicht mehr so gewesen. Nachdem Tommy die Insel verlassen hatte, brachte man sie nicht mehr unmittelbar miteinander in Verbindung, die Menschen dachten nicht mehr sofort an Tommy, wenn sie Heather oder ihn sahen. Die Verbindung würde sich natürlich nie ganz lösen lassen, aber wie gesagt, sie wurde nach und nach schwächer. Er meinte im Laufe der Jahre, wieder einfach Malcolm zu sein und nicht mehr *Johns Bruder*. Nur im Pub spürte er hin und wieder Daveys Blick oder ein kurzes Zögern, wenn Kathy ihm sein Wechselgeld gab, und er wusste, dass sie überlegten, wie viel er wohl wisse.

Heather sagte, er sei zu empfindlich und würde Gespenster sehen.

Das sind doch deine Freunde, meinte sie. *Die denken überhaupt nicht über so was nach.*

Der erste Teil stimmte. Das schloss aber den zweiten Teil nicht aus, dachte Malcolm.

»Ich brauch noch mehr Draht«, sagte Robert.

»Ich hol welchen.« Auf dem Weg zurück vom Auto mit der schweren Drahtrolle im Arm überlegte Malcolm, wie Tommy wohl den Vormittag verbrachte. Er hatte nicht die geringste Vorstellung. Ihn beschlich ein ungutes Gefühl, diesen Fremden allein in seinem Haus gelassen zu haben, schämte sich dafür aber sofort. Was sollte Tommy denn, bitte schön, in seiner Abwesenheit anstellen? Das Haus niederbrennen? Zu klauen gab es jedenfalls nichts bei ihm.

Gemeinsam umwickelten sie die Holzpfosten mit dem Draht, Malcolm hielt ihn straff, und Robert befestigte ihn.

»Es ist fast Deckzeit«, sagte Robert. »Wir treiben die Zibben wahrscheinlich nächste Woche runter. Bist du mit von der Partie?«

»Klar.«

Sie würden die weiblichen Schafe, die gedeckt werden sollten, auf die Weide bringen, die einmal Malcolm gehört hatte. Diese Tatsache würde jedoch keinesfalls angesprochen, was sicherlich weniger Roberts Taktgefühl als seinem absoluten Pragmatismus geschuldet war: Die Dinge waren nun mal, wie sie waren, und es hatte keinerlei Sinn, an der Vergangenheit festzuhalten. Malcolm kannte Robert schon lange und respektierte ihn, nur diese Haltung konnte er nicht teilen, sosehr er es auch versuchte. Ihm gelang es nie, die Vergangenheit ganz hinter sich zu lassen.

Malcolms Vater war Kleinbauer gewesen, sein Vater ebenfalls, dessen Vater auch, und so ging es seit vielen Generationen. Alle Baird-Männer hatten dasselbe Stück Land im Westen der Insel beackert, knapp sieben Hektar, davon zweieinhalb Hektar gutes Ackerland inmitten eines flachen grünen Tals und rund viereinhalb Hektar windumtoste Heide, die sich in Richtung Inselmitte erstreckte. Hinzu kam das Weideland, das größtenteils aus felsigem Hügelland bestand und allen Kleinbauern gemeinsam gehörte.

Als ältester Sohn hatte er immer gewusst, dass er den Hof früher oder später übernehmen würde. Er hatte jedoch nicht damit gerechnet, dass es so früh der Fall sein würde, mit gerade einmal zweiundzwanzig. Damals besaßen sie sechzig Hebridenschafe, sechsundfünfzig Zibben und vier Widder. Malcolm würde die Herde später noch ein wenig vergrößern.

Es war nicht leicht gewesen für Malcolms Vater, besonders im Winter. An sieben Tagen die Woche verließ er das Haus vor Sonnenaufgang und kam nach Einbruch der Dunkelheit zurück. Sie hatten nie genug Geld. Man konnte nicht von einem Hof wie ihrem leben, nicht mal zu jener Zeit. Um über die Runden zu kommen, übernahm sein Vater hin und wieder Gelegenheitsjobs, zum Beispiel als Hafenmeister. Malcolm hatte schon manches

Mal überlegt, ob sein Vater ein anderer Mensch gewesen wäre, hätte er nicht auf der Insel gelebt und wäre kein Kleinbauer geworden. Die Abende verbrachte er wie die meisten Männer hier damit, sich zu betrinken, und manchmal ließ er seine Erschöpfung und seine Verzweiflung an Frau und Kindern aus. Was für ein Klischee, dachte Malcolm. Der betrunkene, vom Leben enttäuschte Mann, der seine Familie verprügelt.

Eigentlich konnte man es gar nicht als Prügel bezeichnen. Meistens hatte es eine Kopfnuss gegeben, nach der man sich auf dem Fußboden wiederfand, oder eine Ohrfeige, nach der einem das Gesicht brannte, die aber sonst keinerlei Spuren hinterließ. Wie unberechenbar diese Situationen waren, hatte Malcolm sehr viel mehr ausgemacht. Manchmal war sein Vater unbeschreiblich wütend, erhob jedoch nicht ansatzweise die Hand gegen ihn. An anderen Tagen hatte er eben noch gelächelt und schüttelte einen im nächsten Moment grob durch. Und dann sein Schimpfen. In erster Linie richtete es sich gegen Malcolms Mutter, seiner Meinung nach die nutzloseste Frau der Welt, hin und wieder ebenfalls gegen seine Kinder. Malcolm hat nur ein einziges Mal miterlebt, dass sein Vater seine Mutter geschlagen hatte. Dennoch war stets klar, dass sein Hass hauptsächlich ihr galt.

Als Kind hatte er immer geglaubt, John und er wären sich einig, was ihren Vater anging. Später musste er mit Schrecken feststellen, dass dies nicht der Fall war. Als Jugendlicher verteidigte John ihn selbst noch während der schlimmsten Phasen. Irgendwann hörte Malcolm auf, dagegen zu argumentieren, denn er bekam Angst, John könnte dem Vater heimlich davon erzählen. Als Erwachsener sagte John zwar nie explizit, das Verhalten des Vaters hätte ihnen gutgetan. Kamen sie auf das Thema zu sprechen, spielte er es jedoch herunter und meinte, er sei eben ein wenig ruppig mit seinen Söhnen gewesen, genau wie sein eigener Vater mit ihm, und geschadet habe es ihnen ja wohl nicht.

Malcolm sah das anders. Ihn hatte es sicher nicht zu einem stärkeren Menschen gemacht, im Gegenteil. Da auf ihm als ältestem Sohn alle Hoffnungen ruhten, dachte er ständig über seine Schwächen nach und fürchtete stets einen Schlag aus dem Nichts.

John schien den Vater zwar nicht unbedingt zu bewundern, aber immerhin viel besser zu verstehen. Wie oft der ihm auch Ohrfeigen verpasste oder wütend gegen die Wand drückte (und vielleicht hatten diese Situationen weniger häufig stattgefunden, als Malcolm meinte) – John warf es seinem Vater nie vor. Im Gegenteil schien er geradezu stolz darauf zu sein, wie gut er das alles wegsteckte, wie er seinem Vater nichts nachtrug. Hätte sein Vater irgendjemanden tatsächlich geliebt (allein dieses Wort klang seltsam im Zusammenhang mit seinem Vater), wäre es John gewesen, der stille, stoische, der schon als kleiner Junge kaum weinte und immer darauf bedacht war, es ihm recht zu machen. Das interessierte seinen Vater jedoch nicht. Er war enttäuscht, weil John klein, dünn und schwächlich war. »Ein Glück, dass der später nicht den Hof übernimmt«, sagte er oft. »Den kann ja jedes Lamm umwerfen.«

»Jetzt sei nicht so, Jack«, hatte seine Mutter sanft eingewandt. »Er wächst doch noch.« Deutlicher traute sie sich nie, ihren jüngsten Sohn zu verteidigen; ihr Mann hätte sowieso nicht auf sie gehört.

In Bezug auf Malcolm riskierte sie da mehr – vielleicht meinte sie, er bräuchte ihren Beistand dringender als John. Malcolms Gesicht blieb während der Tiraden seines Vaters nicht so ausdruckslos wie Johns. Er war weniger mutig als sein jüngerer Bruder, obwohl er größer war. Er hatte unglaubliche Angst vor seinem Vater, und seine Mutter schien das zu wissen. Wenn ihr Mann wieder mal betrunken oder wütend war oder beides (wenn die Jungs Unordnung gemacht, ihre Pflichten im Haushalt nicht erledigt oder in der Schule etwas angestellt hatten, oder wenn es wie so oft keinen tatsächlichen Anlass gab außer einer generellen Unzufriedenheit mit seinem Leben), versteckte sie Malcolm bei sich im Zimmer, bis ihr Mann sich wieder beruhigt hatte, und behauptete unterdessen, er sei nicht zu Hause. Für John tat sie das nie, was Malcolm erst als Erwachsener hinterfragte. Er hatte immer gewusst, dass seine Mutter ihn lieber hatte als John. Gelegentlich sagte sie ganz klar, dass er ihr Lieblingskind war, dass er mehr nach ihr kam und John nach seinem Vater. Er selbst sah das anders. John war überhaupt nicht wie ihr Vater, fand er, und er konnte sich auch nicht vorstellen, dass irgendjemand Angst vor ihm haben könnte. Und dennoch – ihre Mutter war kühl und abweisend zu John, ihn hingegen umarmte sie gern und wuschelte ihm durch die Haare. Bei seinem Bruder tat sie das nie. Malcolm genoss das und schämte sich deshalb gleichermaßen. Später hatte er zunächst angenommen, seine Mutter hätte John so behandelt, weil dieser selbst so reserviert und verschlossen wirkte, schon als Kind ein Buch mit sieben Siegeln war. Irgendwann ging ihm aber auf, dass Johns Verhalten wohl eher eine Reaktion auf das der Mutter gewesen sein musste.

Soweit er sich erinnern konnte, hatten John und er nie über ihre Mutter geredet – bis auf ein einziges Mal. John war in das gemeinsame Zimmer gestürmt, hatte seinen Rucksack in die Ecke gefeuert und gesagt: »Sie kann mich einfach nicht leiden, konnte sie ja noch *nie!*« Malcolm konnte sich gut an sein schlechtes Gewissen erinnern, und wie er wenig überzeugend erwiderte: »Klar kann sie dich leiden!«, obwohl sie beide wussten, dass es nicht stimmte. »Halt die Schnauze, du hast doch überhaupt keine Ahnung!«, hatte John ihn angefahren. Sein wutverzerrtes Gesicht hatte sich Malcolm eingebrannt. In dem Moment hatte er ihn sehr an ihren Vater erinnert, und von da an hatten sie nicht mehr über das Thema gesprochen.

Als ihre Mutter viele Jahre später starb, zogen John und er sich nach der Beerdigung ins Wohnzimmer zurück und betranken sich. Die anderen Gäste waren bereits gegangen. Ab und zu kamen Katrina und Heather mit Würstchen im Schlafrock, Chips und Sandwiches herein, damit die beiden neben dem vielen Whisky wenigstens etwas im Magen hatten. Irgendwann gaben sie auf und überließen die Männer sich selbst.

Seit ihrer Jugend war das eins der wenigen Male, dass Malcolm sich seinem Bruder nahe gefühlt hatte. Sie tauschten Anekdoten über ihre Mutter aus und mussten darüber lachen, wie wichtig es ihr immer gewesen war, dass alle einen Untersetzer für ihr Glas benutzten, ihre

Zierdeckchensammlung, wie sie die Augen verdrehen konnte angesichts der Ausbrüche ihres Mannes (auf ihre Art war sie mutig gewesen). Malcolm war vom Whisky sentimental geworden und hatte versucht, das dünne Band der Einigkeit zwischen John und ihm um jeden Preis aufrechtzuerhalten. »Es war nicht leicht mit ihr, ich weiß. Aber ich denke, sie hat ihr Bestes gegeben.«

»Eine dumme Schlampe war sie«, hatte John daraufhin aus tiefstem Herzen erwidert, seine Sprache kaum vom Alkohol getrübt. »Ich versteh, ehrlich gesagt, nicht, wie Dad es so lange mit ihr ausgehalten hat. Die hat doch immer nur gemeckert und sich über jeden Scheiß aufgeregt.«

Malcolm war so schockiert gewesen, dass es ihm die Sprache verschlug. Seit dem Tag war ihm klar, dass John und er zwar im selben Haus aufgewachsen waren, aber völlig unterschiedliche Eltern und eine völlig unterschiedliche Kindheit gehabt hatten.

Als sein Vater starb, war Malcolm bereits mit Heather verlobt. Ohne sie als Stütze, ohne ihre ruhige Vernunft, hätte er diese Zeit sicherlich nicht überstanden, die Arbeit auf dem Hof auf keinen Fall. Besonders in den schweren ersten Jahren hatte er John manchmal beneidet, weil auf ihm keinerlei Verantwortung oder Verpflichtungen lasteten und er sich bei der ersten Gelegenheit nach Glasgow verzogen und eine Ausbildung als Buchhalter angefangen hatte. (Ihr Vater hatte das natürlich abgelehnt, ihre Mutter hingegen schien ehrlich beeindruckt von der Entscheidung.)

Heather war viel schlauer gewesen als die dickköpfigen

Baird-Männer und hatte in ihrer typischen Art von Anfang an freiheraus gesagt, dass sie vom Hof nicht würden leben können und deshalb ein Plan hermüsse. Sie mochte Pläne, und Malcolm fügte sich gern. Und er war dankbar dafür, dass sie nie, kein einziges Mal, nicht einmal unterschwellig, sagte, er solle den Hof nicht übernehmen. Bei allem anderen hätte er nachgegeben, aber bei dieser Sache nicht. Da er den Hof behalten wollte, war er im Gegenzug mehr als offen für ihre Pläne.

Heather verfügte über ein einzigartiges Talent, wenn es darum ging, über die Runden zu kommen. Sie hatte ständig neue Ideen, das magere Einkommen aufzustocken, das ihnen die Schafzucht bescherte. Sie sammelte Wellhornschnecken am Meer und ließ sie mit der Fähre zu Fischhändlern nach Oban bringen, sie strickte Kleidung aus Schafwolle, malte Aquarelle und verkaufte sie im Souvenirladen an Touristen, und sie arbeitete im Postamt. Wie viele andere auf der Insel übte Malcolm im Laufe der Jahre ebenfalls verschiedene Nebentätigkeiten aus. Eine Zeit lang arbeitete er wie einst sein Vater als Hafenmeister, es war jedoch ein stressiger Job, der ihm keinen Spaß machte und ihn viel zu lange von seinen Schafen fernhielt. Als er ihn nach Tommys Wegzug aufgab, freute sich Davey McPhee bereits darauf, ihn zu übernehmen. »Da spitze ich schon eine ganze Weile drauf!«, meinte er. Malcolm übernahm dafür Daveys bisherige Aufgabe, mit dem kleinen Schulbus die schmale Straße der Insel abzufahren und die Handvoll Kinder morgens zur Schule zu bringen und nachmittags wieder abzuholen. Mit viel Engagement hatten Heather und er es immer irgendwie geschafft.

Nach Heathers erstem Schlaganfall, sie war erst fünfzig, gab Malcolm den Hof auf. Hätte man ihn früher gefragt, wäre er überzeugt gewesen, dass es eine schwere Entscheidung sein würde, vielleicht sogar unmöglich. Aber als sie sich dann tatsächlich stellte, fiel sie ihm ganz leicht. Es war gar keine Frage. Es ging Heather nicht gut, sie brauchte Hilfe im Alltag (auch wenn sie es stets herunterspielte), und der Arzt hatte gemeint, ein weiterer Schlaganfall sei leider wahrscheinlich. Wenn sie nicht mehr lange zu leben hätte, wollte Malcolm die verbleibende Zeit an ihrer Seite verbringen. Sie waren sich schon früh einig gewesen, kinderlos zu bleiben, und hatten es nie bereut. Nur jetzt bedauerte Malcolm es kurz, dass es keinen Sohn gab, dem man den Hof hätte vermachen können. Oder eine Tochter. Im Laufe der Jahre hatte er mit dem Gedanken gespielt, Tommy würde ihn vielleicht gern übernehmen wollen, falls er je zurückkam. Es brauchte jedoch nicht mal Heathers freundlichen Einwand, um zu wissen, dass er sich damit einer absolut utopischen Vorstellung hingab.

Das Land nicht als Ganzes abgeben zu können, war schmerzhafter als der eigentliche Vorgang, das Pachtverhältnis zu beenden. Niemand konnte oder wollte sich die gesamten sieben Hektar leisten, weshalb Malcolm am Ende anderthalb Hektar an Ross Johnston verkaufte, der es seinem eigenen Land angliederte, und den Rest an Robert, der den größten Hof der Insel besaß und seine Herde Shetlandkühe erweitern wollte. Das Land ging einfach in ihren Besitz über, verwuchs mit ihrem, als hätten es vorher nicht ganze Generationen von Malcolms Familie bewirtschaftet. Malcolm hätte es sogar verschenkt, so sehr schmerzte ihn das alles, so sehr wollte er das Ganze hinter sich bringen. Heather passte jedoch auf. »Du wirst das Geld noch brauchen, Mal«, sagte sie. »Gerade im Alter.« Es brach ihm das Herz, dass sie *du* gesagt hatte, nicht *wir*.

»Außerdem wäre es schön«, fuhr sie fort, »wenn am Ende noch ein bisschen was für Tommy übrig ist. Er wird ja weiß Gott nicht viel erben, aber ihm wenigstens ein bisschen was zu hinterlassen, wäre doch schön.«

Und Malcolm stimmte ihr zu, denn sie hatte ja wie immer recht. Er verkaufte das Land zu einem guten Preis (einem *sehr* guten Preis, wie sich Ross hinterher im Pub vernehmen ließ, doch er sagte es ohne Missgunst) und hatte damit etwas Geld auf der hohen Kante für später und für Tommy, falls der jemals wieder auftauchen sollte.

6

Erst war es wie ein Schlag in die Magengrube, wieder Tommy genannt zu werden, dann fühlte es sich im Handumdrehen absolut vertraut an. Was fast schlimmer war als der anfängliche Schrecken.

Er hatte einen ganzen Tag allein vor sich und wusste nichts mit sich anzufangen. Malcolm hatte früh das Haus verlassen, um irgendwem auf dessen Farm zu helfen (sie versuchten beide, dieses Thema zu vermeiden). Nachdem Malcolm gegangen war, lief Tom ziellos durch die Zimmer, berührte hier und da wahllos einen Gegenstand, fuhr mit dem Finger über Stuhllehnen, Oberflächen, Geländer.

Er hatte gemeint, sich nicht mehr gut an das Haus zu erinnern, aber tatsächlich hier zu sein, brachte die Erinnerungen wieder an die Oberfläche. Natürlich. Alles war wie früher, als hätten die Dinge geduldig auf ihn gewartet. Er hatte auch gemeint, mental auf den Besuch vorbereitet zu sein, doch hatten Heathers Tod und der Anblick von Malcolm als älterer Mann ihm ganz schön zugesetzt. Selbstverständlich war die Zeit während seiner Abwesenheit nicht stehen geblieben, aber dieses Wissen war anscheinend nicht ganz bei ihm angekommen. Ein Teil von ihm hatte tatsächlich erwartet, Heather und Malcolm wie früher vorzufinden, wie er sie kannte, voller Kraft und Tatendrang – Malcolm, der sich fast rund um die Uhr um den Hof kümmerte, und Heather in irgendeinem Laden an der Kasse oder mit dem Lieferwagen unterwegs oder mit einer Strickarbeit im Wohnzimmer auf der Couch. Tom hatte die beiden über die Jahre ziemlich vernachlässigt und war auch nicht gerade stolz auf sein Verhalten während seiner letzten Monate hier. Dementsprechend war er sich nicht sicher gewesen, wie herzlich er aufgenommen würde. Dass er nicht mehr beide antreffen könnte, darauf war er jedoch nicht gekommen. (An seinem ersten Abend hier hatte er lange um Heather geweint, selbst überrascht von der Intensität seiner Trauer. Er hatte sie ja eigentlich kaum gekannt.)

Gegen Mittag ging er nach oben und holte sein Handy aus dem Rucksack. Er starrte eine Weile unglücklich auf das schwarze Display und schaltete es dann zum ersten Mal wieder an, seitdem er aus London weggegangen war. Ein Balken Empfang, eine Nachricht von Caroline blinkte auf. Sie war zwei Tage alt. *Sag mir bitte wenigstens Bescheid, ob alles ok ist.*

Er versuchte, nicht lange darüber nachzudenken, und tippte schnell eine Antwort. *Ja, alles ok. Bin in Litta. Hoffe, bei dir ist auch alles gut.* Er zögerte kurz, fügte dann noch *Es tut mir leid* hinzu und drückte auf Senden. Sobald die

Nachricht als abgeschickt angezeigt wurde, schaltete er das Handy wieder aus.

Er war unruhig. Es sah nicht nach Regen aus, also zog er Jacke und Stiefel von Malcolm an und trat hinaus in die Kälte. Er schloss nicht hinter sich ab, das tat hier niemand. Als Kind hatte ihn das nicht gewundert, erst als Erwachsenen. Man könnte einfach geradewegs ins nächste Haus gehen, mitnehmen, was man wollte, und den Leuten dort einen Riesenschrecken einjagen. Trotzdem hatte es nie auch nur ein einziges Verbrechen in Litta gegeben – abgesehen von dem seines Vaters. Und warum sollte man die Tür abschließen, wenn die einzige Gefahr eh schon drinnen war?

Er machte sich auf den Weg, die obere Schleife der Straße entlang, diesmal in nordöstlicher anstatt südöstlicher Richtung wie am Tag zuvor mit Malcolm. Links und rechts erhoben sich die kantigen, mit Moos und Heidekraut bewachsenen Felsen. Am meisten fiel ihm die andere Luft auf. Er hatte bereits in Oban gemerkt, wie frisch sie hier war, und dann dieser salzige Duft. Ganz anders als der Smog in London. In Litta war der Unterschied noch deutlicher, die Luft war stets feucht und kühl, und selbst an völlig klaren Tagen schien immer ein Hauch von Nebel darin zu liegen.

Tom lief etwa eine Stunde lang so vor sich hin. Obwohl er der einzigen Straße folgte, begegnete ihm kein einziger Mensch, nicht einmal ein Auto fuhr an ihm vorbei. Er konnte sich nicht erinnern, diese Abgeschiedenheit als Kind wahrgenommen zu haben, aber das lag vielleicht auch daran, dass Nicky und er immer alles gemeinsam gemacht hatten.

Die Straße machte einen Bogen und schlängelte sich dann weiter an der Küste entlang. Egal, in welche Richtung man ging, früher oder später kam man ans Meer. Komisch, dass die Leute sich hier nicht sonderlich dafür interessierten, obwohl sie ihr ganzes Leben davon eingeschlossen verbrachten. Waren deshalb fast alle so engstirnig? Tom drehte um und ging zurück zu Malcolms Haus, in seinem Rücken das Meer, das die Wellen nach ihm ausstreckte.

Als Malcolm bei Einbruch der Dämmerung nach Hause kam, saß Tom in der Küche. Er wartete zwar nicht explizit auf ihn, war aber auch nicht erkennbar mit etwas anderem beschäftigt.

»Und, wie war dein Tag?«, fragte er.

»Gut«, sagte Tom und fügte dann schnell schuldbewusst hinzu: »Und deiner?«

»Auch gut.«

Malcolm zog die Jacke aus und hängte sie an den Haken. »Magst du eigentlich immer noch überbackenen Blumenkohl?«, rief er aus dem Flur.

Tom wusste im ersten Moment keine Antwort darauf. »Glaub schon?« Das hatte er seit seiner Kindheit nicht mehr gegessen. »Hat meine Mutter früher ab und zu gekocht.«

Malcolm kam zurück in die Küche. »Ach, was. Wollte ich uns zum Abendbrot machen. Was meinst du?«

»Klar.«

»Ich geh mich eben umziehen.«

Später saß Tom am Küchentisch und sah Malcolm beim Kochen zu. Er hatte seine Hilfe angeboten, aber Malcolm meinte, es gäbe eigentlich nichts zu helfen.

»Du kannst nachher gern den Tisch decken«, sagte er und schüttete Mehl zu der Milch im Topf auf dem Herd.

»Mach ich.«

»Musste lange üben, bevor ich Béchamelsoße richtig hinbekommen habe«, sagte Malcolm. »Das mit der Konsistenz ist gar nicht so leicht.«

»Ja, man muss immer aufpassen, dass sich keine Klümpchen bilden.«

»Am besten ununterbrochen rühren.«

Darauf fiel Tom nichts mehr ein, und Malcolm anscheinend auch nicht. Sie schwiegen.

Tom betrachtete seinen Onkel verstohlen. Malcolm trug eine alte grüne Küchenschürze, die wahrscheinlich früher Heather gehört hatte, und rührte mit höchster Konzentration im Topf. Schwer, beides miteinander in Einklang zu bringen, fand Tom: sein Onkel in diesem Aufzug und mit dem Kochlöffel in der Hand, der ein Gericht zubereitete, das Toms Mutter früher immer gemacht hatte. Es kam ihm irgendwie unmännlich vor, obwohl ihm klar war, wie absurd dieser Gedanke war. Plötzlich überkam ihn ein schlechtes Gewissen, das er bis in den Magen spürte. Es war nicht aus dem Nichts gekommen, eine Erinnerung, ein Gedanke hatte es hervorgerufen. Früher hatte Tom in solchen Momenten versucht, seine Gedanken sofort abzustellen, damit sie ihm ja nichts zeigten, was er nicht sehen wollte. Das machte es aber meistens nur schlimmer. Er hatte gelernt, dass es besser war, sich der Erinnerung gleich zu stellen. Also nahm er den Faden dieses Gefühls auf und folgte ihm sorgfältig, fast masochistisch, bis er bei der Erinnerung angekommen war, aus der sich der Faden gelöst hatte. Die Sache mit der Wäsche, so nannte er sie im Kopf. Wieder mal. Eigentlich war es nichts Besonderes gewesen: Seine Mutter hatte ihn gebeten, ihr beim Wegräumen der sauberen Wäsche zu helfen, und er wollte nicht. Später ergab sich daraus ein Streit zwischen seinen Eltern. Das Schlimme daran war der Zeitpunkt, deshalb stieg diese Erinnerung auch regelmäßig aus irgendwelchen Untiefen in ihm auf, das wusste er. Die Situation hatte sich nur wenige Tage vor der Tat abgespielt. Als Erwachsener verstand Tom zwar, dass das eine wahrscheinlich nichts mit dem anderen zu tun hatte, dennoch haftete der Begebenheit ein Schrecken an, der weit über das hinausging, was tatsächlich passiert war.

Er wandte den Blick von Malcolm ab und durchlebte die Szene noch mal.

Seine Mutter stand an der Spüle, die Haare offen. Angus wartete draußen auf ihn, sie waren zum Spielen verabredet. Hinterher hatte er sich oft gefragt, ob sich das Ganze eher morgens oder erst am Nachmittag zugetragen hatte. Er konnte sich nicht erinnern. Aber er spürte noch genau, wie wichtig ihm dieses Treffen war, die fast panische Enge in ihm. Nicht, weil er Angus warten ließ, nein, es ging um etwas anderes. Etwas weniger Greifbares, etwas im Zusammenhang mit einer anderen, tief verborgenen Angst seiner Kindheit – der Angst, etwas zu verpassen, ausgeschlossen zu sein.

Seine Mutter sagte, er solle ihr erst mit der Wäsche helfen, bevor er irgendwohin verschwand.

Und Tommy dachte, er würde wie immer gehorchen, und war deshalb selbst überrascht, ein »Nein« aus seinem Mund zu hören. Sofort fühlte er den Riss zwischen seiner Mutter und sich, weil er ihr widersprochen hatte.

Er konnte sich nicht mehr daran erinnern, was seine Mutter darauf erwiderte, nur noch, dass sie hart blieb – und er auch. In diesem Moment hasste er sie, und er wusste, wie schockiert er über dieses Gefühl gewesen war. »Ich bin aber mit Angus verabredet«, sagte er immer wieder. »Der wartet auf mich.« Und dann das, was ihm am deutlichsten im Kopf geblieben war: Trotz des Bewusstseins, damit zu weit zu gehen, sagte er: »Außerdem ist Wäschemachen Frauensache.«

Er konnte sich nicht erinnern, was seine Mutter darauf antwortete, aber sie war sehr wütend gewesen. Er hatte keine Ahnung, wieso sie in seinen Erinnerungen so selten eine Stimme hatte.

Plötzlich kam sein Vater dazu, mitten hinein in diese Konfrontation zwischen Mutter und Sohn. Tommy spürte eine Welle der Furcht in sich aufsteigen. Sein Vater schaute zwischen seiner Mutter und ihm hin und her und verlangte eine Erklärung für den Lärm. Wahrscheinlich hatten sie ihn beim Arbeiten gestört.

Sie erklärten, worum es ging. Vielleicht sprach erst seine Mutter, zögerlich und leise. Vielleicht plärrte Tommy zu seiner Verteidigung dazwischen, Angus würde warten, und er hätte keine Zeit. Vielleicht schwieg er auch nur ängstlich.

Er war sich auf jeden Fall sehr sicher, was sein Vater daraufhin gesagt hatte. Er stand im Türrahmen mit seinem typischen kleinen Lächeln. »Lass den Jungen gefälligst draußen spielen, Katrina. Was soll er denn hier seiner Mutter am Rockzipfel hängen?« Dann hatte er sich an Tommy gewandt: »Na los, raus mit dir. Ich lass dich schon von deiner Mutter nicht zum Mädchen machen.«

Tommy hatte sich mit einer Mischung aus Zufriedenheit und dem Gefühl, seine Mutter verraten zu haben, aus der Küche gestohlen. In seiner Erinnerung sah seine Mutter ihn nicht an. Der triumphale Sieg über sie mischte sich mit einer Art Schock und dem Gedanken an die Wärme, die immer in ihm aufstieg, wenn sie ihn anlächelte, wenn sie sich hinhockte, um mit ihm auf einer Höhe zu sein, während er ihr etwas erzählte, das Gefühl, wenn sie ihn umarmte und er ebenfalls fest die Arme um sie schlang. Tommy hatte niemanden so lieb wie sie. Einmal, als er noch sehr klein war, vertraute er Nicky an, dass er sie sogar lieber hatte als Gott und Jesus. Nicky erwiderte sofort: »So was darf man nicht sagen«, fügte dann aber hinzu: »Ich auch.«

Tommy wusste noch gut, dass er diesen Nachmittag oder Vormittag, was immer es nun gewesen war, mit Angus nicht genießen konnte. Er musste die ganze Zeit an seine Mutter denken, wie böse sie wohl auf ihn war, oder schlimmer noch, wie enttäuscht. Seinen Willen durchzusetzen, fühlte sich nicht so an, wie er es erwartet hatte. Es machte einsam.

Malcolm drehte sich zu ihm um. »Bin fast fertig.«

Tom nickte, stand auf und begann, den Tisch zu decken.

Als er nach Hause gekommen war, hatte er seine Eltern streiten gehört. Er begriff instinktiv, dass es um ihn ging, und schämte sich. Einen Vorwurf seines Vaters hatte er noch genau im Ohr: »Du bist wirklich immer nur am Meckern. Kannst du nicht mal einen Tag damit aufhören? Verdammte Scheiße!« Das Gehörte hatte sich ihm eingebrannt, weil er damals nicht hatte fassen können, dass sein Vater einfach so das schlimme Wort sagte. Bei ihnen zu Hause wurde nicht geflucht. Außerdem setzte es ihm zu, dass sein Vater dieses Wort ausgerechnet gegenüber seiner Mutter verwendet hatte. Sein Entsetzen darüber drückte sich in Form einer Übelkeit aus, die ihm aus dem Magen in Hals und Mund stieg. Unter Aufbietung aller Kräfte zwang er sie wieder hinunter.

Malcolm tat für sich und Tom Essen auf und brachte die Schüsseln an den Tisch.

»Sieht gut aus«, quälte Tom heraus. »Danke fürs Kochen.«

»Schmeckt bestimmt nicht so gut wie bei deiner Mum, aber essen kann man's, glaube ich.«

Tom hoffte, dass sie sich beim Essen nicht weiter unterhalten mussten, einem Gespräch fühlte er sich gerade alles andere als gewachsen.

Aus Angst, gehört zu werden und damit die Aufmerksamkeit auf sich zu ziehen, hatte er wie gelähmt im Flur gestanden und sich nicht hoch in sein Zimmer getraut. Er hätte in die Küche gehen und seinem Vater sagen sollen, dass alles seine Schuld war, dass er nicht seine Mutter anschreien solle, sondern ihn. Aber er tat es nicht.

Er stand dort wie angewurzelt, als sich plötzlich seine

Blase schmerzhaft bemerkbar machte. Schließlich hörte er seinen Vater brüllen: »Das Kino nächste Woche könnt ihr verdammt noch mal vergessen!«, die Küchentür ging auf und schlug wieder zu, und er nutzte die Gelegenheit, schnell den Flur hinunter ins Bad zu rennen.

Das Kino nächste Woche könnt ihr verdammt noch mal vergessen! Über diesen Satz dachte Tommy später noch lange nach. Hatte sein Vater die Tat zu dem Zeitpunkt schon geplant?

Hinter der abgeschlossenen Badezimmertür fühlte er sich sicher. Er stand vor der Toilette, starrte in die Schüssel und versuchte zu pinkeln. Es ging nicht gleich, und es war ziemlich unangenehm, so sehr zu müssen, aber nicht zu können. Endlich beruhigte sich sein Herzschlag, und er erleichterte sich. Während sein Urin in die Schüssel plätscherte, dachte Tommy über die neueste Tragödie nach, die ihn befallen hatte. Aus dem Ausflug ins Kino nach Oban, auf den er sich so gefreut hatte, wurde also nichts. Vielleicht hätte sein Vater bis zum nächsten Wochenende wieder bessere Laune und würde seine Meinung ändern.

Möglicherweise hätte er den Streit bis dahin ganz vergessen? Unwahrscheinlich. Sein Vater vergaß nicht.

Er wusste, er war schuld an dieser Katastrophe, und Nicky wäre bestimmt am Boden zerstört, dass das Kino ausfiel.

Seine Mutter war aber auch nicht unschuldig, sie hatte gegenüber dem Vater nicht nachgegeben, obwohl das offensichtlich die richtige Reaktion gewesen wäre. Stattdessen hatte sie ihn böse gemacht, indem sie weiter mit ihm stritt. Während Tommy sich die Hände wusch, ging ihm durch den Kopf, dass es ganz schön dumm von seiner Mutter war, seinen Vater so zu provozieren, wo es ihn doch immer so wütend machte, wenn sie sich ihm widersetzte. Tommys Ärger teilte sich zwischen ihm selbst und seiner Mutter auf, und das war es, woran er sich später am meisten erinnerte: dass er sich selbst zwar Vorwürfe machte, vor allem aber ihr.

7

Am nächsten Morgen klingelte das Telefon im Flur. Malcolm war mit dem Abwasch vom Abend zuvor beschäftigt, Tommy aß gerade Frühstück.

Davey McPhee hielt sich gar nicht mit einer Begrüßung auf. »Bierchen heute Abend?«

Der Pub der Insel gehörte zu dem kleinen Litta-Hotel. Das Hotel selbst blieb während der Wintermonate geschlossen, der Pub wurde jedoch für Einheimische geöffnet – vorausgesetzt, man kündigte sich dem Barmann Ross Johnston vorher an. (Der Nachteil war, dass man dann auch etwas mit ihm trinken musste.) Mittlerweile machte sich niemand mehr darüber lustig, dass Malcolm immer nur ein halbes Pint Ale auf einmal bestellte, nie ein ganzes. »Malcolm ist kein großer Trinker«, kam zwar jedes Mal der Kommentar, aber es war nur mehr eine Feststellung, keine Kritik.

»Heute lieber nicht, Davey«, sagte Malcolm.

»Komm schon, das letzte Mal ist ewig her.«

»Ich …« Wieso fiel es ihm so schwer, den wahren Grund zu nennen? Davey konnte sich den eh denken. »Tommy ist gerade zu Besuch.«

»Dann bring ihn mit, ist doch kein Problem.« Davey zögerte kurz und fügte dann hinzu: »Die Jungs würden sich bestimmt freuen.«

Das stimmte, dachte Malcolm. Die meisten würden sich wahrscheinlich wirklich freuen, dass es ihm gutging. Dieses mulmige Gefühl hatte ausschließlich mit ihm selbst zu tun. »Heute bin ich zu kaputt. Ein anderes Mal gerne.«

»Meine Güte, du klingst ja, als wärst du achtzig. Na schön, dann eben ein anderes Mal. Aber dann mit Tommy, okay?«

»Alles klar.«

»Wie gehts ihm überhaupt?«

»Gut.«

»Ist er verheiratet?«

»Nein.«

»Hab gehört, er wohnt jetzt in London.«

»Mhm.«

»Da hats ihn ja ganz schön weit weg verschlagen, den kleinen Tommy Baird.« Davey schwieg einen Moment lang. »War ein lieber Junge.«

Was sollte Malcolm darauf erwidern? Davey meinte wohl, bevor es passiert war, denn den Tommy danach konnte man nun wirklich nicht als lieben Jungen bezeichnen.

»Na, dann grüß ihn mal schön.«

»Mach ich, Davey. Danke.«

Malcolm legte auf und ging zurück in die Küche.

Tommy würde nicht fragen, wer am Telefon gewesen war; er war ausgesprochen zurückhaltend, und das galt für seine Privatsphäre wie die von anderen. Malcolm erzählte es ihm trotzdem, vielleicht wollte er einfach Gesprächsstoff haben. »Das war Davey McPhee, kennst du den noch?«

Tommy runzelte nachdenklich die Stirn. »Fürchte nicht.«

»Der hat den Schulbus gefahren, als du klein warst.«

Tommys Miene hellte sich auf. »Doch, dann erinnere ich mich. Der war immer nett zu uns.«

»Er hat gefragt, ob wir heute Abend was mit ihm trinken wollen. Ich hab es veschoben.« Plötzlich fiel Malcolm ein, dass Tommy ja keinen Alkohol mehr trank, vielleicht wäre das also generell ein Problem. »Wir müssen aber auch gar nicht«, fügte er unbeholfen hinzu.

»Doch, geh du ruhig«, erwiderte Tommy. »Schränk dich wegen mir bitte nicht ein, ich will dir keine Umstände machen.«

»Keine Sorge«, sagte Malcolm. Er fand es ebenso amüsant wie beunruhigend, dass Tommy meinte, ein Abend ohne diese Männer wäre eine starke Einschränkung für ihn. Was hatte der Junge denn für eine Vorstellung von seinem Alltag? »Im Ernst, ich seh die meisten eh fast jeden Tag, manchmal sogar zu oft für meinen Geschmack. Hier kann man den Leuten schlecht aus dem Weg gehen.«

»Das haben Inseln so an sich«, war Tommys nüchterner Kommentar. »Ihr habt Gälisch gesprochen?«

»Ja.« Diese Tatsache war Malcolm auf einmal peinlich. »Daveys Idee. Er findet, wir sollten das ein bisschen pflegen. Gibt ja nicht mehr viele von uns.« Um den Eindruck zu vermeiden, sie hätten Gälisch gesprochen, damit

Tommy sie nicht verstand, was sie über ihn redeten, erklärte er schnell: »Er hat auch kurz nach dir gefragt, und ich hab gesagt, dass es dir gutgeht.«

Tommy nickte. »Hab schon ewig kein Gälisch mehr gehört.«

»Was soll ich sagen. Ist eben meine Muttersprache.«

Wenn Malcolm so darüber nachdachte, kam ihm das seltsam vor. Als Kinder hatten John und er sich zu Hause auf Gälisch unterhalten, in der Schule auf Englisch. Selbst als er Heather kennenlernte, fühlte er sich im Englischen noch nicht heimisch. Heutzutage, alt, wie er war, war es andersherum, Gälisch fühlte sich eher ungewohnt an. Es wirkte steif und unnatürlich, wenn die anderen im Pub in diese Sprache wechselten, der Pathos alter Männer, die sich an etwas klammerten, das lange verloren war. Irgendwann – wann genau, war ihm entfallen – hieß es nicht mehr *Gàidhlig*, sondern Gälisch. Mittlerweile dachte er ausschließlich auf Englisch. Hin und wieder sprach er im Traum seine eigentliche Muttersprache noch fließend, die Sprache seiner Vorväter, die Sprache seiner Jugend – für Malcolm fühlte sie sich gleichzeitig uralt und jung an.

»Habt ihr doch auch in der Schule gelernt, oder?«, fragte er Tommy.

»Ja, aber ich hab fast alles vergessen. Zu Hause haben wir immer Englisch gesprochen.«

Das wusste Malcolm. John hatte ihm sogar verboten, mit seinen Kindern auf Gälisch zu reden. Den Grund dafür konnte Malcolm nie ganz nachvollziehen. Lag es an ihrem Vater, der sie schlug, wenn er ein englisches Wort von ihnen hörte, oder daran, dass die Sprache in Johns

Augen, wie so vieles am Inselleben, »hinterwäldlerisch« war? Er hatte immer schon das starke Bedürfnis gehabt, aus der Masse hervorzustechen.

»Tha i fliuch«, sagte Tommy plötzlich. Seine Aussprache war gar nicht mal schlecht.

Malcolm lächelte. »Das ist es hier immer.«

Es ging nichts über einen Überraschungsbesuch, um sich die Leere des eigenen Lebens vor Augen zu führen, dachte Malcolm am Nachmittag, nachdem er Tommy zum dritten Mal innerhalb einer Stunde gefragt hatte, ob er einen Tee wolle. Seit wann trank er selbst überhaupt so viel Tee? Es grenzte ja fast an ein Wunder, dass er noch zu irgendetwas anderem kam.

»Nein danke«, sagte Tommy, ebenfalls zum dritten Mal.

»Ich mach mir noch einen«, sagte Malcolm und ging in die Küche.

Ihr heutiger Spaziergang hatte sie zur Alban Bay am südlichen Rand der Insel geführt, wo sie auf Robben gehofft, jedoch keine entdeckt hatten. Seitdem saßen sie nebeneinander auf der Couch, Malcolm las Zeitung und Tommy eins von Heathers Büchern, das er sich mit einem höflichen »Darf ich?« aus dem Regal genommen hatte.

»Klar«, hatte Malcolm, ohne aufzublicken, geantwortet.

Als er nun mit seiner Tasse aus der Küche zurückkam, versuchte er, unauffällig einen Blick auf den Buchtitel zu werfen. Wie früher als Kind saß Tommy beim Lesen im Schneidersitz und mit einem Ausdruck höchster Konzentration da. Er hatte sich *Bildnis einer Dame* ausgesucht, eine überraschende Wahl. Heather und ihre viktorianischen

Romane! Damit hatte Malcolm nie etwas anfangen können. Tommy hingegen schien richtig vertieft. Er war ein helles Köpfchen, genau wie Heather – immer am Lesen, immer am Hinterfragen (obwohl Heather niemandem erlaubt hätte, sie als helles Köpfchen zu bezeichnen). Von Jill hatten sie damals erfahren, dass Tommy an der Uni angenommen worden war, wo, hatte er vergessen. Oben im Norden irgendwo. Manchester? Oder Durham vielleicht? Heather und er hatten ihm damals mit einer Karte dazu gratuliert. Es war nie eine Antwort gekommen, zu dem Zeitpunkt rechneten sie aber auch nicht mehr damit. Malcolm wusste nicht, was Tommy studiert und ob er das Studium überhaupt abgeschlossen hatte.

Er betrachtete seinen Neffen eine Weile, fand aber nicht die richtigen Worte, um ihn zu fragen.

»Ich les eigentlich nur noch selten«, sagte Tommy auf einmal, als hätte er Malcolms Blick gespürt.

»Ach ja?«

»Früher hab ich viel gelesen. Jetzt kaum noch.«

»In London ist das Leben bestimmt viel zu voll für so was«, sagte Malcolm, ohne tatsächlich eine Vorstellung davon zu haben.

»Kommt drauf an«, erwiderte Tommy, führte es jedoch nicht weiter aus.

Malcolm widmete sich erneut seiner Zeitung. Plötzlich fragte Tommy: »Soll ich heute Abend kochen?«, und sah Malcolm dabei unsicher an. Es war doch bloß überbackener Blumenkohl, dachte Malcolm. So schlimm kann es nicht geschmeckt haben. Da fügte Tommy hinzu: »Damit du nicht immer ranmusst.«

»Macht mir nichts aus«, beruhigte ihn Malcolm. »Für zwei zu kochen, ist auch nicht mehr Arbeit als für einen.« Dann fiel ihm ein, wie sich sein Neffe die ganze Zeit die größte Mühe gab, nur ja nicht seine Gastfreundschaft überzustrapazieren. Vielleicht fühlte er sich wohler, wenn er sich auch mal um das Abendbrot kümmerte? »Also wie gesagt, du musst nicht, aber wenn du Lust hast, dann gern.«

»Magst du Omelett?«

»Klar.«

»Gut.« Tommy nickte zufrieden. »Das wär also geklärt«, sagte er zu sich selbst und vertiefte sich wieder in sein Buch.

Tommys Käse-Omelett konnte sich sehen lassen. Malcolm versuchte, langsam zu essen, um Tommy zu zeigen, wie gut es ihm schmeckte, bemerkte dann aber, dass dieser sein eigenes innerhalb einer Minute verputzt hatte. In manchen Dingen war er noch ganz der Alte. Er sah Katrina deutlich vor sich, die Tommy über den Kopf strich und sagte: »Schling doch nicht immer so, Spatz, nimmt dir keiner was weg!«

Beide waren fertig, blieben aber sitzen. Malcolm überlegte, ob Tommy mit ihm über irgendetwas reden wollte, oder ob er, wie Malcolm, einfach nicht wusste, was er als Nächstes tun sollte.

»Mein Vater hat mir beigebracht, wie man Omelett macht«, sagte Tommy auf einmal beiläufig.

Malcolm versuchte, sich seine Überraschung ob dieses Themas nicht anmerken zu lassen. »Ach ja?«

»Das wars aber auch schon.«

»Kochen war nie seine Leidenschaft«, stimmte Malcolm zu. Das war Frauenarbeit für ihn. Malcolm hatte diese Meinung ebenfalls jahrelang gehegt, musste er sich eingestehen. Erst vor Kurzem war ihm aufgegangen, wie altmodisch er gewesen war. Heather ebenso, zumindest bei manchen Dingen.

»Absolut nicht«, stimmte Tommy zu. »Aber er meinte, meine Mutter könne kein vernünftiges Omelett machen – im Gegensatz zu ihm. Er war unheimlich stolz auf seine Omelettkünste und musste das Nicky und mir deshalb unbedingt beibringen.«

»Ist doch praktisch«, zwang sich Malcolm zu einer möglichst neutralen Antwort.

»Mir ist bloß irgendwann aufgegangen, dass es seltsam ist, wenn einem Omeletts so viel bedeuten. Ich meine, gab es wirklich nichts anderes, auf das er stolz war? *Gar* nichts?«

»Ich denke, er war auf eine ganze Menge stolz«, entgegnete Malcolm.

Tommy schwieg, dann gähnte er. »Ich glaub, ich geh bald schlafen. Vielleicht les ich oben noch. Wie spät ist es?«

Malcolm sah auf die Uhr. »Gerade acht durch.«

»Erst? Wow.«

»Ja, die Abende hier ziehen sich manchmal.«

Das verstand Tommy anscheinend falsch, denn er wirkte sofort verunsichert. »Du kannst gern in den Pub gehen, das macht mir wirklich nichts. Du musst echt nicht wegen mir zu Hause bleiben.«

»Nein, nein, ich …« Es war schon bemerkenswert, dachte Malcolm, wie sehr er die ganze Zeit versuchte, Tommy die Anspannung zu nehmen, während er selbst alles andere als entspannt war. »Ich bleibe sowieso lieber zu Hause. Ich meinte nur, dass die Abende auf der Insel langweilig sein müssen für jemanden, der nicht an dieses ruhige Landleben gewöhnt ist.«

»Ich hab mir eigentlich immer ein ruhiges Leben gewünscht«, sagte Tommy.

»Dann bist du bei mir an der richtigen Adresse.«

Wie so oft schien ein Satz, der, von außen betrachtet, völlig harmlos wirkte, etwas in Tommy auszulösen. Als käme er damit einem bestimmten Thema gefährlich nahe, beispielsweise der Frage, wieso er überhaupt zurückgekommen war. Die Antwort darauf blieb er Malcolm nach wie vor schuldig. Jedenfalls war noch die einfachste Unterhaltung mit ihm vermintes Gelände.

»Wenn du das sagst«, erwiderte Tommy. »Gute Nacht.«

Vielleicht hatte der Junge einen Tapetenwechsel gebraucht, hatte für ein paar Tage aus der Stadt rausgewollt, um durchzuatmen, überlegte Malcolm, nachdem Tommy nach oben gegangen war. Möglicherweise steckte gar nicht mehr dahinter, und er bildete sich die vielen Fallstricke ein oder legte sie sich selbst.

Im Bett überlegte Malcolm, ob seine Freunde im Pub wohl über ihn und Tommy sprachen. Wahrscheinlich. Selbst wenn sie aus Loyalität nicht über Malcolm diskutierten, waren sie ganz bestimmt früher oder später auf das ungelöste Problem namens John zu sprechen gekommen. Es gab niemanden, der sich nicht damit beschäftigt hatte, und da es nach wie vor keine zufriedenstellende Antwort gab, war das Thema eben nie abgeschlossen.

Heather hatte ein ums andere Mal die Frage gestellt, wieso er es denn bloß getan hatte. Sie hatte sich schlimme Vorwürfe gemacht, nichts bemerkt und keinerlei Anzeichen wahrgenommen zu haben, als hätte sie die Verantwortung für John gehabt, dabei war sie ja nicht mal mit ihm verwandt. Sie war nicht diejenige, die mit ihm aufgewachsen war.

Andere wandten sich ebenfalls immer wieder mit derselben Frage an Malcolm, als würde er über Insiderwissen verfügen, als wäre er irgendwie involviert gewesen. Nicht, dass man ihm Vorwürfe machte, man sah ihn nur plötzlich in einem anderen Licht, das merkte er genau. Die Leute schlichen um ihn herum und hofften auf den Moment, in dem er endlich sein geheimes Wissen mit ihnen teilen würde. Wieso hatte John das getan? Alle hatten ihn gemocht. Malcolm musste doch eine Erklärung dafür haben. War John verrückt geworden?

»Er hat sie doch geliebt«, hatte Heather gesagt. »Das hat man gespürt. Er hat Katrina und die Jungs geliebt.«

Nach Johns Beerdigung – er wurde nicht am selben Tag bestattet wie die anderen, und nur wenige Gäste kamen – hatte Davey zu Malcolm gesagt: »Das Problem ist, dass es kein Fremder war. Es war John. Der ist hier geboren. Der war einer von uns!«

Malcolm wusste, was Davey mit diesen ungeschickten Worten beabsichtigte: Er wollte es Malcolm leichter machen. Indem er John zu einem von ihnen erklärte, würde sich die Last auf ihrer aller Schultern verteilen.

Was war in Johns Kopf vorgegangen, wollten die Leute wissen. Viele hatten sich auf seine finanziellen Schwierigkeiten gestürzt, als würde das alles erklären. Er hatte sein Konto so weit überzogen, bis es nicht mehr ging, mit seiner Kreditkarte zehntausend Pfund für Anzüge, sein schickes Auto und teure Hotels bei den Übernachtungen auf dem Festland ausgegeben und nie abbezahlt. Am allerschlimmsten aber war der Rückstand mit den Hypothekenzahlungen für das Haus. Und dann verlor er seine Arbeit. Als das alles ans Licht kam, hatte der Karren schon längere Zeit ganz schön im Dreck gesteckt. *Der Druck ist ihm wahrscheinlich irgendwann zu viel geworden, da ist ihm die Sicherung durchgebrannt.* Malcolm störte zwar grundsätzlich das Prinzip des Schuldenmachens, aber selbst ihm war klar, dass Johns Situation nicht ausweglos gewesen war. Hätte er sich einen neuen Job gesucht, das Auto verkauft und nicht mehr über seine Verhältnisse gelebt, wäre die Summe in ein paar Jahren abbezahlt gewesen.

Viele im Dorf schienen eher froh über die Sache mit den Schulden, als mache das den Mord nachvollziehbar. *Er hat wohl Panik bekommen, bestimmt dachte er, er würde seine Familie dadurch beschützen. Vorübergehende Unzurechnungsfähigkeit.* Nach einer Weile hörten sie auf, das Thema in Malcolms Gegenwart zu diskutieren, wofür er sehr dankbar war. Komplett beendet waren die Diskussionen nie, obwohl es Phasen gab, in denen niemand mehr etwas Neues beizusteuern hatte.

Er konnte nicht mit Antworten dienen, zumindest mit keinen, die Sinn ergaben. Ein Ungeheuer hatte unter ihnen gelebt, und niemand hatte es gemerkt. Natürlich fühlte man sich da wie vor den Kopf gestoßen. Malcolm hatte wieder diesen metallischen Geschmack im Mund wie an diesem schrecklichen Nachmittag, als er den Anruf bekam. Erst Metall, dann bittere Übelkeit. »Das kann nicht sein«, hatte Heather unterwegs im Auto immer wieder gesagt. »Ich glaub das einfach nicht.« Und das wiederholte sie in den darauffolgenden Tagen wieder und wieder, in den Wochen und Monaten danach, noch lange, nachdem ihr aufgegangen war, dass diese Worte nichts halfen. Jedes Mal nickte Malcolm zustimmend, als könnte er das Ganze ebenso wenig fassen wie sie. Aber unter der Oberfläche, auch wenn der erste Schock echt gewesen war, setzte ihm vor allem zu, dass es ihm in Wahrheit kein bisschen schwergefallen war, es zu glauben.

8

Am nächsten Morgen schlug Malcolm einen Ausflug nach Craigmore vor, und Tom musste sofort an Nicky denken. Manchmal war die Erinnerung an seinen Bruder ganz deutlich, manchmal nur vage. Tom war sich nicht sicher, ob er ihm mehr fehlte, wenn er ihn klar vor Augen hatte, oder wenn die Erinnerung schwammiger war. Es war seltsam, jemanden zu vermissen, der schon so lange tot war: In den Schmerz mischte sich Unklarheit. Was Beth anging, erinnerte er sich zum Beispiel nur noch an das Gefühl, ihren kleinen warmen Körper hochzunehmen, und wie sie beim Lächeln immer das Gesicht verzogen hatte. Nicky hatte mal liebevoll gesagt, sie sähe aus wie ein Frosch. Was sie wohl für ein Mensch geworden wäre?

»Craigmore, gute Idee«, antwortete er.

Gegen Mittag machten sie sich auf den Weg. Lange liefen sie schweigend nebeneinanderher. Craigmore lag im Norden der Insel, wo es keine Häuser mehr gab, nur Felder, Schafe und unebenes, steiniges Gelände. Sie gingen erst die Straße entlang und folgten dann der Schotterpiste bis zu den Klippen. Nach knapp einer Stunde waren sie angekommen. Als sie die Wiese vor der leerstehenden Kapelle überquerten, sagte Malcolm: »Haben die Mönche von der Iona Abbey erbaut. Vierzehntes Jahrhundert, glaube ich.«

Das kleine, gedrungen wirkende Gebäude glich einer Ruine. Das Dach fehlte, und die drei uralten Steinwände waren verwittert und mit Moos und Flechten überzogen.

Tom musste daran denken, wie er und Nicky auf dem Weg zum Meer hier oft Pause gemacht und ihre Sandwiches gegessen hatten. Sie mochten die Ruine sehr, es hatte sich angefühlt, als würde sie ihnen gehören.

»Hat sich nicht mal der Chief vom MacLeod-Clan hier versteckt?«, fragte er Malcolm. Ganz plötzlich war ihm das eingefallen. »Um den MacDonalds nicht in die Hände zu fallen? Und hinterher meinte er, Gott hätte ihn beschützt. Wohl eher seine eigene Feigheit.«

»Hab ich auch gehört«, stimmte Malcolm zu. »Aber mit Sicherheit kann man das natürlich nicht sagen.«

»Es gibt so viele Geschichten über die Insel«, sagte Tom. »Über die Clans, die Kämpfe, die Schiffe. Erzählt ihr euch die immer noch abends im Pub?« Er hörte selbst, dass seine Stimme einen scharfen Ton angenommen hatte, und spürte Malcolms Blick auf sich. Er sah nicht auf.

»Ja, manchmal«, antwortete Malcolm ruhig. »Leute hören eben gern Geschichten.«

»Leute hören gern Geschichten über sich selbst«, berichtigte ihn Tom. »Besonders die Leute von hier.«

»Da hast du wohl recht.«

Malcolm klang so unbeteiligt, dass es Tom böse machte. Es war nicht leicht, seinen Onkel zu provozieren, das wusste er von früher. Er hatte gar keine Ahnung, wieso er auf einmal so wütend war.

Sie erreichten die Küste. Der Strand erstreckte sich endlos und menschenleer vor ihnen. Sanft reflektierte der feuchte Sand die schwache Nachmittagssonne, dunkle Felsen reckten sich dem Atlantik entgegen. Im Norden war schemenhaft die Insel Mull zu erkennen, im Osten Jura. Im Westen, hinter Tausenden Meilen von Meer, lag Kanada. Auf ein paar Felsen, nicht allzu weit draußen, tummelte sich eine Tölpelkolonie, und an schönen Tagen sonnten sich Robben auf den großen flachen Steinen am Ufer. Heute konnte Tom jedoch keine entdecken.

»Ewig nicht mehr hier gewesen«, sagte Malcolm. »Letztes Mal hab ich auch keine Robben gesehen. Vielleicht sind sie weggezogen.«

Tom betrachtete die leeren Steine. Nicky und ihm war es nie darum gegangen, die Tiere zu sehen. Klar, es war schön gewesen, mit der Nachricht nach Hause zu kommen, dass sie welche beobachtet hatten, und ihre Mutter sie lobte, als hätten sie damit etwas Besonderes erreicht. Aber wenn sie zugeben mussten, keine gesehen zu haben, war ihre Enttäuschung stets gespielt, und das vor allem sich selbst gegenüber. Wirklich traurig waren sie deshalb nie gewesen.

In Wahrheit war es ihnen um die Felsen gegangen. Tom betrachtete die schwarzen Steinformationen, die ins Wasser hinausragten. Sie bestanden aus mehreren Schichten, hatten scharfe Kanten und waren gefährlich glatt. Nicky und er waren auf ihnen herumgeklettert und auf parallelen Felsen nebeneinander um die Wette gelaufen. Tommy war zwar jünger als Nicky, aber klar im Vorteil. Und er war sich dessen bewusst. Beide Jungs fühlten sich auf den Steinen wie zu Hause, flitzten auf ihnen herum und benutzten nur die Hände, wenn der Untergrund besonders rutschig und das Gleichgewicht schwer zu halten war. Beiden hatte diese kindliche Furchtlosigkeit und ein sehr gutes Gespür dafür, wo sie den nächsten Schritt hinsetzen konnten und wo sie aufpassen sollten. Tommy war der Schnellere und auf den Felsen in seinem Element, egal wie flink er rannte. Auf den zerklüfteten Steinen bewegte er sich fast sicherer als an Land, auf trockenem, ebenem Boden. Manchmal musste er anhalten und warten, bis Nicky zu ihm aufgeschlossen hatte.

Er riss seinen Blick los. »Haben du und mein Vater eigentlich als Kinder zusammen gespielt?«, fragte er. Angst huschte über Malcolms Gesicht, wie immer, wenn es um seinen Vater ging. Einen kurzen Moment genoss Tom das Gefühl. *Wenn ich schon leiden muss, dann er bitte auch*, dachte er gehässig. Aber das tat Malcolm ja.

»Als wir noch klein waren, schon. Später hatten wir verschiedene Interessen. Und es gab so viel auf dem Hof zu tun, sobald wir stark genug waren, mussten wir mithelfen.«

»Warst du früher oft hier?«

»Eher selten.«

Waren Nicky und er wirklich so über die Felsen gerast, wie er es in Erinnerung hatte?, überlegte Tom. Wohl nicht. Aber schnell waren sie auf jeden Fall gewesen. Wie gut seine Kletterfähigkeiten gewesen waren, hatte er vor allem auf den Wochenendspaziergängen mit der ganzen Familie gemerkt. Sie gingen damals selten bis zur Nordküste der Insel, doch selbst an der Ostküste, zwanzig Minuten von ihrem Haus entfernt, gab es herrliche Felsen. Nicht so groß, schwarz und rau wie die in Craigmore, aber das bedeutete nur, dass Tommy noch rasanter darauf herumsprang. In Windeseile hatte er eine schräg abfallende Felswand erklommen, während die anderen gerade mal an ihrem Fuß angekommen waren. Nicky hatte ihn meist rasch eingeholt, aber er war trotzdem fast immer Erster. Er war gern Erster. Beide hatten früh verstanden, dass ihr Vater draufgängerische und mutige Jungs haben wollte. Sie trainierten sich an, sportlich zu sein und hart im Nehmen, und wenn sie sich die Knie oder Ellenbogen an den scharfkantigen Felsen aufschlugen, zwangen sie sich eisern, ja nicht zu weinen. Ihre Mutter hätte sie zwar sofort getröstet und sich um sie gekümmert, sie wollten jedoch vor allem Söhne sein, die dem Vater gefielen.

»Nicky und ich sind früher oft auf den Felsen hier rumgeklettert«, sagte Tom.

»Stimmt«, erinnerte sich Malcolm. »Hat Nicky sich dabei nicht mal den Arm gebrochen?«

»Die Schulter ausgerenkt.«

»Ach ja. Wie alt war er da, sieben, acht?«

»Es war genau in der Woche vor seinem Geburtstag. Muss sein achter gewesen sein. Wir hatten eigentlich nach Oban zum Indoorspielplatz fahren wollen, der mit den Trampolinen. Aber dann konnten wir nicht wegen Nickys Schulter.«

Als es ihm wieder besserging, war ihre Mum trotzdem mit ihnen dorthin gefahren, aber es war natürlich nicht das Gleiche gewesen.

Tom sah noch genau vor sich, wie es passiert war, trotz der vielen Jahre dazwischen, sah Nicky den Halt verlieren und wie in Zeitlupe in einen schmalen Spalt zwischen zwei schrägen Felswänden fallen. Sie waren ziemlich weit oben, etwa auf der Hälfte der Klippe, aber Nicky fiel zum Glück nicht ungebremst bis nach unten. Der Spalt war so schmal, dass er wie in einem Flipperautomaten links und rechts anschlug und dadurch nicht allzu unsanft auf dem sandigen Boden landete – jedoch hart genug, um sich dabei die Schulter auszukugeln. Als Tommy endlich bei ihm war, stand Nicky unter Schock, war ganz weiß im Gesicht und zitterte. Tommy stand ebenfalls unter Schock, noch nie hatte er so viel Angst gehabt wie in diesem Moment. Unmittelbar danach legte sich eine seltsame Ruhe über ihn, die Menschen angesichts einer Katastrophe oft fühlten, er zog seine Jacke aus, legte sie seinem Bruder um die Schultern und schlug vor, nach Hause zu gehen.

Etwa eine Stunde trabten sie nebeneinanderher. Irgendwann ließ der Schock nach, und der Schmerz setzte ein, und Nicky fing an zu weinen. Tommy hatte seinen Bruder seit Ewigkeiten nicht mehr weinen sehen, seit mindestens einem Jahr. Er meinte, dessen Schmerz fast selbst zu spüren. Entschlossen nahm er den Weg vor ihnen ins Visier, sagte Nicky, er solle sich auf ihn stützen, und versuchte, ihn mit Geschichten aus seinem dicken Buch über griechische Mythologie abzulenken, das er zu Weihnachten bekommen hatte. Nicky konzentrierte sich, so gut er konnte, auf Tommys Worte.

»Und dann?«, stöhnte er jedes Mal, sobald Tommy kurz im Erzählen innehielt, und Tommy gab sich daraufhin größte Mühe, keine Pause mehr aufkommen zu lassen.

Als sie die Hälfte des Wegs hinter sich hatten, die Straße, die zu ihrem Haus führte, jedoch noch weit vor ihnen lag, kam zum Glück Robert Nairne mit seinem Truck vorbei. Er sah sofort, dass etwas nicht stimmte, und nahm die beiden Jungs mit. Als er sie zu Hause ablud, murmelte Nicky vor Schmerzen nur noch unverständliches Zeug, bemühte sich aber, ganz leise zu weinen. Im verzweifelten Versuch, seinen Bruder zu trösten, streichelte Tommy unterdessen seine unverletzte Schulter.

Dr. Brown wurde gerufen. Seine Hilfe kam Tommy wie Zauberei vor. Nicky, der eben vor Schmerzen kaum hatte stehen können, wirkte innerhalb kürzester Zeit fast wiederhergestellt. Seine Mum hatte gemeint, er solle aus dem Zimmer gehen, aber sein Vater hatte gesagt, er habe es sich verdient, zuzuschauen.

»Er hat dir den Arm einfach wieder richtig rum reingedrückt«, erklärte er Nicky hinterher, als sie gemeinsam auf Nickys Bett saßen und sich weiße Schokolade schmecken ließen. Sein Bruder war noch etwas angeschlagen, aber gutgelaunt.

»Einfach so?«, staunte er. Obwohl er die ganze Zeit bei Bewusstsein gewesen war und sogar aufgeschrien hatte, als Dr. Brown seinen Zaubertrick vorgeführt hatte, konnte er sich nur daran erinnern, dass er vorher eine Spritze bekommen hatte.

»Jep, einfach so.«

»Na, wenn das so leicht ist, hätten wir es auch selbst machen können, gleich da am Strand.«

»Nächstes Mal auf jeden Fall«, sagte Tommy, obwohl er heimlich daran zweifelte. »Ich weiß ja jetzt, wie es geht.«

Obwohl Nicky der Verletzte war, kam Tommy ebenso in den Genuss gewisser Privilegien, weil er so mutig gewesen war und einen kühlen Kopf bewahrt hatte, wie sein Vater es ausdrückte. Das Beste an der ganzen Sache (sogar besser als die weiße Schokolade) war der Stolz ihres Vaters. Ihre Mum weinte, als sie Nicky sah, ihr Vater hingegen war stolz. Das wussten sie, weil er es ihnen gesagt hatte. In seinen Augen waren sie »richtige Kerle«, weil sie es alleine bis fast nach Hause geschafft hatten.

»Mein Vater …«, setzte Tom an, vergaß dann aber, was er eigentlich hatte sagen wollen. Er spürte Malcolms Blick auf sich. Lag Geduld oder Sorge darin? »Mein Vater meinte, Nicky hätte sich auch gut das Genick brechen können. Angeblich kannte er einen Jungen, der auf den Felsen ausgerutscht ist und sich das Genick gebrochen hat.«

»Hier auf der Insel?«, fragte Malcolm. »Noch nie von gehört.«

»Wahrscheinlich wollte er bloß, dass wir vorsichtiger sind.« Das war ganz sicher nicht der Grund gewesen, dachte Tom bei sich. Sein Vater erzählte ihnen einfach gern Geschichten, in denen Gewalt vorkam.

»Wollen wir uns auf den Rückweg machen?«, schlug Malcolm vor. »Das Wetter schlägt bald um.«

»Ja.«

Sie ließen die Klippen und das dunkle Meer hinter sich.

Am nächsten Tag waren ihre Mum und Nicky mit der Fähre nach Oban gefahren, um die Schulter röntgen zu lassen. Es war alles in Ordnung. Da Nicky keine Schmerzen mehr hatte, es an dem Abend noch mal weiße Schokolade gab und ihr Vater zufrieden mit ihnen war, freuten sich die beiden Brüder unterm Strich, dass der Unfall passiert war, und unterhielten sich noch oft darüber. In die angenehme Mischung aus miterlebter Aufregung und ihrem eigenen Heldentum stahl sich jedoch auch ein Stück Angst – die Erkenntnis, für sie neu und doch irgendwie vertraut, dass einem schlimme Dinge widerfahren konnten und es manchmal sogar taten, einfach so, aus dem Nichts, aus einem eben noch heiteren Himmel.

9

An dem Abend, als alle bis auf Tommy starben, hatte es Hähnchenfilet, Brokkoli und Backkartoffeln gegeben.

Die Soße hatte gefehlt. Zu Hähnchenfilet musste es Soße geben, sonst war es seinem Vater zu trocken. Tommys Mutter wirkte an dem Tag mit den Gedanken ganz woanders, deshalb hatte sie wahrscheinlich auch die Soße vergessen. Es machte Tommy unruhig. Zu den Backkartoffeln gab es jede Menge Butter, nur eben nichts zum Hähnchen. Tommy wartete die ganze Zeit darauf, dass es seinem Vater auffallen und er etwas sagen würde. Er spürte das vertraute nervöse Kribbeln auf Brust und Armen und warf einen vorsichtigen Blick zu Nicky hinüber. Der aß schweigend und mit konzentriertem Gesicht, als würde er Mathehausaufgaben machen (Nicky war super in Mathe). Bestimmt machte er sich auch schon Sorgen.

Er schlang sein Hähnchenfilet, so schnell es ging, hinunter, um allen zu zeigen, dass es lecker und kein bisschen trocken war.

»Nicht so hastig, sonst wird dir noch schlecht!«, sagte seine Mutter, und einen Moment lang war er böse, weil sie offensichtlich nicht merkte, dass er ihr helfen wollte.

Dann fing Nicky an, von den Langschiffen der Wikinger zu erzählen, was ihn noch wütender machte, er war schließlich der Wikingerexperte. Aber bestimmt versuchte Nicky nur, alle abzulenken und bei Laune zu halten, damit ihr Vater nicht über die Soße nachdachte.

Es war ziemlich clever von ihm, musste Tommy zugeben, denn ihr Vater schimpfte fast nie mit Nicky, außer sonntags vor der Kirche, wenn seine Haare sich wieder mal nicht bändigen ließen. Er mochte ihn lieber als Tommy, das wusste Tommy, das wussten Nicky und ihre Mum, auch wenn alle so taten, als wäre es nicht so. Ihr Vater sagte immer, Nicky würde eines Tages Buchhalter werden wie er, weil er so gut rechnen konnte. Tommy fand, Nicky sollte besser über Mathe reden als über die Wikinger, aber wahrscheinlich hatte er dieses Thema im Kopf, weil sie in der Schule an dem Projekt über die Langschiffe arbeiteten.

Während Nicky erzählte, wie die Schiffe früher gebaut wurden, was ihren Vater am meisten interessieren würde, betrachtete Tommy seine Mutter. Wenigstens ihr Gesichtsausdruck könnte zu erkennen geben, dass die Wikinger eigentlich Tommy gehörten. Aber auch sie schaute zu Nicky, und als sie den Blick kurz von ihm abwandte, sah sie nur zu Tommys Vater und konzentrierte sich dann wieder auf Nicky, schenkte ihm sogar dieses besondere Lächeln, das Tommy so liebte, und sagte: »Wirklich, so was konnten die? Ist ja ein Ding.«

»Also zuerst haben sie die Außenhülle gebaut«, erzählte

Nicky. »Und dann haben sie den Rahmen in die Mitte gemacht. Das nennt man … weiß ich nicht mehr. Es gibt so ein Wort dafür, wie sie die Schiffe gebaut haben. Haben wir heute gelernt.«

Klinker, wollte Tommy gerade einspringen, aber in dem Moment sagte sein Vater: »Kraweel.«

»Nein, Klinker!«, rutschte es Tommy heraus.

Sofort sahen ihn alle an, ihr Schweigen hüllte ihn ein. »Kraweel nennt man, wie die anderen Schiffe gebaut werden«, erklärte er zaghaft. »Nicht die von den Wikingern.«

»Also ich höre beides zum ersten Mal«, entgegnete seine Mutter. »Ihr drei seid einfach viel schlauer als ich.«

Tommy wartete ab, ob sein Vater etwas sagen würde. Er traute sich nicht, ihn anzusehen, und wusste, Nicky starrte garantiert auch gerade auf seinen Teller und fragte sich, wieso Tommy so dumm war und alles kaputtmachte.

»Du denkst wohl, du weißt alles besser, hm?« Sein Vater klang nicht wütend, eher neugierig.

Tommy schüttelte den Kopf. Zwischen seinen Schläfen pulsierte es.

»Denkt er nicht, Dad«, sagte Nicky.

Tommy war fassungslos über den Mut seines Bruders, über dessen Loyalität.

Ihr Vater hob die Hand, dass Nicky still sein sollte, aber der sprach trotzdem weiter. »Er findet Wikinger nur richtig toll. Gehst du mal mit uns in ein Wikingermuseum, Dad? Mrs Brown hat gesagt, es gibt eins in Glasgow.«

Nicky war so clever! Tommy konnte seinem Vater nicht ins Gesicht sehen und heftete den Blick auf seinen Bruder. Der wirkte absolut unschuldig.

Nach einer langen Pause sagte ihr Vater: »Ja, machen wir mal. Aber sei nicht immer so ein Besserwisser, Tommy.«

Tommy nickte hastig.

Ihr Vater steckte sich einen Bissen Hähnchenfilet in den Mund. »Wieder mal total trocken, Katrina«, sagte er, aber es klang ruhig. Ein paar Minuten aß er schweigend weiter, dann legte er das Besteck auf den Teller und stand auf. »Ich muss zurück an die Arbeit.«

Nachdem ihr Vater aus der Küche gegangen war, atmete Tommy tief durch. Nicky und seine Mutter ebenso, schien ihm.

»Zum Nachtisch gibts Apfel-Crumble, also esst auf, Jungs.« Ihre Mutter wuschelte Tommy kurz durch die Haare, und diese Geste, der Gedanke an den Nachtisch und die Loyalität seines Bruders lösten ein Glücksgefühl in ihm aus, wie wenn er auf der Schaukel besonders hoch flog.

Als sie später oben in ihrem Zimmer waren, sagte Nicky: »Es heißt wirklich Klinker. Ich wusste, dass du recht hast.«

Tommy nickte nur. Er hörte genau, was Nicky nicht aussprach: *Heute sind wir davongekommen, aber pass in Zukunft besser auf.* Nicky ging nach unten, und Tommy vertiefte sich in sein Buch über die Wikinger.

Aber natürlich waren sie nicht davongekommen. Sie wären nie davongekommen. Sehr viel später würde ein Therapeut nach dem anderen zu Tommy sagen, es sei ganz normal, dass ein Kind sich die Schuld an so einer Tragödie gab, sich jahrelang den Kopf darüber zerbrach, was es anders hätte machen können, als könnte man die Zeit zurückdrehen und verhindern, was passiert war. Wunschdenken. Meistens nickte Tommy und tat beruhigt. Aber in seinem Kopf hallte es beständig wider: *Klinker, Klinker, Klinker.* Wenn er doch seinem Vater nicht widersprochen hätte. Wenn er bloß genauso clever wie Nicky gewesen wäre.

Klinker, Klinker, Klinker.

Du hast keine Schuld, sagten die Therapeuten.

Sie wussten jedoch nicht, was danach geschehen war, denn das erzählte er ihnen nie. Er wusste es ganz genau, schon mit acht und erst recht mit zehn, fünfzehn, zwanzig. Klinker war nicht das wahre Problem. Klinker war ein Platzhalter, ein Gedankenspiel, an das er sich klammerte. Die Wikinger konnte er ertragen, zumindest fast. Alles andere nicht. Der Rest war so grauenhaft, dass er nicht daran zu denken wagte. Nicht daran denken gelang ihm aber ebenso wenig. Immer wieder schob sich ein winziges Stück der Erinnerung in sein Blickfeld, und dann stieg diese schreckliche Dunkelheit in ihm auf.

Es tut mir leid, hatte er Nicky in Gedanken oft zugerufen.

Wenn er doch mit dem Wissen von heute die Zeit zurückdrehen und alles anders machen könnte. Eine Sache eigentlich nur, eine ganz kleine. Lediglich ein kaum hörbares Flüstern hätte es gebraucht, den winzigen Bruchteil einer Sekunde, eine andere Entscheidung, und schon – ein anderer Ausgang. Nicht selten wachte er mit dem Wort im Kopf auf. Caroline erzählte ihm mal, er hätte es laut im Schlaf gesagt.

Klinker, Klinker, Klinker.

Hätte ich bloß, hätte ich bloß, hätte ich bloß.

10

Tommy wohnte jetzt seit knapp einer Woche bei Malcolm, und langsam stellte sich ein gemeinsamer Alltag ein. Malcolm stand früh auf, Tommy schlief lang. An manchen Tagen war Malcolm mit Robert zum Arbeiten verabredet, kam aber am Nachmittag stets zurück. Dann machten Tommy und er noch einen gemeinsamen Spaziergang, bevor es dunkel wurde. Malcolm hatte keine Ahnung, wie Tommy die Vormittage verbrachte. Ab und zu saß er mit einem von Heathers Büchern im Wohnzimmer. Den *Weg allen Fleisches* hatte er mittlerweile ausgelesen und war zu Thomas Hardy übergegangen. Falls Tommy schon gegessen hatte, hob er etwas für Malcolm auf – mal lag ein Käsebrot in Frischhaltefolie eingewickelt für ihn im Kühlschrank, mal gab es Nudeln mit Tomatensoße.

Nach dem Spaziergang saßen sie zusammen am Küchentisch und tranken Tee, sprachen aber nicht viel. Manchmal fragte Tommy ihn darüber aus, wie es früher auf dem Hof gewesen war oder wie es aktuell um die Landwirtschaft auf der Insel stand. Er kannte sich immer noch gut aus, fiel Malcolm auf. Wenn man Tommy über Schafzucht reden hörte, wusste man sofort, dass er von hier war. Das überraschte ihn, denn John hatte versucht, sich und seine Familie davon fernzuhalten. Er hatte keinerlei Interesse am Hof gehabt, nicht mal nach dem Tod ihres Vaters, als Malcolm anfing, dort zu arbeiten. Genau genommen, das musste Malcolm sich eingestehen, hatte John immer auf diese Arbeit herabgeschaut. Wie er betont gleichgültig tat, wenn jemand das Thema ansprach … Nein, John interessierte sich nicht für diesen Bauernkram, er doch nicht, er war Buchhalter durch und durch, er war ein Denker und hatte nichts mit der harten körperlichen Arbeit am Hut, mit der die anderen Inselbewohner sich tagtäglich bei Wind und Wetter den Rücken kaputtmachten. Hin und wieder war im Pub der Kommentar gefallen, dass John sich wohl für etwas Besseres hielt. Darin lag jedoch keine echte Gehässigkeit, die Leute mochten ihn, bewunderten ihn sogar. Und nun saß hier Johns erwachsener Sohn vor ihm und redete über Fußfäule, staatliche Zuschüsse und Silage.

Worüber sie hingegen nie sprachen, war Tommys Leben in den vergangenen zwanzig Jahren oder seine Pläne für die Zukunft. Je länger sich das hinzog, je länger das Thema nicht angesprochen wurde, desto unsicherer wurde Malcolm, und desto unmöglicher schien es ihm, jemals die Sprache darauf zu bringen. Er hatte Tommy bis jetzt überhaupt sehr wenig Fragen gestellt, wollte ihm nicht das Gefühl geben, er müsse sich rechtfertigen oder erklären.

Ihr seid wirklich einer schlimmer als der andere, hörte er Heather im Kopf. *Sagt doch einfach mal, was ihr denkt.* So was in der Art hätte sie ihm bestimmt geraten.

Ursprünglich hatte Tommy nur eine Woche bleiben wollen. Malcolm hatte sich zwischendurch gefragt, wann genau er wohl wieder abreisen würde, aber bis jetzt hatte Tommy nichts verlauten lassen. Malcolm war sich nicht mal sicher, ob er Tommy lieber los wäre oder noch eine Weile hierbehalten wollte. Einerseits war er angespannt und sehnte sich danach, das Haus wieder für sich zu haben und zu seinem vertrauten Alltag zurückzukehren. Andererseits hatte er Sorge, was aus Tommy würde, wenn er auf sich gestellt wäre. Er fühlte sich nach wie vor verantwortlich für ihn.

Während ihrer Spaziergänge in den letzten Tagen waren sie zweimal anderen Inselbewohnern über den Weg gelaufen. Der Erste war Ken Stewart mit seinem Collie Morag. Malcolm erschrak, als er Ken auf sie zukommen sah, dieser war jedoch von Natur aus eher wortkarg und schien keine allzu große Lust auf einen langen Plausch zu haben.

»Bist also wieder da, hm?«, fragte er Tommy, nachdem sich alle drei begrüßt hatten.

»Ja.«

»Und, hat sich hier was verändert?«

Tommy überlegte. »Nicht viel«, sagte er schließlich mit einem Kopfschütteln.

»Hätte mich auch überrascht. Gibt jetzt übrigens nicht mehr alle zwei Wochen Gottesdienst, sondern nur noch einmal im Monat. Dafür kommt dann jemand aus Islay oder Mull rüber.«

Tommy fiel darauf offensichtlich keine Antwort ein.

»Geht aber eh bloß eine Handvoll Leute zur Kirche«, fuhr Ken fort.

Wieso redete der über die Kirche?, wunderte sich Malcolm. Der ging doch selbst nicht mal hin. »Martha Nairne übernimmt jetzt ab und zu den Gottesdienst«, hörte er sich trotzdem selbst hinzufügen.

»Na ja, ich muss mal wieder«, sagte Ken nach einer kurzen Pause. »Machts gut.«

Sie verabschiedeten sich voneinander, Ken ging weiter, und Morag trabte treu neben ihm her.

Das zweite Mal fiel länger aus. Tommy und er waren erneut in Richtung Süden zur Alban Bay unterwegs, da kam ihnen Fiona McKenzie entgegen. Schon von Weitem erkannte Malcolm ihren rosa Regenmantel und wäre gern umgekehrt, sie hatte jedoch die Kurve hinter sich gelassen, wo die Straße sich einen felsigen Pass hinaufbewegte, sie beide also bereits gesehen. Umdrehen und zurückgehen hätte wie eine Flucht gewirkt, sie mussten sich ihr stellen.

»Da ist Fiona«, sagte Malcolm. Er hatte das Bedürfnis, Tommy irgendwie vorzubereiten. »Fiona McKenzie, erinnerst du dich an sie? Sie hat bei euch in der Nähe gewohnt, ein Stück die Straße rauf.«

Erst dachte er, Tommy würde gar nicht mehr antworten, doch schließlich sagte dieser: »Ja, klar.«

Die Erinnerung an einen von Tommys Ausbrüchen stieg in Malcolm auf, relativ kurz vor Tommys Abreise. Was hatte er noch mal nach Fiona geworfen? Die Arme hatte nur einen Topf zurückbringen wollen, den sie sich ausgeliehen hatte. Ah, Heathers Deko-Hahn aus Kristallglas. Sofort sah er alles wieder vor sich – wie der Hahn so wunderschön an der Wohnzimmerwand zerbrach, gefährlich nahe neben Fionas Kopf, die Glassplitter wie ein funkelnder Regen, und wie er blitzschnell Tommy umfasst und ihn festgehalten hatte, während Heather Fiona in den Flur schob.

Er hatte keine Ahnung, was Fiona ihm getan haben könnte, was um alles in der Welt diesen Ausbruch ausgelöst hatte. Hinterher weinte Tommy, aber nicht wegen Fiona, sondern um den Hahn, den er sehr gemocht hatte. Woraufhin Heather in strengem Ton erwiderte, das sei doch nur Nippes gewesen, darum gehe es im Moment wirklich nicht. Sie trug ihm auf, einen Entschuldigungsbrief zu schreiben, den sie mit ihm zusammen persönlich bei Fiona vorbeibrachte. Tommy hatte, ohne zu mucken, gehorcht. Vielleicht hatte es ihm auch aufrichtig leidgetan. Malcolm hatte den Brief zu lesen bekommen, den Tommy erst in sein Schulheft vorgeschrieben und dann in Schönschrift abgeschrieben hatte. Er wusste jedoch nicht mehr, was darin stand.

Ob Tommy sich noch an diese Begebenheit erinnerte?

Fiona war mittlerweile ein ganzes Stück näher gekommen.

»Meine Mutter war früher mit ihr befreundet«, sagte Tommy.

»Mhm«, stimmte Malcolm zu. Katrina hatte sie aber auch als sehr anstrengend empfunden, das hatte Heather ihm anvertraut. Weder Heather noch Katrina erzählten so etwas normalerweise weiter. Doch Fiona konnte einem in der Tat ganz schön auf die Nerven gehen, sie verbreitete immer so eine Unruhe. Sie brauchte viel Beachtung, damit ließ es sich wohl am besten zusammenfassen, und eine Unterhaltung konnte für ihr Gegenüber schnell ermüdend werden. Im Grunde ihres Herzens war sie jedoch ein guter Mensch.

»Da haben wir wohl eine längere Unterhaltung vor uns«, sagte Malcolm schnell, solange Fiona noch nicht in Hörweite war, damit Tommy wusste, dass dieses Aufeinandertreffen nicht wie das mit Ken ablaufen würde.

Tommy schob schweigend die Hände in die Taschen, als würde er sich auf eine Geduldsprobe einstellen.

»Ach hallo, Malcolm!«, rief Fiona schon aus zehn Metern Entfernung. »Wunderschöner Tag heute, nicht? Diese Sonne!« Im Laufen fuhr sie fort: »Wenn das nicht Tommy ist!«

Dabei starrte sie Tommy die ganze Zeit an und würdigte Malcolm keines Blickes.

Tommy nickte. Malcolm hielt etwas mehr Reaktion für angemessen und fügte hinzu: »Ganz genau. Kennst du Fiona noch, Tommy?«

»Klar«, gab Tommy brav zurück. »Hallo.«

»Lange her!«, sagte Fiona. »Als ich dich das letzte Mal gesehen habe, warst du noch ein kleiner Junge.«

Tommy erwiderte nichts.

»Und, was treibst du so?«, schoss Fiona hinterher, bevor Tommys Schweigen zu unangenehm werden konnte. »Wo wohnst du denn mittlerweile?«

»London«, antwortete Tommy. »Zumindest die letzten paar Jahre.«

»London!«, wiederholte Fiona beeindruckt. »Na, so was. Da ist bestimmt immer was los? Anders als hier.«

Sie redete schneller als sonst, bemerkte Malcolm, und wirkte noch angespannter. Wahrscheinlich hatte sie ebenso wenig Lust auf dieses Treffen wie Tommy und er. Der Gedanke machte ihn traurig.

»Der Junge ist jetzt ein ganz anderes Leben gewohnt«, antwortete er für Tommy.

»Und was machst du in London? Also beruflich?«

»Dies und das, immer mal wieder was anderes«, erwiderte Tommy, und Malcolm ging erneut auf, dass er fast nichts über den Jungen wusste oder darüber, wovon dieser in den letzten zehn Jahren überhaupt gelebt hatte. Am Abend zuvor hatte er sich endlich getraut, vorsichtig nachzufragen, was Tommy eigentlich arbeitete, und zur Antwort erhalten: »Unterschiedlich, meistens irgendwelche Bürosachen.« Tommy hatte keine Lust, ins Detail zu gehen, das war deutlich. Gegenüber Fiona hielt er sich genauso zurück. Andererseits schuldete er ja auch niemandem Rechenschaft über sein Leben.

Fiona schien es gar nichts auszumachen, dass er so kurz angebunden war. Sie kam eben von hier, dachte Malcolm bei sich, sie war maulfaule Männer gewohnt.

»Und, hast du in London Frau und Kinder?«, fragte sie einfach weiter.

»Nein.«

»Ach.« Fiona fing sich schnell wieder. »Nun, ist ja noch alle Zeit der Welt dafür. Bei uns in der Gegend fängt man recht früh mit so was an. Ist bestimmt eh langweilig für dich hier.«

»Überhaupt nicht.«

»Wie lange bleibst du denn?«

Das hätte Malcolm zwar auch zu gern gewusst, dennoch tat es ihm leid, dass Tommy so die Pistole auf die Brust gesetzt bekam.

»Weiß ich noch nicht genau, kommt drauf an«, erwiderte Tommy.

»Auf die Arbeit? Damit steht und fällt immer alles.«

Einen Moment lang blickte Tommy sie nur an. Dann antwortete er: »Genau.«

»Du, wir müssen weiter«, beendete Malcolm das darauffolgende Schweigen. »Wird bald dunkel.«

»Ja, natürlich«, stimmte Fiona sofort eifrig zu. »Die Tage werden langsam wieder kürzer. Jedenfalls schön, dich wiederzusehen, Tommy. Pass auf dich auf!«

Tommy lächelte höflich. »Du auch.«

Endlich ging Fiona weiter, drehte sich jedoch noch mal um und rief: »Schönen Abend euch!«

Malcolm und Tommy waren bereits ein paar Minuten schweigend nebeneinander hergelaufen, als Tommy plötzlich fragte: »Was hab ich damals nach ihr geworfen?«

Malcolm blickte ihn überrascht an. »Einen Hahn aus Glas.«

»Du weißt das also noch?«

»Dunkel.«

Tommy nickte. »Sie hats wohl auch nicht vergessen.«

Daran liegts nicht, hätte Malcolm fast gesagt, konnte sich aber zusammenreißen. Sollte Tommy lieber denken, dass es um die Sache mit dem Hahn ging.

Den Rest ihres Spaziergangs verbrachten sie wieder

schweigend. Als sie zu Hause ankamen, verschwand Tommy sofort nach oben. Etwas machte ihm zu schaffen, das merkte Malcolm, er hatte aber keine Ahnung, was es genau war, und hätte sowieso nicht gewusst, wie er den Jungen trösten sollte.

Als Tommy um halb sieben noch nicht wieder heruntergekommen war, ging Malcolm hoch und klopfte zaghaft an seine Zimmertür.

»Tommy?«

Von drinnen kamen Geräusche, dann wurde die Tür geöffnet.

»Willst du vielleicht einen Tee?«

Tommy überlegte kurz. »Ja.«

Er folgte Malcolm, setzte sich an den Küchentisch und sah ihm zu, wie er Tee machte. Er wirkte benommen, als wäre er gerade aufgewacht, aber Malcolm glaubte nicht, dass Tommy geschlafen hatte.

Tommy trank einen Schluck. »Ich hab früher oft mit irgendwelchen Sachen geworfen, oder?«

»Schon, ja.«

»Das mit dem Hahn hab ich nie vergessen. Es tat mir hinterher so leid! Der war ja von Heather, ich hatte kein Recht, den kaputt zu machen.«

»Ach, das hat sie dir schnell verziehen.«

»Ich hatte keinen allzu guten Ruf, bevor ich weggegangen bin …«

»Du warst ein Kind«, erwiderte Malcolm. »Und du hast getrauert.«

»Bestimmt wissen alle noch, wie schlimm ich war.«

»Falls sich wer daran erinnert, nimmt es dir jedenfalls niemand mehr übel.«

Tommy trank einen Schluck. »Ich weiß, du bist nicht allzu glücklich darüber, mich hier zu haben«, sagte er plötzlich. »Danke, dass ich trotzdem bleiben darf.«

Malcolm ließ die Tasse sinken und sah Tommy an. »Gern. Es macht mir wirklich nichts aus.«

Tommy nickte hastig. »Ich hab auch nicht vergessen, dass ich gesagt hab, ich bleib nicht lange. Nur eine Woche oder so.«

»Keine Eile.«

»Ich hab wirklich nicht vor, für immer zu bleiben. Also nicht monatelang. Ehrlich nicht.«

»Schon gut«, antwortete Malcolm.

»Ich …« Tommy fuhr sich über das Gesicht. »Ich weiß im Moment einfach nicht, wo ich sonst hinsoll. Also, ich find schon was, keine Sorge. Ich brauch bloß ein bisschen Zeit. Um mich um alles zu kümmern und so. Nur ein bisschen mehr Zeit.«

Mit Heather im Kopf fiel Malcolm endlich die richtige Antwort ein. »Du bist hier immer willkommen, Tommy. Du kannst so lange bleiben, wie du willst.«

Ohne ihn anzusehen, begann Tommy zu erklären: »Caroline und ich hatten in London eine gemeinsame Wohnung. Wir waren schon eine Weile zusammen. Vier Jahre. Ich hab wirklich gedacht, dass es diesmal vielleicht … aber dann ist doch wieder alles den Bach runtergegangen. Wegen mir. Und danach hing ich völlig in der Luft.«

Malcolm wartete ab, ob Tommy weitersprach. Als nichts mehr kam, sagte er mit mehr Überzeugung in der

Stimme, als er in Wahrheit empfand: »Du brauchtest einfach Abstand. So klingt das für mich zumindest.«

»Jep.«

»Das mit Caroline tut mir leid. Hast du sie … war sie nett?«

»Ja, ich hab sie geliebt.«

Malcolm dachte daran, wie sehr er Heather vermisste, wie ihn in Bezug auf sie nichts trösten konnte. Schließlich sagte er: »Lass uns mit dem Abendbrot anfangen, sonst wird das heute nichts mehr. Lasagne?«

»Klingt gut.« Tommy stand schnell auf. »Ich mach die Zwiebeln.«

Er nahm Schneidebrett und Messer aus dem Schrank, holte ein paar Zwiebeln und setzte sich zurück an den Tisch. Nachdenklich fuhr er mit dem Finger über das Schneidebrett. »Dieser komische Glashahn hat eigentlich gar nicht zu Heather gepasst.«

Malcolm musste lachen. »Ein Hochzeitsgeschenk von irgendeiner Tante, glaube ich. Sie war bestimmt froh, als der kaputt war.«

Tommy nickte und fing an, die Zwiebeln zu schneiden.

11

»Ich habe gestern übrigens Tommy gesehen«, sagte Fiona am folgenden Nachmittag zu ihrem Mann. Sie legte ihr Buch beiseite und wartete gespannt auf seine Reaktion.

Die Begegnung hatte sie so aufgewühlt, dass sie keine Lust gehabt hatte, Tommy sozusagen mit nach Hause zu nehmen, indem sie ihrem Mann sofort davon erzählte.

Gavin sah kaum von seiner Zeitung auf. »Ach, was. Wie gehts ihm denn so?«

»Gut«, erwiderte Fiona ärgerlich, ohne dass sie mit Sicherheit hätte sagen können, woher der Ärger plötzlich kam. »Ganz gut, glaube ich. Wir haben uns eine Weile unterhalten.«

»Freut mich.«

Was gibts denn da, bitte schön, zu freuen?, dachte Fiona.

»Ist bestimmt schön für Malcolm, dass er wieder da ist«, sagte Gavin.

»Er kennt ihn doch eigentlich nicht«, widersprach Fiona. »Keiner von uns kennt ihn richtig.«

»Nun mach mal halblang. Er ist immerhin hier aufgewachsen, also ist er einer von uns.«

»Weißt du nicht mehr, wie er sich damals aufgeführt hat?«, sagte Fiona scharf. »Er war völlig außer Kontrolle, man musste am Ende richtig Angst haben vor ihm.«

»Das stimmt nicht.«

»Er hat mich angegriffen, Gavin!«

»Hat er nicht, mein Herz.«

»Er hat mit diesem Ding nach mir geworfen, diesem Deko-Hahn! Tot sein könnte ich!«

»Jetzt übertreibst du.«

Fiona schwieg verkniffen.

»Ich weiß, was du jetzt denkst, aber das ist nicht fair«, sagte Gavin sanft.

»Ach ja? Was denke ich denn?«

»Dass er genauso ist wie sein Vater.«

»Wer weiß.«

»Ist er nicht, Fi.«

Einen Moment lang herrschte wieder Schweigen. Fiona dachte schon, Gavin hätte nichts mehr zu dem Thema zu sagen, aber dann ließ er die Zeitung sinken. »Ich habe die beiden übrigens auch getroffen. Vorhin, unten am Hafen.«

Typisch Gavin, dass er erst jetzt mit der Sprache rausrückte! »Und, hast du mit ihnen geredet?«

»Ja, und ich hab sie zum Essen zu uns eingeladen. Hab ich ganz vergessen zu erzählen.«

Fiona erstarrte. »Bitte, *was?*«

»Kam mir in dem Moment irgendwie unhöflich vor, sie nicht einzuladen.«

»Hättest du mich nicht erst fragen können, bevor du einfach so was machst?«

Gavin zuckte mit den Schultern. »Ist doch keine große Sache.«

»Ich will den nicht in meiner Wohnung haben!«

Gavin sah sie ernst an. »Fi, du musst diese Geschichte mit Tommy langsam ruhen lassen. Er wollte das nicht.«

»Ich lass sie ruhen«, erwiderte Fiona kühl. »Ich würde nur gern vorher informiert werden, wenn ich in meinen eigenen vier Wänden wildfremde Leute bekochen soll.«

»Ich informiere dich doch gerade«, sagte Gavin betont freundlich. »Und du kannst dir den Tag frei aussuchen. Ich hab den beiden gesagt, wir melden uns noch mal.«

Fiona antwortete nicht.

»Wovor hast du denn Angst, mein Herz?«, fragte Gavin, trotz der Angelegenheit wie so oft schon wieder bestens gelaunt, was Fiona frustrierte. »Meinst du, der bringt uns alle um, oder was?«

»Über so was macht man keine Witze!«

»Ach, komm, das Ganze ist jetzt zwanzig Jahre her«, sagte Gavin unbeeindruckt. »War wirklich schlimm damals, die ganze Sache, aber na ja … das Leben geht weiter.« Damit vertiefte er sich wieder in seine Zeitung.

Nie nimmt er sich irgendwas wirklich zu Herzen, ging es Fiona durch den Kopf. So war er sein Leben lang gewesen. Hatte sie andererseits nicht genau das früher an ihm geliebt? Die Vernunft und den Pragmatismus, mit denen er an alles heranging? In ihrer Familie neigte man eher zur Hysterie, und es hatte sie oft gestört, dass für ihre Mutter immer alles dramatisch war, noch die kleinste Sache musste endlos analysiert und interpretiert werden. Deshalb hatte Fiona sich mit neunzehn schnellstens in Gavins Arme und seine Bodenständigkeit geflüchtet.

Aber genau darin lag das Problem: Fast alles, was man als erwachsener Mensch tat, war eine direkte Folge der eigenen Erziehung, war Rebellion dagegen. Und um den psychologischen Fängen der eigenen Familie zu entkommen, heiratete man dann das genaue Gegenteil von sich selbst. Nur wurde einem das erst bewusst, wenn es längst zu spät war. Eltern und Familie prägten einen von klein auf, und eines Tages sah man in den Spiegel, und die eigene Mutter oder der eigene Vater schaute zurück, als hätten sie nur auf den Moment gewartet, als hätten sie bis dahin wie ein Parasit unsichtbar unter der Haut gelebt, um zum unpassendsten Zeitpunkt in Erscheinung zu treten.

Gavin zu heiraten, war eine übereilte Entscheidung gewesen, sie hatten sich einander im Laufe der Jahre nicht etwa angenähert, sondern voneinander entfernt. Gavin musste das doch merken, es musste ihm doch bewusst sein, dass er mit einer praktisch veranlagten Frau wie Heather oder Kathy besser dran gewesen wäre.

Fiona wusste, wie sehr sie ihrem Mann manchmal auf die Nerven ging und dass es ihm nicht immer leichtfiel, Geduld mit ihr zu haben. Und dann war da noch Stuart (der wahrscheinlich mehr nach ihr als nach Gavin kam), launisch, sensibel und nur äußerst selten zu Besuch. Sie machte sich Sorgen um ihn, Gavin im Übrigen auch. Bisher war sein Leben leider kein glückliches gewesen. Die Scheidung hatte ihm sehr zugesetzt, und sie war sich nicht sicher, ob er sich überhaupt wieder richtig davon erholt hatte. Er sah seine Kinder nicht oft, obwohl Joanne fair war, was das anging. Fiona und Gavin sahen sie so gut wie nie. Stuarts zweite Frau Lucy arbeitete ohne Unterbrechung und schien kein Interesse an eigenen Kindern zu haben. Fiona sah die Schuld für viele von Stuarts Fehlern bei sich selbst, denn die Eltern waren ja meistens schuld daran, besonders die Mütter (Gavin hatte ihr nicht genug geholfen, ihn hatte das alles nicht interessiert). Aber irgendwo ganz tief in ihrem Inneren machte sie die Bairds dafür verantwortlich, dass Stuart sich fast nie hier auf der Insel blicken ließ, auch wenn ihr natürlich klar war, dass die Familie nicht den tatsächlichen Grund dafür darstellte.

Trotzdem – die Bairds hatten für eine Tragödie auf der Insel gesorgt, das stand nun mal fest, und das warf Fiona ihnen vor. Vor allem natürlich John, aber auch Katrina und sogar Tommy, denn der lief als lebende Erinnerung an die schreckliche Tat durch die Gegend, wusste mehr als sie und hatte Dinge gesehen, die kein Mensch jemals sehen sollte. Zudem war er einfach wieder aufgetaucht und wandelte unter ihnen wie ein Geist.

»Ich sehe ihn noch hier sitzen«, sagte Gavin plötzlich und riss sie damit aus ihren Gedanken. »John, meine ich. Du und Katrina wart immer in der Küche, und John und ich haben hier Whisky getrunken.«

Fiona sah Johns Gesicht nun ebenfalls vor sich, diesen interessierten Ausdruck, wenn er sich erkundigte, was es bei ihr Neues gab. Und er fragte nicht nur, er hörte auch zu. Nicht die kleinste Begebenheit, die sie ihm erzählte, hatte er je langweilig gefunden. Vielleicht war das zum Ende hin bereits anders gewesen.

»Schon komisch, die ganze Sache«, sagte Gavin nachdenklich, und Fiona überlegte, ob sie ihn falsch eingeschätzt hatte, ob er nicht doch solche Momente hatte wie sie, wo ihm aufging, wie viel er versäumt hatte.

Sie wartete, aber er sprach nicht weiter. Um ihm noch etwas zu entlocken, fing sie an: »Und dabei hat er die beiden Jungs so liebgehabt …«

Gavin zuckte mit den Schultern, mehr war aus ihm zu dem Thema nicht herauszuholen.

Sie musste daran denken, dass ihr gemeinsames Auto etwa ein Jahr vor den Morden kaputtgegangen war und John sie in der Woche, in der es in der Werkstatt war, abgeholt und zum Laden gefahren hatte, damit sie keinen Arbeitsausfall hatte. Wieder sah sie sein liebes Gesicht vor sich, wenn er sich vom Fahrersitz zu ihr umdrehte und etwas fragte. Und was für ein schickes Auto er hatte!

Was geschehen war, würde ihr unbegreiflich bleiben, dennoch ging Fiona auch nach so vielen Jahren die Frage aller Fragen einfach nicht aus dem Kopf: Wie konnte ein Mann, der so normal wirkte, eines Tages plötzlich vom Abendbrottisch aufstehen, die Schrotflinte holen und seine ganze Familie umbringen, sodass nur eins der Kinder aus purem Zufall am Leben blieb? Fiona war nicht dumm. Offensichtlich hatte der Mann Abgründe in sich gehabt, von denen niemand etwas wusste. Niemand hätte die Tat vorhersehen können. Trotzdem war es beunruhigend, dass Tommy zurück auf der Insel war. Er war John wie aus dem Gesicht geschnitten. Natürlich holte das die Erinnerungen hoch.

12

Wie konnte ein Mann eines Tages vom Abendbrottisch aufstehen, die Schrotflinte holen und seine ganze Familie umbringen?

Auf manche Fragen gab es einfach keine Antwort, das wusste Tom. Letztendlich war diese auch weniger eine echte Frage als vielmehr eine Bürde, die er immer und überall mit sich herumtrug, die so sehr auf ihm lastete, dass seine Beine manchmal darunter nachzugeben drohten. Es gab Tage, an denen wachte er morgens auf und hatte das Gefühl, seine Glieder wären aus Beton, er könnte sich nicht bewegen. Hin und wieder bestand diese Schwere aus Nicky. Früher war Tom froh darüber, dass sein Bruder sich so oft in seine Gedanken drängte. Besonders in den ersten Jahren weg von der Insel, als er sich so losgelöst und weit entfernt von allem um sich herum fühlte, hatte er Sorge, ohne Nicky als Ballast würde er eines Tages einfach vom Boden abheben und spurlos in Richtung Himmel verschwinden. Mittlerweile war Tom jedoch erwachsen, während Nicky ein Kind blieb, und es verband sie immer weniger.

Licht fällt durch die Lamellen der Kleiderschranktür und wirft Streifen ins Innere.

Er blinzelte, und das Bild war verschwunden.

Malcolm rief aus der Küche, was er von Backfisch zum Abendbrot halte, und Tommy, dankbar, aus seinen Gedanken gerissen worden zu sein, rief zurück, das sei super. Er stand vom Sofa auf und ging nach unten.

Malcolm schnippelte gerade Gemüse. Auf dem Tisch lag eine Zeitung, Tom zog sich wahllos einen Teil davon heran und fing an zu lesen. Es war eine Buchrezension.

Nach einer Weile sagte Malcolm, ohne sich umzudrehen: »Wir haben dir Briefe geschrieben, als du bei Jill gewohnt hast. Alle zwei Wochen. Zumindest ein paar Jahre lang.«

Tom war überfordert. Er hatte in der Nacht zuvor nicht gut geschlafen und hatte Kopfschmerzen. Für ein emotional anstrengendes Gespräch mit Malcolm war er absolut nicht in Stimmung und erwiderte knapp: »Ich weiß. Tut mir leid, dass ich nicht zurückgeschrieben hab.«

»Das meinte ich gar nicht.« Malcolm drehte sich jetzt halb zu ihm um. »Ich wollte bloß sagen … also wir haben immer an dich gedacht.«

Tom quälte sich ein Lächeln ab. »Mich vergisst man wohl auch nicht so leicht.«

»Ich hoffe, es ging dir gut bei Jill.«

»Ging es.« Das musste man ihr zugutehalten, dachte Tom. Jill war zu ihm stets so gewesen wie zu Henry, ihrem eigenen Sohn. Allerdings war sie generell kein Mensch, der viel Nähe zuließ, und hatte ihn und Henry wie zwei junge Kollegen behandelt, die sie zwar sehr schätzte, aber eben nicht wie Verwandte. Vielleicht hatte dieser Umgang es für Tom, angesichts seiner Erfahrungen, sogar leichter gemacht.

Malcolm warf das Gemüse in eine Pfanne und stellte sie auf den Herd. »Hast du eigentlich noch Kontakt zu Henry?«

»Nur sporadisch. Der lebt jetzt seit zehn Jahren in Kanada, irgendwann verliert man sich aus den Augen. Weißt ja, wie das ist. Ab und zu schreiben wir uns E-Mails.«

Malcolm nickte.

Tom wollte sich gerade wieder seiner Zeitung widmen, da fragte Malcolm: »Du und Caroline, bleibt ihr eigentlich befreundet?«

»Eher unwahrscheinlich.« Malcolm verstand anscheinend nicht, was eine Trennung bedeutete. Tom spielte kurz mit dem Gedanken, ihm die Gründe aufzuzählen, die eine Freundschaft unmöglich machten, um damit weitere Nachfragen zu unterbinden. Aber er hatte nicht die Kraft dazu.

»Du läufst vor deinen Problemen weg«, hatte Caroline gesagt.

»Stimmt.« Tom warf ein paar Sachen in seinen Rucksack.

»Und du meinst wirklich, das hilft?«

Was für eine Frage! Helfen würde eh nichts.

»Du wusstest doch von Anfang an, dass ich Kinder will.« Caroline fing wieder an zu weinen.

»Schon, aber …« Aber was? Wenn es wirklich so weit war, würde es schon irgendwie gehen. Hatte er gedacht.

»Also hab ich meine komplette Zeit mit dir verschwendet, oder was? Die ganzen vier Jahre?«

Er griff nach ihrer Hand, doch sie zog sie weg. »Es tut mir leid.«

»Jetzt komm mir nicht mit so was! Ich liebe dich. Natürlich war es keine Zeitverschwendung!«

Das war das Schlimmste: Jemand wie sie liebte ihn tatsächlich, und er, wenn es drauf ankam, fühlte nicht, was er fühlen sollte.

»Ich kann das einfach nicht«, setzte er erneut an. »Ich dachte wirklich, ich krieg das hin. Aber …« Eigene Kinder. Er hätte wissen müssen, dass das unmöglich war. Wie dumm von ihm, sich die Fantasie zu erlauben, es wäre vielleicht doch möglich. *Ihr* diese Fantasie zu erlauben.

»Was ist denn bloß das Problem?«

Er hörte ihr an, dass sie ihm wehtun wollte.

»Hast du Angst, sie erben eure familiäre Macke, oder was?«

»Darum gehts nicht. Ich kann das nicht erklären.«

»Ich hätte eher Angst, dass sie deinen Klamottengeschmack erben.«

Tom musste lachen.

»Jetzt mal ehrlich, Tom. Wieso willst du unbedingt zurück auf diese Insel? Macht das nicht alles schlimmer?«

»Ich brauch ein bisschen Abstand.«

»Dann fahr übers Wochenende nach Brighton wie jeder normale Mensch, oder nach Magaluf, wenn es sein muss. Aber nicht auf diese Scheißinsel.«

»Ich will aber«, erwiderte Tom, ohne zu wissen, ob das stimmte. Er wusste mittlerweile gar nichts mehr sicher, spürte nur deutlich diese schreckliche Schwere in sich.

»Das tut dir bestimmt nicht gut«, sagte Caroline. »Du kommst mir jetzt schon so unglücklich vor.«

Tom schüttelte den Kopf. Er war noch nie glücklich gewesen.

Manchmal überlegte er, ob wohl noch andere Menschen auf der Welt mit einer Last wie seiner durchs Leben gingen, und falls ja, wie die das aushielten. Hin und wieder wünschte er sich, er wäre tot. Dass er überlebt hatte, war ihm nie wie ein Segen vorgekommen. Dabei wünschte er sich keinesfalls, damals mit ermordet worden zu sein. Selbst jetzt noch fühlte er die Todesangst im Bauch, wenn er zurückdachte, diese Angst, die dafür sorgte, dass er in solch einem Moment am liebsten sofort auf die Toilette rennen würde, die Angst, die ihm das Gefühl gab, er würde sich in der nächsten Sekunde übergeben oder in die Hosen machen, was genau, wusste er nicht. Sein Instinkt sagte ihm jedes Mal das Gleiche, egal, ob er tagsüber darüber nachdachte oder nachts davon träumte: *Lauf um dein Leben.* Tiere besaßen einen eingebauten Selbsterhaltungstrieb. Nein, weder als Kind noch als Erwachsener hatte Tom sich je gewünscht, ermordet zu werden. Er hatte keinerlei Bedürfnis, seinen Körper durch Schüsse in Brust, Beine oder Kopf zerfetzen zu lassen. Er wollte nicht, dass Blut und Hirnmasse die Wände zierten.

Dass er damals überlebt hatte, würde er nicht rückgängig machen wollen. Aber wenn er zum jetzigen Zeitpunkt einfach unauffällig aus dem Leben verschwinden könnte, wäre das nicht schlecht. Es war ein passiver Wunsch, am liebsten hätte er sich in Luft aufgelöst. Er hatte jedoch auch schon mit dem Gedanken gespielt, nachzuhelfen. Wodka und Tabletten. Selbst die brutale Direktheit eines Zugs. Diese Gedanken ermüdeten ihn. Wenn er einfach tot sein könnte, indem er sich das wünschte, ohne Anstrengung, ohne Schmerzen, wenn er dafür nichts tun müsste, dann würde er es tun, dachte er.

Er wusste nicht mehr genau, warum Nicky an dem Abend wieder nach unten gegangen war. Er war sich relativ sicher, dass sein Bruder fernsehen wollte, aber es machte ihn wahnsinnig, dass er sich nicht hundertprozentig erinnern konnte, auch nicht daran, was Nicky schauen wollte. Es war so vieles verschwommen und vage in seiner Erinnerung. Glasklar war ihm hingegen im Gedächtnis, dass ihre Mum und Nicky unten waren, als alles anfing, und Beth auch, weil sie kurz zuvor aufgewacht war und angefangen hatte zu weinen. Und Tommy saß oben im Zimmer, das er sich mit seinem Bruder teilte, und las in seinem Wikingerbuch.

Er hatte Schreie und Schüsse gehört, hätte jedoch in dem Moment nicht sagen können, was davon zuerst, und ob beides im Haus war oder draußen. Ebenso wenig konnte er nachvollziehen, wie viel Zeit vergangen war, während er wie gelähmt mit dem aufgeschlagenen Buch auf dem Schoß dasaß, bevor er auf den Flur hinausrannte. Dort war das Gezeter lauter, er hörte seinen Vater schreien: »Du bist an allem schuld, du elende Schlampe!« Im nächsten Moment stand er im Schlafzimmer seiner Eltern. Wieso er ausgerechnet da hineingelaufen war, hätte er auch nicht sagen können. Nach den Schüssen ließ sich keiner seiner Schritte logisch erklären. Er war sich hinterher nicht mal mehr sicher, ob er überhaupt verstanden hatte, was da gerade passierte, dass unter ihm in der Küche alle starben. Sein Körper übernahm die Führung, sein Kopf war ausgeschaltet, und nun stand er also im Schlafzimmer seiner Eltern, schloss die Tür hinter sich und schaute sich panisch nach einem Versteck um.

Hinterher erinnerte er sich vor allem daran, wie unglaublich kalt ihm auf einmal wurde, und an das Gefühl, sein Herz habe sich in seiner Brust losgerissen und würde im ganzen Körper schlagen, in seinen Armen, Beinen, in seinem Kopf. Es schlug so laut, dass er die weiteren Schüsse nicht mehr hörte. Erst viel später bemerkte er seine nasse Schlafanzughose. Es war ein seltsames, verwirrendes Gefühl, die Erkenntnis, wie der menschliche Körper unter Todesangst funktionierte. Angst kannte er, die hatte er davor erlebt und auch später, aber nie wieder so. Todesangst war etwas komplett anderes. Keine angenehme Einsicht, dass man in so einem Moment auch nur ein Tier war und seinem Selbsterhaltungstrieb folgte. Das würde er nie wieder vergessen.

Seine Eltern hatten einen großen Kleiderschrank. Tommys Vater hatte ihn ein paar Jahre zuvor extra anfertigen lassen. Er war sehr stolz darauf gewesen, weil er so modern war, aus hellem Holz und vierteilig, zwei große Teile in der Mitte und zwei kleinere links und rechts. Sozusagen vier Schränke in einem, hatte sein Vater gesagt. Tommy wählte – obwohl es in dem Moment keine bewusste Auswahl war – den kleineren ganz links, wo alte Jacken und Kleider von seiner Mutter hingen. Er kletterte hinein und zog die Tür hinter sich zu. Die Sachen rochen nach seiner Mutter. Er drückte sich ganz hinten an die Rückwand, suchte komplette Dunkelheit, aber die Lamellen in der Tür ließen Lichtstreifen herein und gaben den Blick auf dünne Scheiben des Raumes frei. Eine Weile hielt er die Augen fest geschlossen. Sein Kopf war völlig leer, als plötzlich die Zimmertür geöffnet wurde.

Die meisten Leute verbrachten ihr Leben, ohne jemals herauszufinden, ob sie gute oder schlechte Menschen waren. Was für ein herrliches Gefühl das sein musste. Unterwegs in London, an einer Ampel, am Schreibtisch bei der Arbeit – Tom wusste immer genau, was für ein Mensch er war. Wenn man diese Erkenntnis einmal erlangt hatte, trug man sie bis ans Ende mit sich herum. Andere Menschen machten vielleicht ab und zu Fehler, sie logen, betrogen, manipulierten ihre Mitmenschen und wurden kurzzeitig von einem schlechten Gewissen geplagt, aber sie hielten sich im Großen und Ganzen für gute Menschen. Nicht fehlerlos, aber auf keinen Fall von Grund auf schlecht. Das musste eine so unendlich friedliche Existenz sein, dachte Tom, mit diesem Gefühl im Herzen durch die Welt zu gehen. Er war sich nicht sicher, wie viele andere um ihn herum wirklich jemals auf die Probe gestellt worden waren, wie viele in einem Moment, als es darauf ankam, die absolut falsche Entscheidung getroffen hatten und dann damit leben mussten. Für immer gebrandmarkt von ihrer eigenen Schuld, von der nur sie wussten.

13

»Wir müssen aber auch nicht«, schob Malcolm hinterher.

Er hatte völlig vergessen, dass sie von Gavin zum Essen eingeladen worden waren. Gerade hatte Fiona angerufen und gefragt, ob es morgen passte, und er musste Tommy nun damit überfallen.

Wie so oft ließ dessen Gesicht nicht erkennen, was er wirklich davon hielt, als er sagte: »Doch, warum nicht.«

»Kathy und Ed MacDonald sind auch eingeladen. Kathy haben wir neulich im Laden gesehen, weißt du noch?«

»Mhm.«

»Und Chris und Mary Dougdale, die sind in dein altes Haus gezogen, nachdem du aufs Festland bist, und …« Malcolm verstummte, konnte Tommy plötzlich nicht mehr ansehen. *Ist doch bestimmt schöner für Tommy, wenn ein paar mehr Leute kommen*, hatte Fiona gesagt. Malcolm war sich da nicht so sicher.

»Ach, was.« Tommys Ton war absolut neutral.

»Die beiden sind sehr nett.« Mehr fiel Malcolm nicht ein.

Die Zeit, in der Tommy normalerweise nach oben verschwand, war längst vorbei, und sie saßen immer noch gemeinsam im Wohnzimmer. Bei Kamillentee, weil Tommy gefragt hatte, ob sie abends nicht auf koffeinfreien Tee umsteigen könnten, er habe oft Schlafprobleme. Deshalb hatte Malcolm nach der Arbeit bei Robert im Inselladen vorbeigeschaut. Außer Schwarztee gab es nur Kamille; dass es überhaupt eine Alternative gab, überraschte Malcolm. Kräutertees kamen anscheinend in Mode.

Kathy hatte seine Einkäufe zusammengerechnet und ihn dann fragend angesehen. »Kamillentee? Ist ja ganz was Neues.«

»Ja.« Er hatte keine Lust auf Erklärungen.

Und nun saß er hier und trank den Quatsch ebenfalls, wahrscheinlich aus unbewusster Solidarität. Er wagte sich gar nicht vorzustellen, was Ross oder Davey sagen würden, wenn sie Tommy und ihn jetzt sehen könnten, abends um neun bei Kräutertee. Bildete er sich eigentlich ein, dass die langen Momente des Schweigens zwischen seinem Neffen und ihm entspannter wurden, oder hatte er sich lediglich an die Angespanntheit gewöhnt?

»Wann sollen wir denn morgen Abend bei Fiona sein?«, fragte Tommy.

Malcolm ging auf, dass er heimlich gehofft hatte, Tommy würde Nein sagen und ihm damit einen Grund zur Absage liefern. Der Abend würde bestimmt anstrengend werden. Es graute ihm geradezu davor, auch wenn er nicht hätte sagen können, warum. Aber natürlich sagte

Tommy nicht Nein. Es schien, als hätte er sich wieder in diese Leere zurückgezogen, die Malcolm von ihm kannte, wo er in Gedanken weit weg wirkte und zu allem Ja und Amen sagte.

»Um sieben.«

»Isst du oft mit den beiden? Isst du generell öfter bei deinen Nachbarn?«

»Ab und zu«, antwortete Malcolm und wunderte sich, wieso er die Frage ungern beantwortete.

»Seitdem ich hier bin, warst du abends noch nicht weg.« Tommy sah verlegen in seine Tasse.

Du bist doch erst seit neun Tagen hier, hätte Malcolm fast erwidert.

»Ich hoffe, ich halte dich nicht von irgendwas ab«, fügte Tommy hinzu.

»Inwiefern?«

»Ich meine nur, ich will dein Leben nicht zu sehr durcheinanderbringen.«

Schon wieder diese Diskussion. »Tommy, ich bin nicht der Partylöwe, für den du mich zu halten scheinst. Ich muss nicht ständig unter Leuten sein. Und in meinem Leben gibt es außerdem eh kaum was durcheinanderzubringen, ich mache ja nie was.«

Tommy musste lachen, und Malcolm hatte den Eindruck, diesmal zu ihm durchgedrungen zu sein.

»Früher war einmal pro Monat Ceilidh im Pub, manchmal sogar im Zwei-Wochen-Takt«, sagte Tommy und stützte die Ellenbogen auf den Tisch. »Gibts das noch?«

»Selten. Eher alle paar Monate. Wir sind nicht mehr die Jüngsten … nachher kippt noch einer von uns um.«

»Es wächst einfach keine junge Generation nach.«

Malcolm nickte. Eine traurige Feststellung.

»Aber die Leute im Dorf haben schon noch miteinander zu tun, oder?«

Tommy wirkte irgendwie offener, gelöster. Malcolm musste daran denken, was für ein aufgewecktes Kind sein Neffe gewesen war. Wenn ihn eine Sache richtig fesselte, hatte er stundenlang davon erzählen können – Dinosaurier? Oder war das Nicky gewesen? Ja, Nicky, Tommy hatte sich eher für Wikinger interessiert. Während Katrina tatsächlich gespannt zuhörte, hatte man John angemerkt, wie er sich zur Geduld zwang.

»Hier weiß weiterhin jeder alles von jedem«, antwortete er schließlich. »In so einem kleinen Dorf kann man sich nicht aus dem Weg gehen.«

»Wird dir das manchmal zu viel?«

Malcolm überlegte. »Schon. Aber ich bin auf der Insel aufgewachsen, ich kenne quasi nichts anderes.«

»Egal, was man macht, sofort weiß es die halbe Insel«, sagte Tommy.

»Sofort weiß es die *ganze* Insel«, berichtigte Malcolm.

»Was meinst du, wie schnell hat sich rumgesprochen, dass ich wieder da bin?«

»Puh, schwer zu sagen.« Malcolm tat, als müsse er nachdenken. »Drei Minuten?«

»Drei Minuten … Caroline und ich kannten nicht mal die anderen Hausbewohner.«

»Klingt nicht gerade schön.«

»Ich fands eigentlich gut so. Kein Stress. Andererseits ist es bestimmt nett, wenn man Leute um sich rum hat, die einen kennen. Als ich klein war, waren du und Heather ständig bei uns zu Besuch.«

»Alle paar Wochen, ja«, sagte Malcolm vorsichtig. Es war wohl eher einmal jede zwei Wochen gewesen, aber das wollte er Tommy gegenüber nicht zugeben.

»Hatte meine Mutter gern Gäste?«

»Glaube schon. Sie mochte es, unter Leuten zu sein.«

»Mein Vater meinte, sie rede zu viel«, sagte Tommy. »Ich hab noch genau im Ohr, wie er das zu ihr gesagt hat. Mehr als einmal.«

Malcolm ließ das auf sich wirken. »Eigentlich war sie eher still. So insgesamt. Bestimmt hat er ihr auch manchmal vorgeworfen, sie würde nicht genug reden. Er war oft unzufrieden.«

»Sie musste immer machen, was er wollte«, sagte Tommy.

»Er wusste bloß nie, was er wollte.«

Beide schwiegen. Das Gespräch hatte eine unerwartete Wendung genommen, und Malcolm hätte das Thema gern gewechselt, fand aber nicht, dass ihm das zustand.

Wie viel Tommy wohl über die Ereignisse wusste, die zu der Tat geführt hatten? Oder sich zumindest zusammengereimt hatte? Malcolm tappte selbst im Dunkeln. Katrina hatte zeit ihres Lebens nie viel von sich preisgegeben, und das hatte sich nach ihrem Tod nicht geändert. Damals erhielt Malcolm einen Brief vom Staatsanwalt, in dem der seine Entdeckungen schilderte. Malcolm hatte so viele Informationen wie möglich verlangt, auch wenn Heather das unklug – um nicht zu sagen, unangebracht – fand. Sie meinte, das würde ihn nur mehr aufregen, und hatte den Brief auch selbst nie gelesen. Der Staatsanwalt hatte Malcolm vorgewarnt, dass er »verstörende Details« beinhalten würde (was Sie nicht sagen, hätte Malcolm darauf am liebsten geantwortet), aber letztendlich verrieten ihm die fünf eng mit Maschine geschriebenen Seiten nicht mehr, als er ohnehin wusste. Lediglich die Fakten wurden geschildert: eine Zusammenfassung der polizeilichen Ermittlungen, wer wo und wie gestorben war und in welcher Reihenfolge, und dann wurden noch Johns Schulden erwähnt.

Anschließend fuhr Malcolm persönlich zum Staatsanwalt nach Oban. Der Mann nahm sich Zeit für ihn, erläuterte, was er herausgefunden hatte, und beantwortete geduldig seine Fragen. Mit dem Brief in der Hand stand Malcolm dann wieder auf der Fähre zurück nach Hause und hatte das Gefühl, auch diesmal nicht klüger zu sein als vorher. Wie sollten Polizei und Staatsanwaltschaft die Wahrheit über seinen Bruder herausfinden, wenn er das selbst nicht geschafft hatte? Er legte den Brief ganz unten in eine Schreibtischschublade und las ihn nie wieder. »Wieso hebst du den überhaupt auf?«, hatte Heather gefragt. Malcolm blieb ihr die Antwort schuldig, wusste nur, dass er ihn nicht wegwerfen konnte.

Eine Sache ging ihm nicht aus dem Kopf, ein Gespräch zwischen ihm und Katrinas Schwester Jill. Nach Katrinas Beerdigung hatten sich alle bei Malcolm und Heather versammelt, obwohl das Haus viel zu klein dafür war. Ein Teil der Gäste stand daher im Garten, zum Glück war es trocken geblieben. Malcolm war im Flur, und Jill gesellte sich zu ihm. Sie wirkte genauso erschöpft von diesem Tag wie er. Man kam nicht leicht mit ihr ins Gespräch, sie war recht reserviert, wie Katrina, aber ihr fehlte dieses Herzliche, das Katrinas Schweigsamkeit stets gemildert hat. Nach ein paar verkrampften Sätzen darüber, wer alles zur Beerdigung gekommen war und wer nicht, sagte Jill plötzlich: »Sie hat mich übrigens vor ein paar Wochen angerufen. Das erste Mal seit zwei Jahren, dass ich wieder von ihr gehört hab.«

Es war normal, dass man bereute, nicht mehr Zeit mit einem kürzlich verstorbenen Menschen verbracht zu haben. Malcolm selbst hatte dieses Gefühl sogar ganz kurz in Bezug auf seinen Vater verspürt, dabei hatte er ihn gehasst.

»Sie hat gefragt, ob sie für eine Weile mit den Kindern bei mir wohnen könnte«, erzählte Jill weiter. »Eine Auszeit, meinte sie. Eigentlich wollte ich ihr sagen, dass ich leider nicht genug Platz für sie habe. Wir hatten uns auseinandergelebt und zu dem Zeitpunkt kaum noch was miteinander zu tun. Ich wollte also Nein sagen. Aber da war was in ihrer Stimme …«

Das war es, was Malcolm nicht losließ. *Aber da war was in ihrer Stimme …*

Wahrscheinlich hatte es nichts zu bedeuten. Die Leute erfanden alles Mögliche, womit sie sich nach dem Tod eines Verwandten selbst geißeln konnten. Und Katrina schien ja nicht darauf zurückgekommen zu sein. Das nächste Mal hörte Jill von ihrer Schwester in Form eines Anrufs von der völlig aufgelösten Heather, und aus den Berichten im Fernsehen. (Malcolm und Heather hatten Tommy zum Glück von den Medienberichten fernhalten können. Wenigstens das hatten sie richtig gemacht.)

»Du hast nie so mit Heather geredet«, riss Tommy Malcolm aus seinen Erinnerungen. »Wie mein Vater mit meiner Mutter gesprochen hat, meine ich. So herrisch.«

»Nein.« Hoffentlich nicht!

»Aber wieso ist mein Vater mit seiner Frau so umgegangen und du mit deiner nicht?«

»Wir waren halt verschieden.« Malcolm gefiel nicht, wie sehr das nach einer Rechtfertigung klang.

»Klar, ich versteh bloß nicht, *warum* ihr so unterschiedlich geworden seid. Er wurde doch nicht so geboren, oder?«

Malcolm zog die Schultern hoch. »Keine Ahnung.« Er hatte darüber auch schon nachgedacht, konnte sich das aber nicht vorstellen. Babys waren einfach Babys, Kinder waren Kinder.

»Wie war *dein* Vater eigentlich so?«, fragte Tommy.

Malcolm seufzte und überlegte einen Moment. »Er war mit seinem Leben unzufrieden. Er war mit meiner Mutter nicht glücklich, und ich glaube, seine Söhne mochte er auch nicht besonders. Mich und John. Um ehrlich zu sein, er war ein ziemlicher Dreckskerl.«

»Aha, so was wird also vererbt.«

»Mhm, vielleicht schon.«

Für den Bruchteil einer Sekunde sah Malcolm den entsetzten Ausdruck auf Tommys Gesicht, bevor dieser sich wieder in der Gewalt hatte, und begriff viel zu spät, was sein Neffe von ihm hatte hören wollen. Heute stand er aber auf dem Schlauch! Er versuchte zu retten, was zu retten war, ohne dabei explizit zu werden: »Ich bin zum Beispiel nicht wie mein Vater. Wie man wird, steht nicht von vornherein fest. Man ist nicht dazu verdammt, zu werden wie die eigenen Eltern.«

»Nicht?«

»Nein, es ist eben nicht vererbbar, dieses …« Er suchte nach einem möglichst unverfänglichen Wort. »Diese *Einstellung*, die dein Vater und meiner hatten. Manche Kinder eignen sich das an, das war vielleicht der Fall bei John. Aber es steht nicht von Anfang an fest.«

Tommy trank seinen Tee aus. »Wer weiß. Ist ja auch egal. Ich geh hoch.« Er zwang sich zu einem Lächeln. »Der Kamillentee wirkt anscheinend.«

»Alles klar.« Um noch irgendetwas zu sagen, fügte Malcolm hinzu: »Schlaf gut. Ich bin morgen früh noch mal mit Robert verabredet, nachmittags aber wieder da.«

»Okay. Nacht, Malcolm.«

Malcolm blieb allein in der Küche und atmete tief durch.

Was John anging, ergaben die bloßen Fakten für sich genommen nicht viel Sinn, das sah Malcolm nicht anders als Tommy. Ihr Vater war grob mit ihnen umgegangen, ihre Mutter bevorzugte Malcolm. Doch weder das eine noch das andere erklärte, wieso John eines Tages Frau und Kinder umbrachte.

Natürlich könnte man behaupten, dass Malcolm und John nie wirklich ein enges Verhältnis zueinander gehabt hatten, er seinen Bruder im Prinzip kaum gekannt hatte. Das stimmte aber nicht. Oder besser gesagt: Es war gleichzeitig richtig und falsch. Ein Dilemma, das vielen Dingen anhaftete. Je älter Malcolm wurde, desto öfter stellte er das fest.

Als Kinder spielten John und er viel zusammen, waren unzertrennlich. Als Jugendliche lebten sie sich mehr und mehr auseinander, auch als sie noch unter einem Dach wohnten und Seite an Seite auf dem Hof arbeiteten. Aber als Kinder waren sie beste Freunde, hatten genauso wie Nicky und Tommy gemeinsam Klippen und Strand unsicher gemacht. Im Winter beobachteten sie Robben, im Sommer schwammen sie im Meer und spielten hinterher Fußball am Strand. Wenn ihr Vater Hilfe brauchte, machten sie das auch meistens gemeinsam, sie fütterten die Schafe und trieben sie von der Dorfweide nach Hause, und später, als sie älter und stärker waren, halfen sie beim Torfstechen und beim Lammen mit. Die harte Arbeit verband sie miteinander, die Eiseskälte am frühen Morgen, wenn man versuchte, die Hände irgendwie warm zu halten und das Gesicht vor dem Wind zu schützen, während die Sonne über den Felsen aufging und den Machair golden färbte.

Viele von Malcolms Erinnerungen spielten sich draußen ab, und wenn er an sich als Jugendlicher zurückdachte, wie er ein Schaf festhielt, während es geschoren wurde, sich auf den Felsen dem Wind entgegenstellte oder mit dem Mähdrescher die unteren Felder abfuhr, sah er John neben sich, selbst wenn er wusste, dass er höchstwahrscheinlich allein gewesen war.

John hatte nichts übrig für den Hof. War das von Anfang an so gewesen oder erst später gekommen? Schon als Kind hatte John andere Interessen gehabt als er, dachte Malcolm. Er musste an die Tasche denken, eine lederne Aktentasche, die John sich lange von ganzem Herzen gewünscht und dann endlich zu Weihnachten bekommen hatte. Wie alt war sein Bruder damals, sieben oder acht vielleicht? Er erinnerte sich ganz genau an diese Tasche, weil ihm unverständlich blieb, wie verrückt John nach dem Ding gewesen war, wo sie doch gar keine Verwendung dafür hatten. Für ihre paar Schulbücher reichten ihre alten Rucksäcke. Malcolm konnte sich beim besten Willen nicht vorstellen, sich etwas so Unbrauchbares so sehr zu wünschen. Womöglich hatte er sich über John lustig gemacht. Sein Vater jedenfalls hatte seinen Bruder regelmäßig gefragt, ob er darin etwa Tierfutter mit sich herumtrug.

Malcolm erinnerte sich noch sehr gut daran, wie John sich gefreut hatte, als er damals sein Geschenk öffnete, wie er aufsprang und seiner Mutter um den Hals fiel und sie ihn lachend umarmte. Malcolm war überrascht, freute sich aber mit ihm. John nahm die Tasche eine Weile überallhin mit, und es sah manchmal sehr lustig aus, wie er damit in seinem alten Wollpullover mit den Löchern und seinen schlammigen Stiefeln herumlief.

Dann eine weitere Erinnerung, später: John und er kamen in die Küche, wo ihre Mutter mit einer Freundin stand. Die Frau sagte: »Das ist aber eine schicke Tasche, John, was hast du denn da drin?« Und bevor John antworten konnte, erwiderte ihre Mutter mit einem Lachen: »Ach, nichts, die ist leer, er trägt sie nur mit sich herum, weil er sie so schön findet.« Malcolm war sich sicher, dass sie das kein bisschen böse gemeint hatte, es nur amüsiert so dahinsagte. Dennoch hatte er ganz deutlich gespürt, wie gedemütigt John sich fühlte. Er wusste nicht, ob er es sich einbildete oder ob John nach diesem Kommentar tatsächlich aufhörte, die Tasche zu tragen.

Es war albern, sich an so etwas festzuhalten, und Malcolm war klar, dass stets ein dunkler Schleier über der Vergangenheit lag und der Mensch sich seine eigene Geschichte aus verschiedenen Erinnerungsstücken bastelte. Die Vergangenheit war nun mal eine Geschichte, die man sich selbst erzählte.

»Wir könnten auch einfach wegziehen«, hatte Heather in den Monaten nach der Tat vorgeschlagen. »Wir schnappen uns Tommy und gehen irgendwohin, wo uns keiner kennt.«

Das war zu einer Zeit, als Malcolm am schmerzhaftesten wahrnahm, welche Fragen den Menschen um sie herum durch den Kopf gingen. War Gewalttätigkeit vererbbar? Steckte diese Wut, die in John aufgekocht war, auch in seinem Sohn oder vielleicht sogar in Malcolm?

Aber auch ungeachtet dessen, was die Leute dachten, wollte Malcolm auf keinen Fall wegziehen. Und Heather wusste das. »Das hier ist unser Zuhause«, hatte er erwidert, und danach sprach Heather das Thema nicht mehr an.

Genau das hätten sie jedoch tun sollen, gemeinsam mit Tommy weggehen, dachte Malcolm, während er am Küchentisch vor seinem kalten Kamillentee saß. Es war egoistisch von ihm gewesen, unbedingt bleiben zu wollen, selbst nachdem deutlich wurde, dass es Tommy auf der Insel nicht gutging. Stattdessen führte Malcolm den Hof an, das Haus und ihre Wurzeln, und Heather hatte ihm nicht widersprochen. Wusste sie damals, dass das nicht die tatsächlichen Gründe waren?

Sie meinte, sie sollten doch irgendwo einen Neuanfang

wagen, wo sie nicht für immer als die Familie des Mannes bekannt waren, der seine Frau und Kinder ermordet hatte. Genau diese Vorstellung machte Malcolm aber so große Angst. Hier auf der Insel kannte man ihn gut, kannte man ihn schon lange, bevor das alles passiert war. Selbst wenn sie hinter seinem Rücken diskutierten – egal, wie sie zu der ganzen Sache standen –, für sie würde er trotzdem Malcolm bleiben. Heather wäre Heather, sie hatten gemeinsam einen Hof, sie gehörten hierher und dazu. Weg von der Insel, alle Verbindungen gekappt – da würde er erst recht ständig darüber nachdenken, dass er der Bruder des Mannes war, der seine Familie getötet hatte. Ohne die Dorfbewohner gab es kein Bezugssystem, das ihm einen Platz zuwies, der nichts mit diesem Verbrechen zu tun hatte. Sich selbst einen Platz in dieser Welt zu erschaffen, schien ihm mittlerweile unmöglich.

Er wünschte, er hätte die Kraft, sich für seinen damaligen Egoismus bei Tommy zu entschuldigen. Es tut mir so leid, hätte er ihm gern gesagt. Ich habe dich damals im Stich gelassen.

Und das wie viele Male? Früher hatte er ihn schon nicht vor dem Schlimmsten bewahren können, Nicky und Beth genauso wenig, und es gelang ihm auch jetzt nicht. Es wäre ihm ein Leichtes, Argumente zu finden, um sein Versagen zu rechtfertigen. Er hätte sich verteidigen können, wenn er es gewollt hätte. Er wollte jedoch nicht.

14

Tom lag im Bett und konnte wie so oft nicht schlafen. Die innere Unruhe war heute schlimmer als sonst, und er wusste nicht, woran es lag. Sein Vater schien ihm die ganze Zeit über die Schulter zu schauen, aber das Gefühl hatte er eigentlich immer, also konnte es daran nicht liegen. Sein Vater war ihm nach Nottingham gefolgt, wo Tom mit Jill zusammengewohnt hatte, dann nach Manchester, Edinburgh und Lissabon. Natürlich war er auch nach London mitgekommen und hatte sich dort in der Wohnung von Tom und Caroline eingenistet. Eine Weile hatte Tom gehofft, sie würde seinen Vater vertreiben. Schließlich ging ihm jedoch auf, dass das wohl zu viel verlangt war.

Er hatte Caroline an einem besonders schlimmen Tiefpunkt seines Lebens kennengelernt. Das wusste sie allerdings nicht. Er fand, man durfte Leuten nicht sagen, dass man gewissermaßen abhängig von ihnen war, dass man sie mehr brauchte, als gesellschaftlich akzeptiert war. Manchmal fragte er sich, wieso sie überhaupt mit ihm zusammen war. Sie war eine tolle Frau, sie hätte jeden haben können. Andererseits verstand er Beziehungen grundsätzlich nicht. Warum waren Leute mit anderen zusammen? Caroline meinte, sie genieße es, Zeit mit ihm zu verbringen, wäre gern in seiner Nähe. Sie sagte, dass sie ihn liebte. Und eine Zeit lang waren sie glücklich miteinander.

Aber unterm Strich blieb er eben einfach der Sohn seines Vaters.

Ein paar Monate zuvor waren sie abends bei Freunden eingeladen. Hinterher, auf dem Weg zur U-Bahn, meinte Caroline, er sei so still.

Tom war aus unerfindlichen Gründen schlechtgelaunt und ließ das an ihr aus. »Du lässt ja auch keinen anderen zu Wort kommen!«

Erst wirkte sie erschrocken, dann verletzt. Er genoss das Gefühl, ihr wehgetan zu haben, gleichzeitig war ihm völlig klar, was er da tat, und hasste sich dafür. Die Erinnerung an seinen Vater kam hoch, wie er seine Mutter heruntergeputzt hatte, oft verlangte, dass sie sich noch mal umzog, wenn die Familie in die Kirche wollte. Entweder ihre Kleidung war ihm zu auffällig, oder sie war zu unmodern (»altbacken«, wie er es nannte, und Nicky und er hatten über das Wort lachen müssen, weil es nach Kuchen klang). Zwar war Tommy damals stellvertretend für seine Mutter wütend auf seinen Vater gewesen, hatte ihr jedoch die Schuld gegeben. Wieso zog sie denn nicht gleich das Richtige an? Immer musste sie alles falsch machen. Wie selbstverständlich nahm er damals an, dass alle Väter so wären, dass in allen Familien die Männer so mit ihren Frauen umgingen.

Als Erwachsener hatte er lernen müssen, die Schuld bei seinem Vater zu suchen, nicht bei seiner Mutter. Mittlerweile verstand er das alles. Er hatte hart an sich gearbeitet und schaffte es, jede automatische Reaktion in sich zu hinterfragen. Trotzdem. Die Ansichten seines Vaters steckten irgendwo tief in ihm drin, zusammengerollt in seinen Eingeweiden wie ein Bandwurm. Als er Caroline sagte, sie würde zu viel reden, hörte er deutlich die Stimme seines Vaters heraus.

Zu Hause entschuldigte er sich bei ihr. »Tut mir leid. Wirklich. Keine Ahnung, warum ich das gesagt habe.«

»Du wolltest mir absichtlich wehtun«, erwiderte sie.

»Wahrscheinlich. Entschuldigung.«

Am nächsten Tag hatte sie ihm verziehen, denn sie vertraute ihm, obwohl sie dazu seiner Meinung nach keinen Grund hatte (warf er ihr das nicht auch heimlich vor?). Ein Teil von Tom sah der ganzen Sache wie aus weiter Ferne zu, nahm interessiert seine Reue wahr – die empfand er wirklich – und ahnte gleichzeitig, dass es demnächst wieder zu so einer Szene kommen würde.

Es gab immer ein nächstes Mal. Früher oder später würde Tom kalt und abweisend werden, Caroline grundlos anfauchen und an ihr herummäkeln, wenn sie zu laut aß, Krümel auf dem Teppich verteilte, ihr ganzes Make-up im Bad ausbreitete oder ihre Sachen herumliegen ließ. Sie war ziemlich unordentlich, das war nun mal so. Meistens konnte er seine Kritik für sich behalten und blieb stumm, während er ihr zusah und die Missbilligung wie in Wellen in ihm aufstieg. Manchmal rutschte ihm aber doch ein Kommentar heraus, eine grobe Zurechtweisung, die ihm hinterher leidtat. Es war eine Sache, wie sein Vater zu sein, aber etwas ganz anderes, das seine Mitmenschen merken zu lassen.

Caroline reagierte meist geduldig, wenn er wieder so war, wenn die Depression Besitz von ihm ergriff und sich alles um ihn herum verdunkelte. Doch genau das nahm er ihr erst recht übel, weil sie ihn mit ihrer stillen Bedachtsamkeit in diesen Situationen an seine Mutter erinnerte.

Einmal hatte er in ihrem Handy herumgeschnüffelt, während sie Besorgungen machte. Er war aus heiterem Himmel überzeugt davon, sie würde ihn betrügen. Er scrollte durch ihre Nachrichten, das Herz schlug ihm vor Panik bis zum Hals. Natürlich fand er nichts, bis auf ein paar Unterhaltungen mit einem Kollegen, die für seinen Geschmack zu freundlich waren, aber so redete Caroline mit jedem. Das war ja auch überhaupt nicht der Punkt, dachte Tom hinterher. Der Punkt war, dass er in ihrem Handy herumgeschnüffelt hatte. Er sagte Caroline nie etwas davon.

Dennoch bekam er von da an schlechte Laune, wenn sie abends mit Leuten von der Arbeit noch etwas trinken ging. Sie musste nicht mal spät nach Hause kommen, es genügte, dass sie überhaupt abends unterwegs war. Der Mann, mit dem sie sich geschrieben hatte, war wahrscheinlich mit von der Partie, ging es Tom jedes Mal durch den Kopf, und wenn nicht er, dann ein anderer. Aber Caroline arbeitete nun mal im Verlagswesen, sie musste Kontakte knüpfen und pflegen. Tom erlaubte ihr (ja, »erlaubte«, er hatte es sich selbst sagen gehört), dass sie abends wegging, bestrafte sie jedoch mit Missachtung, wenn sie nach Hause kam. Sie weinte dann, manchmal wurde sie auch wütend. Sobald sich die Schwärze in ihm verflüchtigt hatte, schämte er sich. Trotzdem: Er wusste in diesen Momenten genau, was er tat, und er wusste auch, er würde es wieder tun.

Er konnte nicht fassen, dass sie sich nicht von ihm trennte. Er benahm sich keineswegs immer so schrecklich, nicht mal sehr oft. Sie lachten viel zusammen. Aber es lauerte ständig unter der Oberfläche. Er hatte unglaubliche Angst, sie könnte ihn verlassen, und verurteilte sie gleichzeitig dafür, dass sie es nicht tat. Es war seltsam, diese widerstreitenden Gefühle in sich vereinbaren zu müssen – die Einstellungen seines Vaters in sich wiederzufinden, die er so sehr ablehnte. Er würde sie auf keinen Fall seinem Kind weitergeben. Und wäre es im Grunde genommen nicht sowieso besser, gar keine Beziehung einzugehen? Er wollte sich keiner Frau mehr zumuten. Wenn er schon nichts für seine Mutter tun konnte, dann vielleicht wenigstens das.

Hin und wieder überlegte er, ob Caroline manchmal Angst vor ihm hatte. Wohl eher nicht, aber vielleicht sagte er sich das lediglich, weil er den Gedanken nicht ertragen hätte. Er wusste, dass sie früher glücklich gewesen war, das hatte sie ihm oft gesagt. Die erste Zeit war wunderschön gewesen, und Tom hatte damals tatsächlich gedacht, diesmal wäre alles anders.

Aber es half nichts. Wut gehörte zum Mannsein dazu. Genau wie die Angst.

15

Malcolm brauchte eine ganze Weile, bis ihm klarwurde, woher sein ungutes Gefühl in Bezug auf das Essen bei Fiona und Gavin stammte. Er wusste, dass es für Tommy wohl ein bisschen unangenehm würde – aber war das wirklich der Grund? Er selbst ging auch nicht völlig entspannt dorthin. Und klar, früher oder später würde jemand etwas Falsches sagen, und dann gäbe es dieses betretene Schweigen, das Heather angeblich nie wahrgenommen hatte. Aber das war ebenso wenig der Grund. Nein, das eigentliche Problem lag darin, dass er Tommy fast nicht kannte. Es war so unvorhersehbar, wie er auf bestimmte Sachen reagieren würde.

Morgens hatte Fiona noch mal angerufen und sich erkundigt, ob sie wirklich kamen. Wie wahrscheinlich war es denn, bitte schön, dass er in der Zwischenzeit ein aufregenderes Angebot für die Abendgestaltung erhalten hatte? Malcolm schüttelte den Kopf. »Natürlich kommen wir«, sagte er. »Freuen uns schon.«

»Und es bleibt bei sieben?«

»Mhm.«

»Fahrt bloß mit dem Auto. Ist zu Fuß ja eh ein ganz schön langer Weg, und bei dem Wetter und im Dunkeln …«

»Mhm.«

»Sogar die Dougdales kommen mit dem Auto.«

»Ja, wir dann auch.«

Schon von dem kurzen Telefonat fühlte er sich komplett erschöpft.

Am Vormittag half Malcolm wie immer bei Robert aus. Nachmittags machten er und Tommy einen Spaziergang bis fast nach Craigmore. Obwohl es bald November wurde, war der Himmel blau und die Sonne beständig, wenn auch schwach. Die Felsen wirkten heller als sonst, sogar der dunkle Farn schien zu glitzern.

Sie standen oben auf den Klippen und schauten hinunter. »Schön hier«, sagte Tommy. »Das vergesse ich manchmal.«

»Also ich finds im Sommer einladender«, erwiderte Malcolm.

»Klar, nur wenn ich an die Insel denke, dann nie im Sommer. Ich hab immer Regen und Nebel vor Augen.« Tommy schob die Hände in die Taschen. »Ich denke dabei an Grau und Braun.«

»Davon gibts hier ja auch genug.«

»Aber eben nicht nur.«

Zu Hause verschwand Tommy nach oben und kam lange nicht wieder. Als er endlich auftauchte, trug er das

Hemd, in dem er hier angekommen war. Malcolm überlegte kurz, ob er sich ebenfalls umziehen sollte, vielleicht etwas Schickeres raussuchen als den löchrigen Pullover, den er immer trug – Tommy hatte sich schließlich auch die Mühe gemacht. Er entschied sich dagegen, ohne Tommy wäre er gar nicht auf die Idee gekommen. Auf dem Nachhauseweg hatte er eine Flasche Wein gekauft, das musste reichen als kleines Dankeschön für die Einladung. »Wollen wir?«

Während der Fahrt schwieg Tommy. Draußen war es dunkel, auch die Landschaft bot kein Gesprächsthema. Malcolm ging auf, dass sie auf dem Weg zu den McKenzies an Tommys altem Haus vorbeimussten. Wie hatte er das vergessen können? Sollte er etwas dazu sagen oder lieber nicht? Mittlerweile war es natürlich nicht mehr Tommys altes Haus, sondern das der Familie Dougdale. Bei der Dinnerparty gleich auf die beiden zu treffen, war bestimmt komisch für Tommy. Hoffentlich sprach das niemand an.

Als sie sich dem östlichen Teil der Insel näherten, konnte Malcolm das Gefühl, etwas sagen zu müssen, nicht länger ignorieren. Ihm fiel nichts ein außer: »Alles okay?«

»Hm?« Sein Neffe wandte den Blick von der Dunkelheit draußen ab und drehte sich zu ihm um. »Ja, klar.«

»Wir müssen auch wirklich nicht lange bleiben.«

»Ist schon in Ordnung.«

Kurz darauf bogen sie von der Hauptstraße ab.

»Sind fast da«, sagte Malcolm, als wüssten sie das nicht beide.

Schweigend fuhren sie an Tommys Haus vorbei. Drinnen war es dunkel, und das Verandalicht war aus, man konnte gerade so die Silhouette des Hauses erkennen. Die Dougdales waren offensichtlich schon losgefahren.

Fünf Minuten später hielten sie vor dem Haus der McKenzies. Malcolm erkannte Gavin und Fionas blauen Toyota und den roten Volvo der Dougdales. Die MacDonalds waren anscheinend noch nicht da.

Er löste den Sicherheitsgurt, blieb aber sitzen. Ohne das Motorengeräusch erschien die Stille im Auto überlaut.

»Ich bin nicht gut im Small Talk«, sagte Tommy nach einer Weile.

»Du, ich auch nicht.«

Malcolm hatte noch nicht auf die Klingel gedrückt, da riss Fiona schon die Tür auf. Wahrscheinlich hatte sie das Auto gehört.

»Malcolm! Tommy! Schön, dass ihr hergefunden habt. Oh, ein Bordeaux, danke schön!« Fiona nahm Malcolm die Flasche ab und schob ihn und Tommy durch den Flur in Richtung des kleinen, hell erleuchteten Wohnzimmers, wo Chris und Mary Dougdale mit Gavin zusammenstanden.

»Malcolm! Tommy!«, rief auch Gavin nun mit einer Fröhlichkeit, die auf Malcolm übertrieben wirkte. »Toll, dass ihr da seid.« Er kam auf sie zu, schüttelte Tommy fest die Hand und klopfte Malcolm auf die Schulter. Malcolm hatte diesen zurückhaltenden Mann noch nie so herzlich erlebt, es machte ihm etwas Angst. Als sie einander neulich zufällig am Hafen begegnet waren, hatte Gavin sich ganz normal benommen. Vielleicht hatte Fiona ihn vorher bearbeitet? *Dass du mir ja nett zu ihm bist, Gavin!*, hörte

Malcolm ihre Stimme im Kopf und hätte bei der Vorstellung fast losgelacht.

Die Begrüßung der Dougdales fiel weniger überschwänglich aus. Obwohl sie mittlerweile seit fast zwanzig Jahren auf der Insel wohnten, wurden sie weiterhin als Zugezogene betrachtet, und immer noch kam ab und zu – aus Interesse und nicht böse gemeint – die Frage auf, wann sie denn wohl ihre Sachen packen und zurück nach Stirling ziehen würden. Dass Chris Grafikdesigner war und von zu Hause arbeitete, sorgte im Dorf ebenfalls nach wie vor für Gesprächsstoff; manche auf Litta hatten sich nicht mal an die Ankunft des Internets gewöhnt. Mary war die Lehrerin auf der Insel. Sie hatte die Stelle von Aileen Browns Nachfolgerin Hilda Grady übernommen, die nach nur einem Jahr weggezogen war, weil sie die Insel zu einsam und abgelegen fand. (Bis heute machte man sich darüber im Pub lustig – wie konnte man eine Stelle auf Litta annehmen und mit der gesamten Familie herziehen und erst hinterher feststellen, wie abgelegen die Insel war? Damals waren alle sehr freundlich zu Hilda gewesen, sie sollte sich willkommen und herzlich aufgenommen fühlen. Und auch wenn es niemand zugab, war man von ihrer Erklärung, wie einsam sie hier gewesen sei, irgendwie verletzt – wo man sich so um sie bemüht hatte!)

Nach so vielen Jahren auf der Insel haftete Mary immer noch ein gewisser Großstadtglamour an. Als Malcolm das mal gegenüber Heather ansprach, hatte diese geschnauft. »Die gute Frau kommt ja nun nicht aus Paris, die ist aus Stirling! Sie sieht vielleicht weniger zerzaust aus als wir, aber mehr auch nicht.«

Heute trug Mary Make-up, was man hier nicht oft sah, und im ersten Moment schockierte Malcolm das auffällige Dunkelrot ihrer Lippen. Es ließ ihren Mund kleiner wirken, fand er, doch möglicherweise war ihm der Anblick nur fremd und er deshalb skeptisch. (*Was der Bauer nicht kennt, frisst er nicht* – wie Heather oft gesagt hatte.)

Mary und Chris waren freundliche, entspannte Leute. Heute zum ersten Mal dem Jungen gegenüberzustehen, dessen Familie in ihrem Haus ermordet worden war, musste sich trotzdem merkwürdig anfühlen, dachte Malcolm.

»Schön, dich kennenzulernen«, sagte Chris, schüttelte Tommy die Hand und nickte Malcolm kurz zu.

»Wir haben schon so viel von dir gehört!«, sagte Mary und sah betreten zu Boden, als ihr aufging, was in dieser nett gemeinten Phrase mitschwang.

Zum Glück unterbrach Gavin das Schweigen gleich wieder. »Kann ich euch was zu trinken anbieten? Wein, Bier, Whisky?«

»Für mich ein Wasser, bitte«, sagte Tommy, und damit niemand Gelegenheit hatte, das zu kommentieren oder nachzuhaken, fügte Malcolm sofort hinzu: »Und für mich einen Whisky.«

Fiona hatte unterdessen ihre Jacken an die Garderobe gehängt und trat nun dazu. Natürlich musste sie sich direkt einmischen. Als Gavin mit dem Whisky und einem Glas Wasser zurückkam, sagte sie: »Also wirklich, Gavin, jetzt bring Tommy wenigstens einen Aperitif oder so, er kann doch nicht nur Wasser trinken.«

»Ist schon okay«, sagte Tommy. »Ich mag Wasser.«

»Ist ja auch sehr erfrischend, keine Frage«, ruderte

Fiona zurück. »Manchmal hat man da einfach Lust drauf, kenne ich.«

Tommy lächelte höflich. Malcolm hoffte inständig, dass nicht der gesamte Abend so verlaufen würde.

Es klingelte an der Tür. »Ach, das sind sicher Ed und Kathy«, sagte Fiona und klang dabei ein wenig überrascht, als hätte sie nicht mit den beiden gerechnet. Sie ging hinaus in den Flur und kam kurz darauf mit den MacDonalds im Schlepptau zurück – Kathy, dick und gemütlich, und ihr Mann, schlank, grau und immer mit einem leicht unzufriedenen Gesichtsausdruck, selbst wenn er gute Laune hatte. Sein Gesicht hellte sich erst auf, wenn er etwas getrunken hatte.

»Hallo Malcolm! Schön, dich wiederzusehen, Tommy«, begrüßte Kathy die beiden.

Auch diesmal war Malcolm dankbar für ihre unkomplizierte, einnehmende Art und fragte sich zum gefühlt tausendsten Mal, wie sie und Ed bloß hatten zusammenfinden können – Ed wirkte selbst hier, unter alten Freunden, immer angespannt. Malcolm versuchte, sich vorzustellen, wie er sich gegenüber Fremden verhalten würde. Und ihm ging auf, dass er das ja gleich würde erleben dürfen, wenn Ed den mittlerweile erwachsenen Tommy begrüßte. Ed umging diese Herausforderung jedoch elegant, indem er die Hände in den Hosentaschen vergrub und schweigend zu Boden sah.

Gavin lief geschäftig hin und her, erkundigte sich nach Getränkewünschen und brachte Ed und Kathy Bier. Malcolm bereute, nicht auch ein Bier genommen zu haben. Er mochte den Geschmack von Whisky irgendwie nicht mehr. Heather hatte ihn gemocht, aber jetzt, wo sie tot war, musste er nicht mehr so tun, als ginge es ihm genauso.

»Wie läufts denn so auf dem Hof? Ist nicht gerade Deckzeit?«, gesellte Fiona sich zu ihm.

»Bald. Robert hat es um eine Woche verschoben. Ich glaube, wir fangen nächste Woche an.«

»Gibt immer was zu tun, hm?«

»Da sagst du was.«

Fiona wandte sich an Tommy, der bis jetzt mucksmäuschenstill neben ihnen gestanden hatte. »Für dich kam das Landleben wohl nicht infrage?«

»Nein.«

»Hat eben jeder seine Interessen.«

Malcolm sah seinen Neffen gespannt an, ob der etwas antworten würde oder ob er selbst einspringen und das Schweigen überbrücken musste. Dann sagte Tommy: »An sich bin ich gern in der Natur, aber Landwirtschaft ist schwere Arbeit. Das wäre nichts für mich gewesen.«

»Wo arbeitest du eigentlich in London?«, fragte Fiona.

»Ich bin in einem Forschungszentrum für die Fördermittelbewilligung zuständig«, erwiderte Tommy. Malcolm konnte sich darunter absolut nichts vorstellen.

»Und macht dir das Spaß?« Fiona hatte offensichtlich genauso wenig Ahnung davon.

»Geht so.«

»Na ja, von irgendwas muss man leben«, sagte Fiona.

»Kann man von einem Hof leider oft nicht«, erwiderte Malcolm leise.

»Stimmt, aber das ist ja auch mehr als ein Beruf, das ist eine Lebenseinstellung.«

Malcolm überlegte, vielleicht zum ersten Mal in seinem Leben, was er ohne den Hof gemacht hätte. Wäre er Buchhalter geworden wie John? Nein, mit Zahlen hatte er nie viel anfangen können. Höchstwahrscheinlich hätte er auf der Fähre gearbeitet. Hof hin oder her, er wäre auf jeden Fall auf der Insel geblieben, selbst damals mit Anfang zwanzig, als sein Leben noch vor ihm lag. War das, was er für Liebe zu dieser Insel gehalten hatte, nur Angst vor dem Neuen, Unbekannten gewesen?

Als Fiona sich kurz in die Küche verabschiedete, um nach dem Lamm zu schauen, war Malcolm einen Moment mit Tommy allein. »Alles klar?«

Tommy nickte. Im nächsten Moment stand Ed plötzlich neben ihnen, wahrscheinlich mutig geworden durch sein Bier. Er hatte kein Glas haben wollen, sondern trank direkt aus der Dose, und daran, wie er sie ansetzte, konnte man sehen, dass sie schon fast leer war.

»Für dich nur Wasser?« Ed sah Tommy fragend an.

»Mhm«, machte Tommy.

»Du warst immer schon ein bisschen anders.«

Es folgte ein kurzes, angespanntes Schweigen, dann lachte Ed gutmütig. Offenbar war das nicht sein erstes Bier an diesem Abend. Hatte Ed zu Hause schon vorgetrunken, um hier lockerer zu sein? Malcolm hätte es jedenfalls verstanden.

»Wasser ist sehr erfrischend«, sagte Tommy mit einem Blick zu Malcolm, sein Gesicht nach wie vor ein Pokerface. »Manchmal hat man einfach Lust drauf.«

Kathy war in eine Unterhaltung mit Chris Dougdale und Gavin vertieft gewesen (Mary war nicht zu sehen, wahrscheinlich half sie Fiona in der Küche) und trat nun zu ihnen.

»Du benimmst dich hoffentlich?«, fragte sie lachend ihren Mann. Malcolm bemerkte jedoch eine Spur Angespanntheit in ihrer Stimme.

»Selbstverständlich«, erwiderte Ed. »Ich lass mich gerade von Malcolm und dem kleinen Tommy auf den neuesten Stand bringen.«

»Der kleine Tommy ist mittlerweile Anfang dreißig«, sagte Kathy.

»Für mich nicht. Wenn man jemanden kennt, seitdem er ein Kind war, bleibt er das. Der wird nicht älter.«

Malcolm musste unwillkürlich an Nicky und Beth denken und hoffte sehr, dass es Tommy nicht genauso ging.

»Und, wie ist es so, wieder hier zu sein?«, fragte Kathy. »Noch alles wie früher?«

»Im Großen und Ganzen. Die Landschaft verändert sich ja nicht wirklich. Aber die neue Generation Schafe ist super.«

Es dauerte kurz, bevor allen klarwurde, dass das ein Witz hatte sein sollen, und Kathy und Ed lauthals loslachten. Malcolm lächelte, Tommy schaute reumütig zu Boden, als wäre ihm sein trauriger Versuch, lustig zu sein, peinlich.

In dem Moment kamen Fiona und Mary aus der Küche zurück. »Was gibts hier zu lachen?«, fragte Fiona fröhlich, und Malcolm war voller Mitgefühl für den armen Tommy, als Kathy dessen Witz wiederholte und Fiona und Mary gezwungen auflachten.

»Wir brauchen keine neue Generation Schafe, sondern Kinder«, sagte Mary schließlich.

»Allerdings«, stimmte Kathy zu. »Ist dir bestimmt schon aufgefallen, Tommy. Mittlerweile sind hier alle alt. Du bist auf der Insel der Lahmen und Siechenden gelandet.«

»Ich persönlich fühle mich fit wie ein Turnschuh!«, warf Ed ein, gefolgt von verkrampftem Gelächter.

»So ganz stimmt das nicht«, widersprach Fiona. »Denkt mal an die Logans. Ein ganz apartes junges Paar um die dreißig, also in deinem Alter, Tommy …«

»Eher vierzig, mein Herz«, rief Gavin herüber, der mit Chris am Kamin stand.

»Na ja, auf jeden Fall junge Leute«, sagte Fiona nach einem kurzen missbilligenden Blick in Gavins Richtung. »Die sind vor zwei Jahren mit ihren zwei Mädchen hergezogen.«

»Sehr liebe Kinder, die beiden«, stimmte Mary zu. »Mia und Suzie.«

»Und wie es aussieht, bleiben sie«, fuhr Fiona fort. »Ein bisschen Nachwuchs haben wir also.«

»Die bleiben garantiert nicht«, widersprach Gavin, der nun mit Chris dazugetreten war. »Die wollen sich nur von ihrem hektischen Leben in Edinburgh erholen. Sobald Mia mit der Grundschule fertig ist, sind die wieder weg, glaubts mir. Wie alt ist die Kleine? Zehn? Noch ein Jahr, dann ist Schluss.«

»Sei doch nicht so pessimistisch«, sagte Fiona.

»James Logan hat mir das selbst erzählt. Man muss den Tatsachen ins Auge blicken. Hier zieht keiner mehr her. Zumindest nicht auf ewig.«

»Chris und Mary sind geblieben«, entgegnete Fiona triumphierend. »Jetzt sind bald zwanzig Jahre um, und sie sind immer noch da. Dabei dachten alle, die verabschieden sich schnell wieder. Nichts für ungut, ihr beiden, dachten wir damals eben. Ich meine nur, ihr seid der lebende Beweis dafür, dass es Hoffnung gibt.«

»Wir gehen nirgendwohin, das steht mal fest«, pflichtete Mary ihr bei.

»Ein Segen«, sagte Gavin. »Ihr seid nämlich die besten Nachbarn, die wir je hatten.«

Dieser unglückliche Satz hing einen Moment lang in der Luft, bis plötzlich allen gleichzeitig aufging, dass Gavin damit implizit ausdrückte, wie angenehm eine Nachbarsfamilie war, in der niemand den anderen und sich selbst umbrachte.

Fieberhaft überlegte Malcolm, wie er das Thema wechseln könnte, aber es wollte ihm einfach nichts einfallen. Während er sich den Kopf zerbrach, sagte Tommy in die Stille hinein: »Vielleicht kommen keine neuen Leute mehr dazu, aber es spricht auch für die Insel, dass keiner von euch weggezogen ist. Leute, die hier geboren werden, bleiben meistens.«

Malcolm warf seinem Neffen einen Blick zu. Das war eine wohlwollende Interpretation.

Fiona schien gerührt. »Möglicherweise ist es auch noch nicht zu spät, *dir* das Leben hier wieder schmackhaft zu machen.«

»Genau, am Ende gefällt es dir hier so gut, dass du nicht mehr wegwillst«, fügte Kathy hinzu.

Tommy schenkte ihnen sein typisches ausweichendes Lächeln. »Ja, vielleicht.«

Es gab Lammkeule mit Kartoffelpüree und Weißkohl. Alle lobten das Essen. Fiona hatte sich bestimmt Sorgen gemacht, ob es jedem schmecken würde, dachte Malcolm, als sein Verdacht von Gavin bestätigt wurde: »Freut mich, dass ihr es mögt, Fiona hat sich einen ganz schönen Kopf gemacht deswegen.«

Sicher hatte er sie nicht bloßstellen wollen, aber Fiona war sichtlich unglücklich über den Kommentar. »Was du immer redest«, sagte sie und wurde rot.

»Kann ich mir bestens vorstellen«, mischte Ed sich lachend ein. »Kathy ist genauso, wenn wir Gäste haben. Die schuftet bis zum Umfallen in der Küche!«

Vielleicht hilfst du ihr einfach mal, dachte Malcolm, obwohl auch er Heather nie zur Hand gegangen war, wenn er ehrlich war. Er war der Meinung gewesen, er hätte nichts am Herd verloren, aber ihm ging nach und nach auf, dass er ihr durchaus bei vielen Dingen hätte helfen können. Nur hätte sie ihn wahrscheinlich nicht gelassen. *Du bleib mal bei deinen Schafen*, hörte er sie sagen. Erinnerung oder Projektion?

»Kathy und Chris haben nichts mehr zu trinken«, sagte Fiona vorwurfsvoll zu Gavin, woraufhin dieser gehorsam in die Küche trabte.

Ed beugte sich über den Tisch zu Tommy. »Und du willst immer noch nichts Richtiges? Nicht mal ein klitzekleines Gläschen?«

»Jetzt lass ihn doch, Ed«, sagte Kathy.

Ed war betrunken, das war mittlerweile deutlich. Wie so oft wünschte sich Malcolm, er könnte elegant das Thema wechseln.

»Wird bald Winter«, platzte er heraus. Aber das hätte er sich sparen können. So aus dem Zusammenhang gerissen, wirkte sein verzweifelter Versuch ungewollt ominös.

Tommy verschluckte sich an seinem Wasser und hielt sich schnell die Hand vor den Mund, um sein Lachen zu verbergen. Was denn, stimmt doch!, hätte Malcolm sich am liebsten verteidigt.

Gavin schenkte Wein nach. Tommy bedeckte sein Glas mit der Hand und schüttelte höflich den Kopf, was Ed zum Glück nicht zu einem neuen Überredungsversuch animierte.

»Ja, es wird langsam wieder kälter«, nahm Mary den Faden auf. »Und früher dunkel! Das drückt mir ganz schön auf die Stimmung.«

»Ich mag den Winter«, sagte Kathy. »Ein Feuerchen im Kamin, sich zu Hause einkuscheln … Ohne den Winter würde man den Frühling gar nicht zu schätzen wissen.«

Die anschließende Stille verlieh ihrem letzten Satz ungewollte Tiefe.

»Wow«, sagte Ed. »Da sagst du was, Kathy.«

»Mitten wir im Leben sind mit dem Tod umfangen«, ließ sich Gavin zur Überraschung aller vernehmen, als er sich wieder mit an den Tisch setzte. War der etwa auch betrunken?, fragte Malcolm sich.

Nachdem er den fassungslosen Blick seiner Frau bemerkte, fügte er zügig hinzu: »Ich mein ja nur, ohne den Tod würde man das Leben nicht zu schätzen wissen. Stimmt doch, oder?«

»Können wir bitte aufhören, über den Tod zu reden?«, bat Kathy.

Malcolm zwang sich, nicht zu Tommy zu sehen.

»Du hast doch damit angefangen«, erwiderte Ed.

»Hab ich nicht.«

»Hast du wohl, du hast von Winter und Frühling geredet.«

»Ich hab aber nur die Jahreszeiten gemeint!«

Chris und Mary Dougdale fingen an zu lachen, und die Stimmung entspannte sich merklich. Malcolm war froh, diese Klippe umschifft zu haben, wurde aber das Gefühl nicht los, dass es noch ein anstrengender Abend werden würde. Irgendwie wirkten alle angespannt. John Bairds Geist saß wohl mit am Tisch.

»Hast du dich schon mit deinen Freunden von früher getroffen, Tommy?«, fragte Kathy.

»Noch nicht, ich weiß von Malcolm, dass Angus MacIntyre nicht mehr hier lebt, mit dem bin ich zur Schule gegangen. Und die Wilson-Zwillinge sind auch weggezogen.«

»Tja, die junge Generation hält hier leider nichts«, sagte Fiona.

Malcolm hatte Sorge, dass jetzt wieder die alte Leier anfangen würde, und sagte schnell: »Wir haben Ken getroffen, als wir an der Alban Bay waren.«

»Und natürlich Ross auf der Fähre«, fügte Fiona hinzu. »Kennst du die Leute eigentlich alle noch?«

»Manche«, sagte Tommy und schob wie zur Entschuldigung hinterher: »Ich war jung, als ich weggegangen bin.«

»Klar«, sagte Mary. »Ich kann mich kaum daran erinnern, wen ich gestern gesehen habe, ganz zu schweigen an Leute von vor ein paar Jahren.«

»Demenz, so fängts an«, sagte Chris.

»Ich bin ganze drei Jahre jünger als du, also verkneif dir bitte solche Kommentare!«, gab Mary zurück.

»Möchte jemand Nachschlag?«, fragte Gavin in die Runde. »Malcolm, noch ein bisschen Kartoffelpüree? Mary? John?« Dabei schaute er Tommy fragend an.

Malcolm wurde eiskalt. Der Moment, in dem Gavin sein Fauxpas bewusst wurde, war nicht zu übersehen. Sein Lächeln gefror: »Ich meine: Tommy.« Doch anscheinend fand er es sinnlos, so zu tun, als wäre nichts passiert, und fügte leise hinzu: »Tut mir leid.«

»Schon okay«, sagte Tommy.

»Das Püree ist ganz fantastisch«, sagte Kathy laut zu Fiona.

»Find ich auch«, stimmte Tommy zu, dem die anderen wahrscheinlich leidtaten, und wandte sich an Mary: »Malcolm meinte, ihr kommt ursprünglich aus Stirling?«

»Ja«, antwortete sie. Die Dankbarkeit aller Anwesenden war fast spürbar. »Also ich komme, genau genommen, aus einem Dorf in der Nähe von Stirling, aber Chris ist direkt da geboren. Wir haben uns an der Abendschule kennengelernt.«

»Vor vielen, vielen Jahren«, warf Chris ein.

»Jetzt ist aber mal gut!«, wies Mary ihn zurecht.

»Meine Mutter war auch aus Stirling«, sagte Tommy.

»Ach, stimmt«, sagte Kathy. »Warst du mal da?«

»Nein«, antwortete Tommy. »Schon komisch, wenn ich so drüber nachdenke. Ich glaube, meine Mutter hatte kein allzu gutes Verhältnis zu *ihrer* Mutter. Wir haben sie zumindest nie besucht, als ich klein war.«

»Ist wirklich eine schöne Stadt«, sagte Kathy.

»Hab ich auch gehört.«

»Und die Dörfer in der Umgebung ebenso«, fügte Mary hinzu. »Gibt viele Bauernhöfe.«

Tommy nickte.

»Und jede Menge Sehenswürdigkeiten«, sagte Fiona. »Dieses eine Schloss da zum Beispiel.«

Malcolm hatte den Eindruck, Fiona hatte von dem Schloss lediglich gelesen, wolle aber unbedingt etwas beitragen. Andererseits war er ebenso wenig dort gewesen. Überhaupt war er nicht viel rumgekommen, einmal in Edinburgh, aber zum Beispiel noch nie in London. Zweiundsechzig Jahre alt, und er war noch nie in London gewesen.

Als Fiona den Nachtisch servierte, wirkten alle wieder ein wenig lockerer, fand Malcolm (oder hatten einfach mehr Alkohol intus – er trank auf jeden Fall mehr als üblich, auch wenn es höchstens zwei oder drei Gläser Wein gewesen waren). Er nahm sich vor, bald auf Wasser umzusteigen, schließlich musste er Tommy und sich heil nach Hause bringen. Oder konnte Tommy sie vielleicht fahren? Er wusste gar nicht, ob Tommy einen Führerschein besaß.

Fiona kam mit einer großen Schüssel Tiramisu aus der Küche. Alle applaudierten. Gavin servierte dazu einen Dessertwein, der so süß war, dass es Malcolm schüttelte. Er hatte erwartet, Tommy würde wieder ablehnen, doch dieses Mal ließ er sich ein kleines Glas einschenken, nahm einen Schluck und lächelte höflich: »Wirklich gut.«

Gavin freute sich. »Ja, nicht? Den hab ich aus Oban. Wir warten schon ewig auf die richtige Gelegenheit, den aufzumachen.«

»Och, wie lieb!«, rief Ed. »Extra für uns hast du den also heute aufgemacht?«

Ed hatte einen ganz verschwommenen Blick, und in Malcolm stieg ein leichter Unwille auf. So sollte Tommy die Insel nach seiner Abreise nicht in Erinnerung behalten.

»Natürlich nicht für dich, Ed«, sagte Gavin. »*Tommy* ist heute unser Ehrengast.«

Der Ehrengast trank sein Glas aus, ließ sich nachschenken und nahm sofort den nächsten großen Schluck, so hastig, dass es Malcolm ein wenig mulmig wurde.

Später gab es eine Käseplatte (meine Güte, dachte Malcolm, so viel Essen!), und Gavin ließ ihre Gläser nicht leer werden. Die Stimmung wurde gelöster. Eine Weile wurde über Landwirtschaft diskutiert, dann kam man kurz auf Politisches zu sprechen, was jedoch niemanden sonderlich interessierte – bis auf Mary, der es im Gegensatz zum Rest der Inselbevölkerung wichtig war, immer auf dem neuesten Stand zu sein. Ross meinte mal, das läge wahrscheinlich daran, dass sie Zugezogene war.

Malcolm sah, wie Tommy sich von Gavin ein Glas Rotwein geben ließ. Er hatte sich auf seinem Stuhl zurückgelehnt und die Beine ausgestreckt, lümmelte fast, und war so entspannt, wie Malcolm ihn bis jetzt noch nicht erlebt hatte. Zumindest *wirkte* er entspannt.

»Lasst uns anstoßen«, sagte Ed plötzlich und sah die anderen auffordernd an. »Auf Tommys Rückkehr!«

Zustimmendes Gemurmel, folgsam erhoben alle ihre Gläser.

»Willkommen zurück«, sagte Ed. »Wir hätten eigentlich ein richtiges Fest ausrichten sollen, nicht nur zusammen essen. Ich finds nämlich jammerschade, dass du so lange weg warst.«

»Ed«, warnte Kathy ihn sanft, als ahnte sie, was als Nächstes kam.

»Ist doch so«, entgegnete Ed. »Diese Geschichte von damals kann doch nicht der Grund sein, dass der Junge sich nicht mehr hertraut. Er ist einer von uns, er ist ein Baird, genau wie Malcolm. Und genau wie John, der meiner Meinung nach einfach einen Ausraster hatte. Wir haben ihn trotzdem in guter Erinnerung, Tommy. Er war in dem Moment nicht er selbst, das wissen alle hier.«

Es herrschte absolute Stille. Fiona sah völlig schockiert zu Malcolm. Als sich ihre Blicke trafen, drehte sie sich schnell wieder weg.

Kurz dachte Malcolm, sie würden ein weiteres Mal davonkommen und der Moment ohne Aufsehen vergehen, oder jemand würde das Thema wechseln. Doch da sagte Tommy: »Er hatte keinen Ausraster.«

»Das hab ich blöd ausgedrückt, hast recht«, erwiderte Ed. »Aber wie soll man das sonst nennen?«

»Ich glaube, das reicht jetzt«, sagte Malcolm.

»Finde ich auch, Schatz«, stimmte Kathy zu. »Tommy möchte bestimmt nicht darüber reden.«

Ed nickte und schien die Sache auf sich beruhen zu lassen, nahm dann jedoch einen Schluck Wein und beugte sich erneut zu Tommy hinüber. Er hätte ihm fast vertraulich die Hand auf den Arm gelegt, besann sich aber in letzter Sekunde eines Besseren und ließ sie zurück auf den Tisch sinken. »Wir haben deinen Dad alle gut gekannt, Tommy. Er war kein schlechter Mensch. Was er gemacht hat, war natürlich schrecklich. Absolut, absolut schrecklich. Aber er wusste nicht, was er tut, klarer Fall.«

Malcolm war sofort klar, dass Ed nichts Schlimmeres hätte sagen können.

»Doch, er wusste genau, was er tut.« Tommys Stimme war ruhig und eiskalt.

Niemand erwiderte etwas, alle starrten ihn gebannt an.

»Man sollte ihn schon so sehen, wie er wirklich war.« Tommy hielt den Blick auf den leeren Teller vor sich gesenkt, sodass nicht klar war, ob das nur an Eds Adresse ging oder an alle Anwesenden. Er wirkte komplett nüchtern. »Er war eben *kein* guter Mensch. Ein guter Mensch bringt seine Familie nicht um. Ihr redet euch das im Nachhinein schön.«

Hilfloses Schweigen. Ed nickte ein, zwei Mal betrunken, traute sich aber nicht, Tommy in die Augen zu sehen. Am Ende war es Mary, die als Erste sprach, vielleicht, weil sie und Chris damals noch nicht hier gelebt hatten und damit von den Vorwürfen ausgenommen waren, die Tommy den anderen machte. »Tut mir leid, Tommy. Das muss damals unglaublich schwer für dich gewesen sein.«

Dieser einfache Satz kam in einer Situation, in der es keine richtige Antwort gab, einer richtigen Antwort anscheinend am nächsten. Tommy seufzte und nickte ihr kurz zu, sprach aber nicht weiter.

»Käffchen?«, fragte Fiona plötzlich in die Runde. »Oder vielleicht jemand Tee?«

»Ein Kaffee wär jetzt gut«, sagte Kathy im selben Moment, in dem Gavin antwortete: »Gute Idee, Fi.«

Malcolm fand, es sei an ihm, diesen Abend endlich zum Ende zu bringen. Das war sicher nicht nur das Beste für Tommy und ihn, sondern im Interesse aller. Aber sie konnten sich nicht sofort aus dem Staub machen, wo Tommys Worte noch nachhallten, das würde die ganze Sache nur verschlimmern. Nein, den Kaffee mussten sie noch überstehen, eine halbe Stunde, länger würde das bestimmt nicht dauern, dann hätten sie es endlich geschafft.

Etwas unbeholfen brachten alle am Tisch die nächsten zwanzig Minuten hinter sich, hielten sich ausschließlich an neutrale Themen und nippten an ihren Tassen (Malcolm stürzte seinen Kaffee viel zu heiß hinunter). Kathy und Mary gaben sich größte Mühe, die Unterhaltung wieder auf harmloses Terrain zu führen, indem sie über ihre Kinder sprachen, wann wer demnächst zu Besuch kam und für wie lange. Schließlich befand Malcolm, es wäre genug Zeit verstrichen, um sich abzusetzen.

»Wir müssen dann mal los, Fiona. Wird langsam spät.«

»Ach, komm, so spät ist es doch gar nicht!«, erwiderte sie. »Tommy hat seinen Kaffee noch nicht ausgetrunken.«

»Doch, doch, bin fertig.« Tommy nahm einen letzten Schluck und stellte seine Tasse auf den Tisch.

»Ich bin morgen früh mit Robert verabredet«, erklärte Malcolm. »Und Tommy hatte einen langen Tag heute.« Den Satz hätte er sich auch verkneifen können, Tommy war schließlich kein Kind mehr.

Dazu sagte dieser jedoch »danke für die Einladung«, so leise und höflich, als wäre die Zeit stehengeblieben und er noch immer acht Jahre alt.

»War schön, euch zu sehen«, antwortete Fiona und löste damit zustimmendes Gemurmel aus. Malcolm begann die Verabschiedungsrunde und versuchte dabei, Tommy so schnell wie möglich aus dem Haus zu bekommen. Ed bestand leider darauf, ihm besonders lange die Hand zu schütteln, als wolle er sagen: »Nichts für ungut.« Dann standen sie endlich draußen in der Eiseskälte, und die Tür fiel hinter ihnen zu.

Tommy ging wortlos zur Beifahrerseite und stieg ein. Malcolm atmete ein paar Mal tief durch und gönnte sich noch einen Moment allein in der Sicherheit der dunklen Nacht, dann stieg auch er ins Auto.

Seine eigene Aufgewühltheit, die schlechte Straße und die pechschwarze Nacht ließen ihn besonders langsam fahren. Als sie an Tommys altem Haus vorbeikamen, war er jedoch dankbar für die Dunkelheit – auf den Anblick des Hauses konnten sie gut verzichten. Er umgriff das Lenkrad sehr fest und sah starr geradeaus auf den kleinen Fleck Asphalt vor ihnen, der von den Scheinwerfern beleuchtet wurde. Es war mehr als unwahrscheinlich, zu dieser Uhrzeit auf Gegenverkehr zu treffen, aber es bestand immer die Gefahr, im Graben zu landen oder gegen Felsen zu fahren.

Malcolm wollte auf keinen Fall die gesamte Fahrt über schweigen, wusste aber beim besten Willen nicht, was er Tommy sagen sollte. Wenn ihm doch nur irgendetwas einfallen würde, egal was, um dieses schreckliche Gefühl zu vertreiben, das Tommy in Fionas kleinem Wohnzimmer in ihnen allen ausgelöst hatte.

»Das Essen war lecker«, sagte er schließlich.

»Mhm.«

»Kann wirklich gut kochen, die Fiona.«

»Mhm.«

Malcolm zögerte einen Moment. »Das mit Ed tut mir leid.«

»Schon gut.«

»Er war betrunken. Und er ist ja selbst nüchtern nicht der Hellste.«

»Es geht nicht bloß um ihn«, erwiderte Tommy. »Die anderen waren genauso schlimm.«

»Sie meinen es nur gut.«

»Das tun die meisten Leute, aber das reicht nun mal nicht.«

»Mach ihnen keinen Vorwurf, das wäre nicht fair«, sagte Malcolm und wusste, dass er eigentlich meinte: *Mach mir keinen Vorwurf, das wäre nicht fair.*

»Wieso denn nicht?«, fragte Tommy. »Die haben das damals doch alle mitbekommen, oder etwa nicht? Ihr habt es alle mitbekommen. Das kam überhaupt nicht so überraschend, wie alle tun.«

»Wie hätten wir denn ahnen sollen, dass John eines Tages …«

»Klar, du hast dir erfolgreich eingeredet, es hätte keinerlei Anzeichen gegeben, aber es gab sie sehr wohl, und das weißt du ganz genau.«

Darauf wusste Malcolm nichts zu erwidern.

Vor dem Haus stellte Malcolm den Motor ab. Beide

blieben sitzen. Schließlich fragte er, weil er das tun musste: »Hat er dir was getan?«

»Nein. Also nicht so, wie du jetzt denkst.«

»Entschuldige.« Das automatische Licht ging aus, sodass er Tommys Gesicht nicht mehr sehen konnte.

»Ich hasse diese Scheißinsel«, sagte Tommy ruhig. »Wenn ich könnte, würde ich sie in die Luft jagen.«

Er öffnete abrupt die Autotür und stieg aus. Als Malcolm kurz darauf ins Haus trat, war er schon in seinem Zimmer verschwunden. Malcolm saß noch mehrere Stunden lang in der Küche. Heute würde er nicht schlafen können, das stand fest.

16

Also ein voller Erfolg sieht anders aus, dachte Malcolm am nächsten Morgen. Er lag im Bett und ließ den vorangegangenen Abend Revue passieren.

Zum Glück war er heute wieder mit Robert verabredet. Als er um sieben das Haus verlassen wollte, war von Tommy noch nichts zu sehen. Er legte ihm einen Zettel auf den Küchentisch, damit der wusste, wo er Malcolm finden konnte.

Das Wetter war schlecht, selbst für Littaer Verhältnisse. Nach der Ruhe des letzten Abends war Wind aufgekommen. Er rüttelte an den Wänden des Häuschens, und er hatte eiskalte Regenschauer im Gepäck. Malcolm zog den Reißverschluss seiner Jacke bis zum Kinn, setzte sich eine Mütze auf und trat hinaus in den nasskalten Tag.

Bei Robert erwartete ihn harte Arbeit. Anderthalb Stunden lang transportierten sie Futtermittelzusatz hoch zu den Schafen auf die Weide, hievten die schweren Säcke vom Truck und leerten sie oben in die Boxen. Die Schafe schauten ihnen derweil unbeeindruckt zu. Während der Arbeit war eine Unterhaltung fast unmöglich, alle Energie ging für das Tragen der Säcke und den Kampf gegen den Wind drauf. Malcolm war jedoch froh, sich ganz auf die körperliche Arbeit konzentrieren zu können. Wenn einem Rücken und Schultern schmerzten und der Wind um die Ohren sauste, kam man nicht zum Nachdenken.

Endlich waren sie fertig und verschnauften. Mittlerweile hatte der Regen aufgehört, der Wind wehte weiterhin stark, und selbst hier hinter dem Truck, wo sie Schutz gesucht hatten, musste Malcolm rufen, damit Robert ihn hörte: »Und jetzt?«

»Den Rest schaffe ich alleine.«

»Ich bleib gerne, ist kein Problem.« Malcolm spürte Roberts Blick auf sich.

»Willst du nicht lieber nach Hause zu Tommy?«

»Nicht, solange es noch was zu tun gibt.«

»Na dann – die Hufe müssten mal wieder gemacht werden.«

Sie trieben die Schafe in das Gehege und nahmen sie sich eins nach dem anderen vor, drehten sie auf den Rücken, klemmten sie sich zwischen die Beine, säuberten ihnen die Hufe und trimmten sie. Die Tiere waren fügsam, aber Spaß machte es ihnen natürlich nicht. Malcolm schnappte sich immer ein Schaf, bearbeitete, so schnell es ging, dessen Hufe und entließ es dann mit einem freundlichen »Braves Mädchen« oder »Siehst du, das wars schon!« zurück auf die Weide.

»Bis jetzt gabs keins mit Anzeichen für Fäule«, sagte er während der kurzen Pause zu Robert.

»Bleibt hoffentlich auch so. Du bist mir übrigens eine große Hilfe, Malcolm. Bei dir bleiben sie ruhig.«

»Ich hab das eben schon oft gemacht«, entgegnete Malcolm.

»Gordon hat das auch schon oft gemacht.« Gordon war Roberts ältester Sohn. »Trotzdem haben die Schafe Angst vor ihm. Aber du kannst einfach gut mit Tieren.«

»Vielen Dank für die Blumen.«

»Ich meins ernst.«

»Ist auf jeden Fall mehr, als man im Allgemeinen über mein Verhältnis zu Menschen sagen kann.« Malcolm stellte sich vor, wie er Tommy heute Abend von dieser Unterhaltung erzählen würde, merkte allerdings sofort, dass er im Moment nicht an ihn denken wollte.

Mittags aßen sie gemeinsam mit Roberts Frau. Martha hatte Suppe gekocht. Sie nahmen sich nicht viel Zeit, beide wollten schnell zurück an die Arbeit, aber selbst eine kurze Pause im Warmen tat gut.

Robert schlürfte laut seine Suppe und ignorierte dabei Marthas missbilligende Blicke. »Wie läufts denn so mit Tommy?«

»Gut«, sagte Malcolm. Um zu unterstreichen, dass alles ganz normal war, und um sich das selbst einzureden, fügte er hinzu: »Waren gestern bei Fiona und Gavin zum Essen.«

»Ach ja?«

»Kathy und Ed waren auch da, und Chris und Mary.«

»Und, wars schön?«

»Mhm. Fiona kann gut kochen.«

Wenn er jetzt so an den Abend dachte, fand er, hätte es durchaus schlimmer laufen können. Eigentlich war nichts vorgefallen. Tommy hatte ein paar bissige Kommentare von sich gegeben, alle waren leicht verunsichert gewesen, und am Ende waren sie vielleicht etwas abrupt aufgebrochen. Aber sonst? Gut, Tommy hatte kurz seine sonst so sorgsam unter Verschluss gehaltene Wut offenbart. Da dieser Einblick sich jedoch schwer in Worte fassen ließ und sich außerdem keiner der Anwesenden wirklich von diesem vagen Gefühl eines schlechten Gewissens frei machen konnte, hatte Malcolm keine Bedenken, dass hinter seinem Rücken darüber diskutiert würde.

Er müsste sich natürlich telefonisch bei Fiona für das Essen bedanken, aber er konnte sich schon denken, wie das ablief. Weder sie noch er würden den unangenehmen Teil des Abends erwähnen, sondern lediglich harmlos-freundliche Plattitüden austauschen. Langsam verstand er, was Tommy damit gemeint hatte, dass man in Litta jeglicher Konfrontation aus dem Weg ging. Doch war das nicht auch der sicherste Weg? Was einmal geschehen war, konnte man nicht rückgängig machen.

Es begann erneut zu regnen, dicke Tropfen schlugen ans Fenster.

»Na komm, machen wir weiter«, sagte Malcolm zu Robert.

Als er am späten Nachmittag nach Hause kam, war er völlig erschöpft, nass bis auf die Knochen, roch nach Schaf, und ihm tat alles weh. Tommy saß im Wohnzimmer, trug Sachen von Malcolm und las *Tess von den D'Urbervilles*.

Malcolm stand unsicher im Türrahmen. »Gefällt dir das Buch?«

Tommy sah auf. »Na ja, die Farbe Rot taucht ein bisschen oft auf. Wegen Blut und Schicksal und so, du weißt schon.«

Nein, das wusste Malcolm nicht. Wahrscheinlich hätte nicht mal Heather etwas auf diese Aussage erwidern können. Sie meinte immer nur, die Bücher würden sich gut weglesen.

»Was hast du studiert?«, fragte er. »Anglistik?«

Tommy lächelte. »Nee, Geschichte.«

»Ach so.« Malcolm wusste nicht, wie er das Gespräch weiterführen sollte. »Hat dir das Spaß gemacht?«

»War schon in Ordnung.«

Er hatte den Eindruck gehabt, ihre Unterhaltung im Auto am Abend zuvor hatte etwas zwischen ihnen gelöst, Tommy aus der Reserve gelockt. Doch anscheinend hatte er sich da geirrt. Zumindest in diesem Moment fühlte er sich gegenüber seinem Neffen unsicherer denn je.

»Ich geh mich mal umziehen.« Damit verließ er das Wohnzimmer.

Als er wieder runterkam und nachdem er sich mit dem Umziehen mehr Zeit als nötig gelassen hatte (er musste sich wohl langsam eingestehen, dass er Tommy ab und zu aktiv aus dem Weg ging), stand Tommy in der Küche und schmorte Zwiebeln. Der Geruch trieb Malcolm schon im Flur die Tränen in die Augen.

»Ich war vorhin einkaufen«, sagte er, als er Malcolm bemerkte.

»Im Ernst? Ganz schön ausgedehnter Spaziergang bei so einem Wetter.«

»Ach, ich hatte Lust auf ein bisschen Bewegung.«

Malcolm hätte sich am liebsten ins Wohnzimmer verzogen, aber das wäre unhöflich gewesen. Resigniert setzte er sich an den Küchentisch.

»Ich dachte, ich koch uns heute was«, sagte Tommy.

»Aha. Nett von dir.«

»Nudeln mit Champignonsoße. Ich hoffe, es schmeckt dir. Ich hab leider kein sonderlich großes Repertoire.«

»War Kathy an der Kasse?«

»Nein, Fiona.«

Malcolm schwieg. Es war sicher nicht leicht gewesen, ihr heute gleich wieder zu begegnen. Wie üblich verriet Tommys Gesicht nichts.

»Ich hab mich noch mal für die Einladung bedankt«, sagte Tommy und wandte sich wieder seiner Pfanne zu.

»Das ist gut.«

Tommy wollte das Thema scheinbar doch nicht ausklammern.

»Das war die beste Lammkeule meines Lebens, hab ich ihr gesagt.«

Malcolm hatte Schwierigkeiten, sich einen solchen Kommentar aus Tommys Mund vorzustellen. »War ja auch wirklich lecker.« Plötzlich wollte er unbedingt einen Drink. Er holte die alte Flasche Whisky aus dem Küchenschrank. Der musste herhalten, etwas anderes hatte er nicht im Haus.

»Ich genehmige mir mal einen«, sagte er. »Stört dich doch nicht?«

»Überhaupt nicht«, antwortete Tommy und gab Champignons zu den gedünsteten Zwiebeln.

Malcolm setzte sich wieder an den Tisch und nippte

an seinem Whisky. Er hatte vergessen, wie beruhigend Alkohol sein konnte.

Tommy stand weiterhin mit dem Rücken zu ihm und rührte in der Pfanne. »Das mit gestern Abend tut mir leid.«

Überrascht ließ Malcolm das Glas sinken. »Gibt nichts, wofür du dich entschuldigen müsstest«, sagte er nach kurzem Zögern.

Tommy nickte und sah konzentriert in die Pfanne. Malcolm war sich ziemlich sicher, dies würde das Ende der Unterhaltung bedeuten. Gespräche mit Tommy begannen und endeten irgendwie abrupt, aus heiterem Himmel tauchte ein ernstes Thema auf und verschwand so schnell, wie es gekommen war. Da sagte Tommy: »Ich dachte die ganze Zeit, ich will unbedingt mit dir über meinen Vater reden. Aber ich glaube, es geht mir eher um meine Mutter.«

»Was möchtest du denn wissen?«, fragte Malcolm vorsichtig.

Tommy rührte etwas schneller. »Wie sie so war. Ich meine, ich weiß, wie sie zu mir war, aber ich hab keine Ahnung, wie andere sie gesehen haben.«

Eine Antwort auf diese Frage wäre Malcolm in Bezug auf jeden Menschen schwergefallen, ganz besonders jedoch bei Katrina.

»Sie war …«

Und plötzlich stand sie vor ihm.

»Nett, oder?«, hatte Heather zu ihm gesagt, nachdem sie ihr zum ersten Mal begegnet war. »Und sie ist wunderschön. Aber auch ein bisschen …«

»Was denn?«

»Ich weiß nicht. Langweilig irgendwie, findest du nicht?«

Malcolm war überrascht, weil es eigentlich nicht Heathers Art war, so schnell über andere zu urteilen. Er wusste nicht mehr, was er daraufhin gesagt hatte. Auf ihn wirkte Katrina zurückhaltend, aber nicht langweilig. Unter der Oberfläche spielte sich bei ihr bestimmt eine ganze Menge ab. Später hatten Heather und sie sich natürlich angefreundet, und er hörte sie oft im Nebenzimmer lachen.

»Worüber redet ihr bloß immer?«, fragte er Heather einmal.

»Ach, über dies und das.«

Malcolm sprach seine Frau nie auf ihr ursprüngliches Urteil über Katrina an, aber interessiert hätte es ihn schon, wann genau sie ihre Meinung geändert hatte und was sie mittlerweile über Katrina dachte. Vielleicht hätte Heather das auch nicht beantworten können, vielleicht hätte sie gar nicht verstanden, was er von ihr wollte. Sie mochte Menschen, dachte jedoch nicht allzu viel über sie nach. Anders als er scheute sie sich davor, »in die Abgründe anderer einzutauchen«, wie sie es ebenso liebevoll wie amüsiert bezeichnet hatte.

Heather hatte also, wie alle hier, kaum Einblick in Katrinas Ehe gehabt. Angesichts ihrer Bestürzung nach der Tat wurde ihm klar, dass sie genauso wenig geahnt hatte wie der Rest in Litta. Und dass sie sich deswegen schwere Vorwürfe machte.

Vielleicht hatte Katrina aber auch eine gewisse Härte in sich gehabt? Es wäre falsch, sie jetzt zur Heiligen zu erheben, jeder Mensch hatte Schwächen. Sie nahm so viel von anderen in sich auf, die ihr bereitwillig ihre tiefsten Geheimnisse anvertrauten (»Danke fürs Zuhören«, hörte er sie unten am Hafen oder auf der Straße vor dem Schulgebäude oft zu ihr sagen). Katrina gab hingegen kaum etwas von sich selbst preis. War das Selbstlosigkeit oder eher Berechnung? Später kam Malcolm zu dem Schluss, dass es Selbstschutz gewesen sein musste.

Aber wie viel davon durfte er Tommy erzählen, der immer noch geduldig auf eine Antwort wartete?

»Deine Mutter war herzensgut zu allen, hat sich für jeden Zeit genommen.« Arme Katrina, dachte Malcolm, er reduzierte sie hier auf ein paar Phrasen, als wäre sie so nichtssagend gewesen, wie Heather sie anfangs eingeschätzt hatte. Das konnte er so nicht stehenlassen. »Sie war sicher nicht glücklich, aber das hat sie sich nie anmerken lassen. Keiner wusste viel über sie.« Schon wieder versuchte er, sich zu verteidigen! Er musste eine andere Richtung einschlagen. »Sie hat euch Kinder sehr geliebt, sie wäre …« Fast hätte er gesagt, sie wäre für euch gestorben, und konnte es gerade noch rechtzeitig verhindern. »Sie wäre für euch drei durchs Feuer gegangen, ihr wart ihr Ein und Alles.«

Tommy hatte sich zu ihm umgedreht und lauschte gespannt, den Kopf leicht zur Seite geneigt. »Das Gefühl hat sie uns auch immer gegeben. Das macht gute Eltern aus, glaube ich, dass man fühlt, wie viel man ihnen bedeutet.«

Malcolm musste an seine eigene Mutter denken.

»Mein Vater konnte es nicht leiden, wenn sie sich mit anderen unterhalten hat«, sagte Tommy.

Wieder so etwas, das ihm hätte auffallen müssen, dachte

Malcolm. Das heißt, es war ihm aufgefallen, er hatte jedoch nicht die richtigen Schlüsse daraus gezogen. Er konnte sich noch gut daran erinnern, wie John Katrina nach der Kirche immer sofort nach Hause gezerrt hatte, es wäre höchste Zeit fürs Mittagessen. Und wie viel leiser ihre Stimme und ihr Lachen waren, wenn sie an seiner Seite unterwegs war. Oder bildete er sich das heute ein?

»Dein Vater hatte eine Menge Probleme, glaube ich«, sagte Malcolm. »Die meisten hätten ihm das nicht zugetraut, aber ich wusste, dass er seine Wut nicht immer unter Kontrolle hatte. Ich hätte bloß nie ged…«

»Ich weiß, ich weiß«, unterbrach Tommy ihn. »Ich hab das gestern Abend nicht so gemeint.«

Wie konnte das sein, dachte Malcolm, man hatte etwas direkt vor der Nase und sah es trotzdem nicht. Er wusste, dass mit Johns und Katrinas Ehe etwas nicht stimmte. Von Anfang an hatte er dieses Gefühl gehabt, es nur nie ausgesprochen. Die beiden waren nicht wie er und Heather, aber John behandelte seine Frau wiederum nicht wie deren Vater damals ihre Mutter. Soweit Malcolm das einsehen konnte, schrie er sie nicht an und schlug sie nicht. Ihm war nicht klar gewesen, dass die Gefahr aus einer anderen Richtung kommen könnte.

Während Tommy Wasser für die Nudeln aufsetzte, ging Malcolm hoch ins Schlafzimmer. Er holte einen Karton aus dem Kleiderschrank und kramte eine Weile darin herum, bis er den Umschlag gefunden hatte.

Zurück in der Küche, nahm er ein Foto aus dem Umschlag und reichte es Tommy schüchtern.

Es zeigte Katrina vor ihrem und Johns Haus (mittlerweile das Haus der Dougdales, rief Malcolm sich in Erinnerung). Sie hatte sich hingehockt, und links und rechts von ihr standen Nicky und Tommy. Nicky war damals drei oder vier, Tommy konnte gerade laufen. Es war offenbar warm, die Jungs trugen keine Jacken. Sie hatten beide diesen ernsten Gesichtsausdruck, den kleine Kinder manchmal an den Tag legten. Nicky sah in die Kamera, Tommy zu seiner Mutter. Er hatte die Hand nach ihren Haaren ausgestreckt, und Katrina lachte und wollte sie wohl gerade festhalten, als das Foto gemacht wurde.

»Sie war so schön«, sagte Tommy.

Malcolm nickte und spürte wieder diesen Stich im Herzen.

»Hast du auch eins von meinem Vater?«

Widerwillig zog Malcolm das zweite Foto aus dem Umschlag. John und Katrina nebeneinander am Strand. Das Lächeln der beiden sah etwas angestrengt aus, wahrscheinlich hielten sie die Pose schon eine Weile. Heather war ebenfalls zu sehen, ganz am Rand, den Kopf abgewandt. Sie wurde nicht gern fotografiert. Malcolm musste das Foto gemacht haben, aber er konnte sich nicht mehr daran erinnern.

Tommy nahm es ihm aus der Hand und betrachtete es lange schweigend.

Was ihm wohl durch den Kopf ging? Fiel ihm die Ähnlichkeit zwischen seinem Vater und sich selbst so ins Auge wie allen anderen?

Schließlich sagte er: »Er sah nicht so gut aus wie meine Mutter, oder?«

»Aber er konnte sehr charmant sein, wenn er wollte«,

entgegnete Malcolm. Wieso versuchte er eigentlich, seinen Bruder zu verteidigen? Oder wollte er John damit gar nicht besser dastehen lassen, sondern Tommy vielmehr verständlich machen, wie Katrina seinen Vater jemals hatte heiraten können? »Er hat sich immer große Mühe gegeben, charmant zu wirken. Es war ihm wichtig, gemocht zu werden.«

Kurzerhand gab Tommy ihm das Foto zurück. »Kann ich das andere behalten?«, fragte er. »Das mit meiner Mutter und Nicky?«

»Ja, klar. Moment, ich hol dir einen neuen Umschlag, damit es nicht zerknickt.«

Malcolm ging hastig hinüber ins Wohnzimmer und fing an, in einer Schublade nach Briefumschlägen zu suchen. Er war froh, kurz allein zu sein, und ebenso froh, seine Hände beschäftigen zu können, von denen er soeben erst bemerkt hatte, dass sie zitterten.

17

Als Tom an diesem Abend im Bett lag, sah er das Gesicht seiner Mutter viel klarer vor seinem inneren Auge als sonst. Er wusste jedoch nicht, ob er ihr Gesicht dem Foto (das er einfach nicht aus der Hand legen konnte) entnommen oder ob es seinem Gedächtnis lediglich auf die Sprünge geholfen hatte.

Wenn er doch noch mal zurückkönnte.

Es gab viele Dinge, die er gern gutmachen würde. Zum Beispiel, wie er mit Caroline umgegangen war. Aber wenn er tatsächlich in der Zeit zurückreisen könnte, und gesetzt den Fall, dass er diese eine Sache, das Schlimmste, was er jemals getan hatte, nicht ändern könnte, dann würde er Folgendes anders machen: Seine Mutter drehte sich zu ihm um und bat ihn, ihr mit der Wäsche zu helfen, und er sagte Ja.

Du warst doch noch ein Kind. Dir kommt das alles im Nachhinein bedeutsamer vor, als es war.

Aber trotzdem. Er hatte seine Mutter dem Ärger seines

Vaters ausgesetzt. Der Streit zwischen den beiden war seine Schuld, und es war nur wenige Tage vor der Tat gewesen. Es lag also absolut im Bereich des Möglichen, dass er damit zu den Morden beigetragen hatte. Und davon abgesehen, ob der Streit seiner Eltern nun zu der Tat geführt hatte oder nicht – in einem ihrer letzten Gespräche hatte Tom seine Mutter verraten.

Irgendwann schlief er ein. Als er erwachte, war es mitten in der Nacht, und ihm war eiskalt, weil er nicht unter der Decke lag. Steif setzte er sich auf. Eine Frage hing ihm im Kopf, so klar und deutlich, als hätte sie jemand laut ausgesprochen.

Wo war Nicky?

Seine Mutter stand neben der Spüle, und er sagte, nein, er würde ihr nicht mit der Wäsche helfen, und dann lief er los zum Spielen mit Angus. Aber wo war Nicky?

Dies war ein loser Faden, den er stets ignoriert hatte, weil er so nebensächlich schien im Vergleich zu dem, was hinterher geschah. Nun zog er zum ersten Mal daran. Nicky war nicht gebeten worden, mit der Wäsche zu helfen. Bis jetzt hatte das für ihn nie viel bedeutet, wenn er darüber nachdachte. Aber damals musste er es doch als Ungerechtigkeit empfunden, ihn noch trotziger gestimmt haben? War Nicky nicht zu Hause gewesen? Tom nahm die Erinnerung vorsichtig auseinander, so als pulte er sich Steinchen aus einem aufgeschlagenen Knie. Seine Eltern waren beide zu Hause, es war demnach niemand mit Nicky unterwegs. Angus wartete unten an der Straße auf Tommy, also war Nicky auch nicht mit ihm spielen.

Sehr seltsam.

Tom musste auf die Toilette und quälte sich aus dem Bett. Er tastete sich im Dunkeln den Flur entlang zum Bad. Wie lange er wohl noch bei Malcolm bleiben durfte? Elf Tage war er mittlerweile auf der Insel. Tom war sich sicher, dass sein Onkel ihn nicht hier haben wollte, auch wenn dieser sich große Mühe gab, das nicht zu zeigen. Niemand wollte ihn hier haben, stellte er ohne Selbstmitleid fest.

Er wusch sich die Hände und betrachtete sein Gesicht im Spiegel über dem Waschbecken. War es normal, dass man sich nur in Ansätzen wiedererkannte? Schlimmer als solche dissoziativen Momente waren jene, in denen ihm sein Vater aus dem Spiegel entgegenschaute.

Er sollte sich langsam Gedanken machen, wo er von jetzt an wohnen und was er mit seinem Leben anfangen würde, wie es weitergehen sollte. Er war nur so müde. Und er hatte Angst, dass es vielleicht gar nicht weiterging.

Im Waschbecken klebten noch Rasierschaumkleckse und ein paar dunkle Stoppeln vom Morgen. Tom drehte den Hahn auf und spülte sie weg. Das Wasser lief nur langsam ab. Er holte das kleine Auffanggitter aus dem Abfluss, wischte den schwarzen Schleim an der Rückseite mit dem Finger herunter und klopfte ihn am Rand des Abflusses ab. Er beugte sich ein Stück hinunter und spähte in das Dunkel. Der Schmutzrand des Abflussrohrs ging in undurchdringliche Schwärze über, man hätte nicht sagen können, wie tief es hinabging. Einen Moment lang verlor Tom sich in dem Gedanken, diese Leere würde sich unendlich weit erstrecken, und er wäre klein genug, um hineinzuspringen und darin zu verschwinden. Er drehte den Hahn weiter auf. Würde er es schaffen, dass das Wasser schneller nachlief, als es abfloss? Es war fast enttäuschend, als es ihm tatsächlich gelang. Weit unten war ein schwaches Glitzern zu sehen, das heller wurde, hochstieg, über die Ränder des Abflusses trat und innerhalb des Waschbeckens zu klarem, harmlosem Wasser wurde.

Er wusch sich noch mal die Hände und drehte dann den Hahn zu. In dem Moment stahl sich das fehlende Puzzlestück erneut in seine Gedanken. Wo war Nicky? Nicky war im Bett und las Comics. Ihm tat immer noch die Schulter weh, weil er kurz vorher am Strand zwischen die Steine gefallen war. Er sollte sich noch ein paar Tage erholen, durfte nicht spielen und musste auch nicht im Haushalt mithelfen.

Die Welt um Tom herum rastete ein. Ein komisches Gefühl. Einerseits war er erleichtert, das Rätsel gelöst zu haben, andererseits fühlte er sich weiterhin sehr durcheinander. Auf dem Weg zurück in sein Zimmer fiel ihm noch etwas ein. Nicky war etwa acht, als er sich die Schulter ausgerenkt hatte. Tom musste etwa sechs gewesen sein. Diese Erkenntnis nahm ihm den Atem. Die Sache mit der Wäsche konnte gar nicht kurz vor der Tat passiert sein.

War das möglich? Tom legte sich aufs Bett und versuchte nachzudenken. Er war sich ziemlich sicher, was Nickys Schulter an dem Tag anging, dass er immer noch Schmerzen gehabt hatte und deshalb Bettruhe brauchte. Der Teil hatte sich sofort wahr *angefühlt*, als er ihm wieder eingefallen war. Nicht so, als hätte er sich das ausgedacht, sondern so, als hätte er es schon immer gewusst und nur für einen Moment vergessen. Aber wie sollte er herausfinden, ob es wirklich stimmte? Es gab niemanden, den er fragen konnte.

Er wickelte sich in die Bettdecke und versuchte, warm zu werden. Obwohl er vor dem Schlafengehen keine Lust mehr gehabt hatte, die Vorhänge zuzuziehen, war es stockdunkel im Zimmer. Wenn nicht gerade der Mond schien, waren die Nächte hier pechschwarz. Nicht wie in der Stadt, wo es wegen der vielen Lichter nie komplett dunkel wurde. Tom hatte vergessen, aus welch dichtem Stoff der Nachthimmel auf der Insel gewebt war.

Ein weiteres Mal versuchte er, sich zu erinnern, aber sein Kopf stand nicht lange genug still. Er hasste, wie flüchtig die Vergangenheit war, es machte ihm Angst. Er fand es vor allem ungerecht, wie lebendig die Gefühle – Todesangst, Scham – blieben, während alles drum herum ihm einfach entglitt. Es bedeutete, dass er für immer den Schmerz der Vergangenheit ertragen musste, ohne ihn jemals mit der rationalen Distanz eines Erwachsenen lindern zu können.

Er drehte sich auf die Seite, zog die Knie an den Körper und schloss die Augen.

Er erwachte erst wieder im Morgengrauen. Schwaches Morgenlicht drang ins Zimmer. Er hatte das Gefühl, sein Kopf wäre über Nacht klarer geworden. Er ging in die Küche, um sich einen Kaffee zu machen, zum Glück war Malcolm noch nicht wach.

Barfuß stand er vor dem Fenster, wartete auf den Wasserkocher und schaute hinaus auf die Heide unter der trüben Sonne. Am wahrscheinlichsten war, dass er zwei ähnliche Vorfälle zu einer Erinnerung vermischte. Womöglich lag der Streit wegen der Wäsche zum Zeitpunkt der Tat bereits Jahre zurück, nicht nur wenige Tage. Vielleicht hatte es aber auch kurz vor dem Mord einen Streit gegeben, einen anderen. Und dann hatte er später, nachdem alles passiert war, in seinem Kopf aus zwei Ereignissen ein zusammenhängendes gemacht.

Die Idee überraschte ihn nicht. Sein Geist konzentrierte sich viel zu sehr darauf, eine andere Erinnerung festzuhalten. Die schreckliche, die ihn ganz und gar ausfüllte. Tom verstand langsam, dass diese eine Sache alle anderen Erinnerungen verzerrte. Aber er hatte es nicht anders verdient, dass sein Kopf sich so an einen einzelnen Moment klammerte und alles daneben verblassen ließ. Im Laufe der Zeit hatten sich die anderen Erinnerungen der Form dieser einen unerträglichen angepasst, sie hatte sie alle mit ihrem widerlichen Schatten überzogen.

18

Es stürmte und regnete in Strömen. Malcolm war schon früh zu Robert gegangen, Tom war allein. Eine Weile schlich er durch das Haus und überlegte, ob er spazieren gehen sollte oder nicht. Schließlich sah er ein, dass es beim besten Willen nicht das passende Wetter dafür war, er wäre wahrscheinlich fortgeweht worden. Und nun wusste er nichts mit sich anzufangen. Er war unruhig, versuchte zu lesen, konnte aber nicht lange stillsitzen. Er ging hinauf in sein Zimmer und lauschte, wie der Wind ums Haus jagte und der Regen gegen die Fenster prasselte.

Hoffentlich war Malcolm heute nicht draußen bei den Klippen. Tom wusste genau, wie die Heide jetzt aussah, wie sich alles vorm Regen duckte, das Gras flach gedrückt vom Wind, das Meer aufgewühlt und grau und eingehüllt in dichten Nebel. Er hatte auch genau vor Augen, wie sich alles verändern würde, sobald es aufklarte, wie die grauen Wolken blitzartig verschwanden, wenn die Sonne hervorbrach, wie alles wieder Farbe annahm, die Wiesen grün wurden und Meer und Himmel strahlend blau. So ein Unwetter war meistens schnell wieder vorbei, mittendrin konnte man sich jedoch nicht vorstellen, dass es jemals vergehen würde. Sturm und Regen gehörten zur Landschaft wie das Meer.

Tom fühlte, wie der Sturm auf ihn übergriff. Panikböen brausten durch sein Inneres. Sicherlich lag es an seiner Müdigkeit, sagte er sich, er hatte nicht gut geschlafen. Er legte sich aufs Bett und versuchte, sich zu entspannen, aber es ging nicht – zu laut heulte und wütete draußen der Wind. Er hatte sogar das Gefühl, die Wände würden wackeln, doch das konnte nicht sein, das war höchstwahrscheinlich nur Einbildung.

Er sprang auf und ging zurück nach unten. Lieber in Bewegung bleiben, entsann er sich. Aber wie, wenn es nichts gab, wo er hinkonnte. Er schloss die Augen. Wenn Malcolm doch endlich wieder da wäre! Seine Gedanken rasten und ließen sich durch nichts anhalten. Die Wäsche, die ausgerenkte Schulter, die roten Haare seiner Mutter … ihr Gesicht war ihm wieder entglitten.

Das ganze Haus ächzte und stöhnte. Tom sah den Wind fast vor sich, wie eine wütende Böe nach der anderen sich gegen die Mauern warf. Er hatte vergessen, wie das war, wenn es sich so anfühlte, als würden alle Elemente gemeinsam gegen einen kämpfen. Er stellte sich vor, das Haus würde einstürzen, Malcolm nach Hause kommen und nur noch einen Schutthaufen vorfinden, darunter Tom, blutig und mit gebrochenen Knochen.

Das war die Gefahr dieses Sturms: Er wehte einen durch die Zeit, bis man nichts mehr sicher wusste. Tom lehnte die Stirn gegen das kühle Glas des Wohnzimmerfensters. Er bemühte sich, gleichmäßig zu atmen. Das Unwetter kam immer näher, bis er den Sturm am ganzen Körper fühlen konnte, in den Ohren, in seinem Kopf.

Und auf einmal sah er alles wieder vor sich. Es war einer dieser Momente, in denen die Bilder, die er sowieso mit sich herumtrug, über ihn hereinbrachen, ihn überwältigten wie ein Ohnmachtsanfall. Er hatte am Abend zuvor bereits gespürt, dass es sich wieder anbahnte. Das Zimmer sah durch die Lamellen in der Schranktür ungewöhnlich hell aus. Die Erinnerung war in kleine Stücke zerbrochen, die aber fest zusammengehalten wurden von einer Kälte, einem eiskalten Schauder, der ihn überlief, immer und immer wieder, während die Welt zur Seite kippte und in Zeitlupe versank wie in einem Albtraum. Völlige Stille bis auf das Pulsieren des Bluts in seinen Ohren und ein Rauschen wie von großen Schwingen.

Er sah, wie die Schlafzimmertür aufging. Nicky kam herein. Dann eine Gedächtnislücke, im nächsten Bild sah Nicky sich im Zimmer um. Tommy spürte durch die Kälte hindurch, dass sein Bruder nach einem Versteck suchte und wie gelähmt war, sich nicht entscheiden konnte, so wie Tommy kurz zuvor.

Im nächsten Moment flüsterte Tommy »Nicky, Nicky« und öffnete die Schranktür einen Spalt. Und Nicky huschte hinein zu ihm. Sie saßen eng aneinandergedrückt und warteten. Sie hielten sich an den Händen. In dieser Version durfte Nicky aufwachsen, irgendwann heiraten und selbst Kinder haben.

Dann gab es die andere Variante, in der Tommy nur die Kälte fühlte und nichts sagte.

Sein Vater kam ebenfalls ins Zimmer, ganz langsam und ruhig, von der Schranktür in gleichmäßige Streifen unterteilt. Das Bild danach war die Schrotflinte. Alles schien stillzustehen, und es war, als gäbe es gar keine Lücke zwischen diesem Bild und dem nächsten, dem von dem Blut an der Wand, ebenfalls in ordentliche Streifen unterteilt. Tommy blieb die ganze Zeit, wo er war, atmete nicht, versuchte nur, seinen zitternden Körper unter Kontrolle zu halten, und sah, wie sein Vater sich umdrehte und ihm direkt in die Augen zu schauen schien, als könnte er durch die Schranktür hindurchblicken. Danach kam nichts mehr, da gab es nur noch diese Eiseskälte in ihm und die Gewissheit, dass ihm im Leben nie wieder warm würde.

Teil 2

I

Bei uns gibts keine Geheimnisse. Wenn man sich lieb hat, hat man keine Geheimnisse voreinander«, verkündete Katrinas Mutter.

Katrina war damals elf Jahre alt und wünschte sich, es möge durchaus langsam Geheimnisse zwischen ihr und ihrer Mutter geben. Erst kürzlich hatte die ihr beispielsweise eröffnet, dass es ihr schwerfiel, bei vaginalem Verkehr ohne äußere Stimulation zum Höhepunkt zu kommen. Katrina verstand das nicht hundertprozentig, aber sie wusste, man hatte ihr etwas Schreckliches, Erwachsenes mitgeteilt. Ihr wurde flau im Magen, und ihr Gesicht wurde heiß.

Manchmal schmeichelte es ihr, dass ihre Mutter sich ihr anvertraute. Sie wusste, dass sie beste Freundinnen waren, weil ihre Mutter das häufig sagte, und dieses Gefühl der eigenen Bedeutsamkeit tat ihr gut. Die Mütter ihrer Freundinnen verließen sich nicht in der Art auf ihre Töchter, wie Katrinas Mutter sich auf sie verließ. Ihre

Schwester Jill war sieben Jahre älter und bereits zu Hause ausgezogen. Sie wohnte mit ihrem Freund in Edinburgh. Katrinas Mutter meinte, Jill sei »jemand, der einen nicht so nah an sich ranlässt«. Bei diesen Worten stieg in Katrina ein gewisser Stolz auf, gleichzeitig jedoch ein schlechtes Gewissen. Sie wusste: Sie selbst war nicht so.

Doch an anderen Tagen war das alles eher ermüdend. Ihre Mutter war oft niedergeschlagen, und Katrina musste sie aufmuntern. Außerdem war es ihr nicht erlaubt, irgendetwas in ihrem eigenen Kopf für sich zu behalten. Alles musste offengelegt werden. Wenn ihre Mutter vermutete, Katrina würde etwas verbergen, bohrte sie so lange nach, bis Katrina mürbe war und entweder die Wahrheit sagte oder sich was einfallen ließ, um ihre Mutter zu beschwichtigen, so wie: »Ich hatte heute Kopfschmerzen«, woraufhin ihre Mutter sagte: »Ich habe auch gerade Kopfschmerzen, so schlimme hatte ich noch nie«, und dann mussten sie sich zusammen ins Bett legen und stundenlang in der Dunkelheit darauf warten, dass es besser wurde.

Nachdem Katrinas Vater sie verlassen hatte, brauchte ihre Mutter sie noch mehr, Katrina hingegen vermisste ihn nicht sonderlich. Manchmal hatte sie ihn gemocht, wenn er ihr ein Lied nur für sie vorgesungen hatte, oder wenn sie beim Fernsehen auf seinem Schoß sitzen durfte. Doch damit war Schluss, als sie sieben war, denn ihre Mutter sagte, das sei »ungehörig«. Dieses Wort verwendete sie häufig, aber seine Bedeutung blieb Katrina lange Zeit ein Rätsel – ihre Mutter benutzte es für so viele verschiedene Dinge. Katrina vermisste die Wärme ihres Vaters, das gemeinsame Kuscheln, auch wenn es nur sporadisch stattgefunden hatte, und das Lied, das er ihr vorgesungen hatte: *My bonnie lies over the ocean, my bonnie lies over the sea.*

Seitdem das Wort »ungehörig« gefallen war, jenes sperrige, anstrengende Wort, das so viel Macht zu haben schien, behandelte Katrinas Vater sie weitestgehend wie Luft, nur hin und wieder plauderten und lachten sie mit Jill, wenn er in der richtigen Stimmung war. Spätabends stolperte er manchmal gegen Möbel. Katrina kannte, seit sie klein war, auch das Wort »Alkoholiker«, da sie es oft von ihrer Mutter hörte. »Widerlicher Alkoholiker«, sagte diese dann. »Vor der Hochzeit wusste ich nichts davon.« Danach beugte sie sich ganz nah zu Katrina herüber – sodass der süßliche Geruch ihres Parfüms, den Katrina normalerweise gern mochte, mit einem Mal unerträglich wurde und ihr Atem sauer roch – und fügte hinzu: »Vertraue niemals einem Mann. Die sind allesamt Lügner. Den da zu heiraten, war der größte Fehler meines Lebens.«

Katrina war ein aufgewecktes Kind, es bereitete ihr keine Mühe, aus dieser Aussage ihrer Mutter die logische Schlussfolgerung zu ziehen, dass auch ihre eigene Geburt ein Fehler gewesen war. Sie fühlte sich schuldig wegen der vielen Schwierigkeiten, die sie ihrer Mutter bereitet hatte.

Als Katrina zehn war, nicht lange, nachdem Jill ihre Sachen gepackt hatte und nach Edinburgh gezogen war, verschwand ihr Vater schließlich. Eines Morgens kam Katrina zum Frühstück, und er war fort. Ihr Haushalt hatte sich binnen weniger Monate halbiert. Jills Auszug hatte Katrina jedoch mehr zu schaffen gemacht, obwohl sie die Streitereien zwischen ihrer Schwester und ihrer Mutter gegen Ende nicht vermissen würde.

Sie war überrascht, wie sehr ihre Mutter unter dem Weggehen ihres Vaters litt, zumal Katrina ihn mittlerweile als ihren gemeinsamen Feind betrachtet hatte. Sie glaubte, von nun an würde es friedlicher zugehen im Haus. Vielleicht konnte sie jetzt in Ruhe ihre Hausaufgaben machen, ohne dass ihr das plötzliche Geschrei von unten oder das Türenknallen Angst einjagten. Doch stattdessen lag sie nachts wach (was noch jahrelang so gehen würde) und grübelte darüber nach, warum ihr eigener Vater sie nicht genug gemocht hatte, um zu bleiben. Jill schon, aber sie nicht.

Ihre Mutter verbrachte drei Tage im Bett und weigerte sich aufzustehen. »Er war mein Leben«, sagte sie immer wieder. Katrina war eine Woche lang nicht zur Schule gegangen, da ihre Mutter behauptete, sie ertrage es nicht, allein zu sein. Stundenlang saß Katrina im dunklen, ungelüfteten Zimmer, während ihre Mutter weinte und von Verrat redete. Am dritten Tag wurde das Essen knapp, und Katrina ging dazu über, dreimal täglich für sich und ihre Mutter Toast mit Erdnussbutter zu machen. Sie wusste nicht, was sie tun sollte, wenn irgendwann kein Brot mehr in der Tiefkühltruhe wäre. Langsam wuchs die Angst in ihr.

Am vierten Tag wachte sie erst spät auf, erschöpft von allem, und als sie im Nachthemd ins Schlafzimmer ihrer Mutter tappte, lag dort niemand im Bett. Sie bekam kurz Panik, meinte, ihre Mutter sei auch fortgegangen, doch dann hörte sie von unten ihre Stimme: »Katrina, komm frühstücken.«

Ihre Mutter hatte zwei Teller auf den Küchentisch gestellt, und neben jedem stand ein Glas Orangensaft. Katrina fiel sofort auf, dass es der teure mit Fruchtfleisch war, den sie normalerweise nie haben durfte. Ihre Mutter machte Eier und Bacon in der Pfanne und Baked Beans im Topf. Im Toastständer wartete der Toast, und auf dem Tisch gabs ein frisches Stück Butter. Verschlafen fragte sich Katrina, wo das viele Essen bloß herkam, und dann, um einiges verwirrter, woher die gute Laune ihrer Mutter.

»Wir werden so viel Spaß zusammen haben, jetzt, wo wir nur noch zu zweit sind«, sagte ihre Mutter. »Nicht wahr? Wir zwei Mädchen gegen den Rest der Welt.«

Katrina nickte. Sie dachte an Jill und ihr neues Leben in Edinburgh und daran, wann sie wohl zu Besuch kommen würde, wobei ihr bereits halb bewusst war, dass die Antwort lautete: nie. Trotzdem war sie erleichtert, ihre Mutter wieder auf den Beinen zu sehen, und außerdem hatte sie riesigen Kohldampf, also ignorierte sie das stechende Angstgefühl und setzte sich an den Tisch.

Es folgten mehrere Monate voller »Mädelsausflüge«, Tagestrips, mit denen Katrina überrumpelt wurde. Jedes Mal musste sie ein neues Kleid anziehen, das ihre Mutter gekauft hatte (jedes, wie sie wenig begeistert feststellte, mit mehr Tüll). Manchmal war es herrlich: Sie fuhren nach Glasgow, bummelten durch die Geschäfte, und ihre Mutter kaufte ihr anschließend einen riesigen Milkshake und ging mit ihr ins Kino (»ins Lichtspielhaus«, wie sie sagte, obwohl Katrina wusste, dass das ein Alteleutewort war, und meinte, auch ihre Mutter müsse dies wissen). Oder sie fuhren die Stunde zum Strand und aßen Fish and Chips und Eis, egal, wie kalt der Wind blies.

»Amüsieren wir uns nicht prächtig?«, fragte ihre Mutter dann, und für gewöhnlich stimmte Katrina ihr zu.

Bei anderen Gelegenheiten nahmen diese Ausflüge jedoch merkwürdigere Formen an, zum Beispiel, als ihre Mutter sie in den Friseursalon mitnahm, wo sie Seite an Seite in den Frisierstühlen saßen, und ihre Mutter mit ihrem hohen, klingenden Lachen sagte: »Wir wollen wie Schwestern aussehen.« Vielleicht hatte die Friseurin Mitleid mit Katrina, denn sie verpasste ihnen beiden einen unverfänglichen, schulterlangen Schnitt, der an sich nicht auffällig genug war, um ihre Ähnlichkeit zu betonen. Katrina hatte nichts gegen ihre neue Frisur, doch sie hatte ihr langes Haar lieber gemocht, da sie es in zwei geflochtenen Zöpfen hatte tragen können.

Einige dieser Ausflüge fanden an Schultagen statt, was Katrina gar nicht gefiel. Sie mochte die Schule und fürchtete, den Anschluss zu verlieren. Am schlimmsten war es an jenem Tag, an dem sie der Klasse ihr Projekt über das Viktorianische Zeitalter vorstellen sollte. Zwei Wochen hatte sie am Modell eines viktorianischen Klassenzimmers gearbeitet, hatte zwei Schuhkartons zurechtgeschnitten, aneinandergeklebt und mit Pulten aus Streichholzschachteln versehen, und die Puppen aus ihrem Puppenhaus in kleine, selbstgemachte Kostüme aus dunkelblauem Stoff eingenäht. Vorne schwang ein Lehrer einen Streichholzstock. Als ihre Mutter ihr am Mittwochmorgen, dem Tag der Präsentation, eröffnete, sie habe eine »ganz tolle Überraschung« für sie, war Katrina am Boden zerstört.

Für gewöhnlich fügte sie sich den Plänen ihrer Mutter sofort, aber diesmal sagte sie: »Ich muss heute in Geschichte mein Projekt präsentieren, Mum. Ich kann nicht fehlen. Ich bin heute dran.«

»Jetzt hab dich nicht so«, erwiderte ihre Mutter. Sie lächelte, aber es war ein verkniffenes Lächeln, bei dem Katrina mittlerweile wusste, dass Vorsicht geboten war. »Es ist doch nur ein langweiliges Schulprojekt.«

»Aber es geht um die Viktorianische Zeit«, gab Katrina zurück, und ihr war bewusst, dass dieser Satz nicht alles beinhaltete, was sie hatte sagen wollen.

»Also wirklich, ich bitte dich, Süße«, sagte ihre Mutter, und damit hatte sich die Sache erledigt.

Sie fuhren nach Glasgow und aßen Lunch in einem Restaurant, das Katrina als sehr nobel empfand und bei dem sie sich besorgt fragte, ob sie es sich überhaupt leisten konnten. Danach nahm ihre Mutter sie mit in einen Buchladen und kaufte ihr ein Buch über Religion im viktorianischen England. Beim Bezahlen sagte sie: »Siehst du. Jetzt kannst du nicht behaupten, ich würde deine Bildung vernachlässigen.« Lächelnd wandte sie sich an die Kassiererin: »Meine Tochter ist sehr gewissenhaft, was ihre Schularbeiten angeht.« Sie sprach mit diesem Akzent, den sie manchmal benutzte, mit dem sie so versnobt klang. Katrina konnte sehen, dass es ein Buch für Erwachsene war. Es war sehr dick und die Schrift winzig, außerdem war es gebunden. Das Angstgefühl in ihrer Brust wuchs, als sie sah, wie viel es kostete. Ihrer Mutter sagte sie nichts davon, denn sie wusste, ihr Lächeln würde sofort verschwinden, und sie würde behaupten, Katrina sei undankbar.

Als sie am nächsten Tag wieder zur Schule ging, fragte

sie ihre Lehrerin, ob sie ihr Projekt noch vorstellen dürfte, aber Mrs Christie antwortete: »Es tut mir leid, wir haben keine Zeit mehr. Jetzt ist das Sonnensystem dran.« Und dann, als sie Katrinas Enttäuschung sah, fügte sie hinzu: »Ich werde es mir ganz genau ansehen, versprochen.«

Katrina überreichte ihr Projekt, doch erhielt es nie zurück von Mrs Christie, die auch nicht mehr darauf zu sprechen kam. Katrina bekam kein Sternchen als Auszeichnung, wie sie es sich erhofft hatte. Sie hörte von einigen Klassenkameraden, dass sie am Ende ihrer Präsentationen eins bekommen hatten, und war sich sicher, sie hätte ebenfalls eine Auszeichnung erhalten, hätte sie ihr Klassenzimmer vorführen können. In dem Fall hätte sie zehn zusammengehabt und vom Rektor ein Lesezeichen und eine Medaille bekommen.

Eine Zeit lang kam Katrinas Vater sie gelegentlich besuchen. Es waren angestrengte Samstage, an denen er sie auf einen Spaziergang mitnahm und anschließend zu einem Stück Kuchen ins Café ums Eck einlud. Doch für gewöhnlich bestand Katrinas Mutter darauf mitzukommen, um »aufzupassen«, und die Ausflüge folgten einem vorhersehbaren Schema: Ihre Mutter machte schnippische Kommentare, ihr Vater antwortete zunehmend gereizter, was an guten Tagen in einem beleidigten Schweigen, an schlechten in einem ausgewachsenen Streit endete. Die Besuche wurden stets seltener, irgendwann hörten sie ganz auf. Katrina fand es eigentlich nicht so schlimm.

Doch während die Monate verstrichen, plagten sie immer öfter Geldsorgen. Ihre Mutter arbeitete in Teilzeit bei einem Optiker und beschwerte sich häufig, Katrinas

Vater schicke ihr nicht genügend Geld, um ihren Lohn aufzubessern.

»Spätestens jetzt dürfte klar sein«, sagte sie zu Katrina, »wie wenig er sich um seine eigene Tochter schert. Ich vermute mal, er versäuft das ganze Geld. Vielleicht will er auch einfach, dass wir verhungern.«

Noch nie im Leben hatte es Katrina an Essen gefehlt, doch der Gedanke an diese Möglichkeit setzte sich in ihr fest und bereitete ihr schlaflose Nächte. Vielleicht war es nur eine Frage der Zeit, bis das Geld zur Neige ging! Ohne sich dessen wirklich bewusst zu sein, fing sie an, sich bei den Mahlzeiten übermäßig den Bauch vollzuschlagen, als wollte sie vorsorglich Polster für die Hungermonate anlegen, die vor ihr lagen.

»Süße, wenn du so weitermachst, wirst du noch dick«, sagte ihre Mutter eines Tages, als sich Katrina gerade einen Nachschlag vom Kartoffelbrei nehmen wollte. Die Worte klangen, als wäre Dicksein sehr viel schlimmer als Hungern, doch Katrina konnte einfach nicht aufhören. Sie entwickelte panische Angst davor, hungrig ins Bett zu müssen, kaufte sich von ihrem Taschengeld und dem Geburtstagsgeld von den Großeltern haufenweise Cracker und hortete sie in ihrem Zimmer.

Sie wurde nicht dick, doch laut ihrer Mutter würde sie ohnehin nie einen Mann finden, weil sie angeblich ständig mit einem unglücklichen Gesichtsausdruck durch die Gegend lief. »Wobei, das könnte auch ein Segen sein«, fügte sie hinzu. »Lieber eine alte Jungfer als mit so einem wie deinem Vater verheiratet.«

Einige Jahre später fand Katrina heraus, dass Jill sich

weiterhin mit ihrem Vater getroffen hatte, bis er mit einundfünfzig Jahren einen Herzinfarkt erlitt. Sie selbst war gerade Anfang zwanzig und frisch verlobt. Jill war diejenige, die ihr die Nachricht überbrachte. Katrina spürte einen kurzen Stich Traurigkeit, mehr nicht. Es war schwer, wirklich etwas für jemanden zu empfinden, der ihr im Grunde fremd geblieben war.

»Er war ein guter Mann«, sagte Jill unter Tränen. »Er hatte natürlich seine Fehler, aber er hatte ein gutes Herz.«

Katrina schämte sich für ihre mangelnde Trauer. Hin und wieder vermisste sie ihren Vater durchaus, am Tag ihrer Hochzeit zum Beispiel. Ganz unerwartet musste sie weinen, als ihre Mutter sie zum Altar führte. Alle sahen darin die Tränen einer glücklichen Braut, nicht die einer jungen Frau, deren Vater sie verlassen hatte oder eventuell auch vertrieben worden war.

Da sich die »Mädelsausflüge« häuften, war es beinahe eine Erleichterung für Katrina, als ihre Mutter ihre Aufmerksamkeit schließlich wieder den Männern widmete. Sie hatte oft betont, der Weggang ihres Mannes sei eine Erlösung gewesen, und ihn bei seinen Gelegenheitsbesuchen stets angefeindet, weshalb es Katrina nie in den Sinn gekommen wäre, dass ihre Mutter Interesse an einem potenziellen Ersatz hätte. Und dennoch: Sechs Monate nach der Trennung brachte sie ihren ersten neuen Freund mit nach Hause. Er hieß Michael, und sie hatte ihn auf der Busfahrt zur Arbeit kennengelernt. »Es war Schicksal«, meinte sie.

Michael war nett zu Katrina. Wenn er abends vorbeikam, brachte er ihr öfter ein Päckchen Brause-Ufos mit und erkundigte sich nach der Schule. Doch als Katrina allmählich zu hoffen wagte, er würde ihre Mutter heiraten und sie versorgen, verschwand er und wurde durch Joe ersetzt, der niemals mit Katrina sprach oder sie auch nur eines Blickes würdigte. Darauf folgte Alan, der einen Bart trug und nach Zigaretten und Schweiß roch, und dann kam Callum, der zwar mit Katrina redete, aber auf eine irgendwie verschlagene, zweideutige Art, die sie nicht verstand.

Für Katrina endeten die Ausflüge, als die Freunde anfingen. Ihre Mutter fuhr nun mit ihren Freunden zum Strand, ins Kino oder ins Restaurant. Manchmal wurde sie widerwillig mitgeschleppt, doch die meiste Zeit blieb sie bei einer Nachbarin oder alleine zu Hause.

Natürlich ließ Katrinas Mutter nicht zu, dass sie sich ausgeschlossen fühlte, und hielt sie stets mit den intimsten Details aus ihrer jeweiligen Beziehung auf dem Laufenden. Katrina wusste beispielsweise, dass ihre Mutter sich bei Joe »sicherer« fühlte, als sie sich seit Jahren bei einem Mann gefühlt hatte, allerdings war er nicht gut im Bett (»Du weißt schon, beim Sex«, fügte ihre Mutter erklärend hinzu). Callum dagegen wusste, wie man mit Frauen umging (»beim Sex«), doch bei ihm konnte man sich emotional einfach nicht fallenlassen.

»Männer können leider sehr egoistisch sein. Da es mir schwerfällt, beim penetrativen Sex zum Höhepunkt zu kommen, brauche ich auf jeden Fall einen, der sich ein bisschen zusätzlich ins Zeug legt.« Sie warf Katrina ein kleines Lächeln zu. »Eines Tages wirst du das verstehen.«

Und dann, nach einer kurzen Pause: »Ich meine die Stimulation der Klitoris.«

An dieser Stelle floh Katrina unter dem Vorwand, sie müsse Hausaufgaben machen. Ihre Mutter durchschaute ihre Ausrede sofort.

»Sei doch nicht immer so prüde!«, rief sie Katrina hinterher. »Du solltest mir dankbar dafür sein, dass ich dich über so was aufkläre! Die meisten Mütter lassen ihre Töchter im Dunkeln.«

Seitdem fiel es Katrina schwer, die Partner ihrer Mutter anzusehen. Manchmal hörte sie Geräusche aus dem Schlafzimmer, sogar mitten am Nachmittag. Sie hielt sich deshalb so wenig wie möglich zu Hause auf, besuchte Freundinnen (sie hatte nicht viele), unternahm ausgedehnte Spaziergänge durch die Stadt oder saß in ihrem Zimmer und las. In Anwesenheit der Freunde ihrer Mutter war sie so unbeholfen und schweigsam, dass ihre Mutter ihr vorwarf, launisch und undankbar zu sein.

»Ich habe viel aufgegeben, um dich zu bekommen«, rief sie Katrina in Erinnerung. »Ich hatte mein eigenes Leben in Glasgow, jeden Abend ein Date, Hunderte Freunde und eine schnuckelige kleine Wohnung ganz für mich allein. Mein Leben war eine einzige Party, bevor du kamst!« (Ihre Mutter verwechselte sie dabei offensichtlich mit Jill, mit jener ersten, unerwarteten Schwangerschaft, bevor sie »den Dreh mit dem Verhütungsschwamm raushatte«. Sie selbst war der zweite Ausrutscher gewesen. Aber davon abgesehen, hatte sie ihre Mutter bei anderen Gelegenheiten und in anderer Laune bereits mehrfach das Gegenteil sagen hören, nämlich dass sie während ihrer Glasgow-Zeit in einer schmuddeligen, rattenverseuchten Einzimmerwohnung hatte hausen müssen, da ihre Eltern sie nicht unterstützen wollten.) »Das würde ich dir natürlich nie vorwerfen«, fügte Katrinas Mutter stets hinzu. »Aber es tut mir schon weh, wenn du dich nach allem, was ich für dich aufgegeben habe, so launisch und verzogen aufführst. Weißt du, wie schwierig es war, ganz allein zwei Töchter großzuziehen? Dein Vater hat mir ja schließlich nie geholfen. Und dann hat Jill mich auch noch verlassen ... Ich war mein ganzes Leben so einsam!« An dieser Stelle fing sie häufig an zu weinen, und Katrina musste sie trösten.

Das Gute an den neuen Freunden ihrer Mutter war, dass Katrina dadurch die Möglichkeit hatte, in Ruhe ihre Hausaufgaben zu machen. Sonst hatte es immer Vorwürfe gegeben, sie würde ihre Mutter vernachlässigen und sei eine elende Streberin. Katrina war nun vierzehn und war sich dank engagierter Lehrerinnen mittlerweile im Klaren darüber, dass sie einigermaßen clever war und durchaus einen guten Abschluss schaffen könnte. Mathe fiel ihr schwer, aber in Englisch und Geschichte war sie gut, sie konnte sich eloquent ausdrücken. Ihre Englischlehrerin legte ihr nahe, vielleicht selbst Lehrerin oder Journalistin zu werden. Da ihr der Gedanke, vor einer Klasse zu stehen, eine Heidenangst einjagte, fiel ihre Wahl auf Journalismus.

Ihrer Mutter erzählte sie nichts davon, die hätte sich nur darüber lustig gemacht und gemeint, man müsse sehr viel belastbarer und auch heller im Kopf sein, um als Journalistin Erfolg zu haben. Selbstverständlich würde sie es auf eine nette Art sagen und dabei lächeln, als wolle sie ihr helfen. Doch so langsam misstraute Katrina der Hilfsbereitschaft ihrer Mutter.

Viele Jahre ertrug sie das Gefühl, in Gegenwart ihrer Mutter kaum atmen, keinerlei Raum einnehmen zu können. Noch war sie nicht in der Lage, das zu formulieren oder ihre Mutter ansatzweise aus einer neutralen Außenperspektive zu betrachten, aber in ihr regte sich immer mehr der Wunsch, von diesem Ort zu verschwinden.

Als Callum nach Monaten voller Geschrei und Türenknallen schließlich ging (Katrina betrachtete derlei Dinge in der Zwischenzeit als völlig normal), zog sich ihre Mutter wieder ins Bett zurück, genau wie nach dem Verschwinden ihres Vaters. Katrina – mittlerweile sechzehn – machte sich diesmal jedoch nicht mehr allzu viel daraus. An den Wochenenden arbeitete sie beim örtlichen Zeitungshändler, also würden sie zumindest nicht verhungern, falls ihre Mutter ihren Job verlor. Mehr gedankliche Energie verschwendete sie nicht an die Situation. Im Laufe der folgenden Woche brachte sie ihrer Mutter Tee und Marmeladentoast und versuchte, sie ab und zu zum Duschen zu überreden. Doch dieses Tief würde sich wie alle anderen davor irgendwann wieder von selbst auflösen, das wusste sie.

Und natürlich tat es das. Wie Lazarus erhob sich ihre Mutter eines Tages aus dem Bett, duschte und wusch sich die Haare, trug ihren grellen Lippenstift auf und verkündete, außer ihrer Tochter bräuchte sie niemanden, und solange sie einander hätten, könne ihnen kein Mann wehtun. Sie ahnte nicht, dass Katrina bereits dabei war, ihr Herz gegenüber ihrer Mutter zu verschließen.

Im folgenden Jahr schloss Katrina die Schule ab und fand zu ihrer eigenen Überraschung und der ihrer Mutter ohne große Mühe ihren ersten Job: Fortan war sie beim *Stirling Reporter* für die Todesanzeigen zuständig.

»Du sollst da bestimmt nur Kaffee kochen«, sagte ihre Mutter. »Warts ab, Süße, die wollen dich einfach ausnutzen. Den Job hast du bloß bekommen, weil du nicht gerade hässlich bist.«

Diese letzte Aussage verwunderte Katrina, denn noch nie zuvor hatte ihre Mutter angedeutet, sie sei hübsch. Zwar schenkten ihr die Jungs in der Schule schon seit etwa zwei Jahren mehr Aufmerksamkeit, doch das hatte sie stets ignoriert, bis sie von selbst aufgaben. Dass ihre Mutter eine Schönheit war, war ihr hingegen immer schon bewusst gewesen. Nur sah sie ihr kein Stück ähnlich. Die dunkeläugige Jill war diejenige, die nach ihrer Mutter kam. Hin und wieder hatte Katrinas Mutter sie sogar von oben bis unten kritisch beäugt und gesagt, wie schade es sei, dass sie nach ihrem Vater komme, und ihr geraten, sich Männern gegenüber besonders fügsam zu geben, da nun mal nicht alle Frauen das Glück hätten, sich auf ihr Äußeres verlassen zu können.

Katrina war ohne eine klare Vorstellung ihrer Persönlichkeit aufgewachsen. Sie hatte nicht gewusst, dass sie hübsch war, kannte weder ihren Geschmack noch ihren Stil, sie konnte ja nicht mal mit Bestimmtheit sagen, wo sie aufhörte und ihre Mutter anfing.

Eine Sache wusste sie allerdings ganz sicher: Sie wollte weg. Ihre bisher tiefste, wahrhaftigste Empfindung. Sie musste weg von hier, auch wenn ihr nicht klar war, wie sie es anstellen sollte, ob ihre Mutter sie gehen lassen würde und ob sie überhaupt außerhalb der Welt ihrer Mutter existieren konnte. (Vielleicht würde sie sich einfach in Luft auflösen?)

Sie musste es versuchen. Katrina konzentrierte sich auf ihre Arbeit und ignorierte alles andere um sich herum, auch wenn ihre Mutter dazu meinte, sie würde bloß ihre Zeit verschwenden und sich nicht als Journalistin eignen.

Jill, die in den vergangenen Jahren selten Teil von Katrinas Leben gewesen war, entpuppte sich unerwartet als Verbündete. Sie lud sie für ein Wochenende nach Edinburgh ein, wo sie im Regen gemeinsam den Arthurs Seat bestiegen und in der Princes Street Kuchen aßen. Jill lebte mit ihrem Freund in einer winzigen Wohnung (ein anderer, wie Katrina überrascht feststellte, als der, zu dem sie ursprünglich gezogen war, mit dem sie »durchgebrannt« war, wie ihre Mutter gerne behauptete).

Abends kochte Jill ein Curry. Katrina hatte bisher weder Curry gegessen noch eine Nacht weg von zu Hause verbracht. Obwohl Jills Freund Chris höflich zu ihr war, wurde sie in seiner Gegenwart sehr nervös. Jill hatte sich die Haare abgeschnitten und blondiert und trug knallroten Lippenstift wie Debbie Harry. Nach dem Essen rauchten sie und Chris Zigaretten, die Chris für sie drehte (Katrina lehnte dankend ab), und dann tranken sie zu dritt Rotwein aus Tassen. Katrina himmelte ihre Schwester an und war überzeugt, noch nie jemandem mit einem so aufregenden Leben begegnet zu sein.

»Natürlich musst du da raus«, sagte Jill und rührte weiter im Topf. »Bei dieser Frau kannst du unmöglich bleiben, da wirst du ja verrückt.« Katrina wusste bereits, dass ihre Schwester recht hatte, doch irgendetwas – vielleicht ein gewisser Vorwurf gegenüber Jill, der noch tief in ihr schlummerte – ließ sie widersprechen. »Wenn ich gehe, hat sie gar keinen mehr.«

Daraufhin sagte Jill etwas Überraschendes. »Unsere Mutter«, setzte sie an, rührte noch mal heftig im Curry und sprach dann weiter: »Unsere Mutter kann nicht lieben. Es ist nicht ihre Schuld, aber das macht es nicht besser. Sie hat keinerlei Gespür für die Gefühle anderer, sie interessiert sich nicht dafür, sie kriegt sie meistens gar nicht mit. Sie hat wahrscheinlich irgendeinen ernsthaften psychischen Schaden, aber das ist mir, ehrlich gesagt, egal. Sie lebt in ihrer eigenen Welt, und die Menschen um sie herum sind bloß bunte, sprechende Umrisse für sie. Also spielt es keine Rolle, ob du gehst oder bleibst. Du bedeutest ihr nichts. Was du für sie tust, könnte jeder machen, meine ich. Es geht ihr nicht um dich. Und deshalb musst du da abhauen.«

Chris legte den Arm um Jill, doch sie schüttelte ihn ab.

Katrina ließ Jills Worte auf sich wirken. Sie hatte zwar das Gefühl, ihre Schwester übertreibe, aber dieser plötzliche Ausbruch brachte gleichzeitig ein Gefühl der Freiheit mit sich, das so ungewohnt war, dass ihr beinahe schwindelig wurde. Unterdessen rührte Jill weiter im Curry, als wäre nichts passiert.

»Ich will mich auf eine Stelle beim *Glasgow Herald* bewerben«, sagte Katrina. »Dann würde ich gerade genug verdienen, um nach Glasgow ziehen zu können. Nur glaube ich nicht, dass die mich nehmen.«

Jill wandte sich zu ihr um. »Ach was, klar wollen die dich!«

»Fragen kostet jedenfalls nichts«, fügte Chris hinzu.

Vor allem dieser Satz sorgte dafür, dass es bei Katrina klick machte. Sie bewarb sich in der darauffolgenden Woche, wurde zum Vorstellungsgespräch eingeladen und tatsächlich als Junior-Reporterin für den Wirtschaftsteil eingestellt. Sie fand ein Zimmer zur Miete und arrangierte heimlich ihren Umzug.

»Das kannst du doch nicht machen!«, sagte ihre Mutter fassungslos, als sie sie schließlich über ihre Pläne informierte.

»Doch, ich muss, Mum.« Katrina zitterte. »Ich will in der Nähe von meiner Arbeit wohnen.«

»Unsinn. Bis Glasgow sind es nur vierzig Minuten. Ich besorge dir ein gebrauchtes Auto.«

Katrina blieb standhaft, sagte, sie habe keine Lust, so viel zu fahren.

»Jetzt sei nicht so selbstsüchtig!«, mahnte ihre Mutter daraufhin. »Wir waren immer zusammen, da kannst du mich doch wohl jetzt nicht einfach allein lassen.«

Diese Angriffstaktik hatte Katrina am meisten gefürchtet. Sie hatte Angst davor, selbstsüchtig zu handeln, über die Maßen selbstsüchtig in diesem Fall. Doch sie wusste auch, dass sie nach vorne blicken sollte, dass sie, genau wie Jill gesagt hatte, von hier wegmusste. Sie war froh über ihre Umsichtigkeit, sich das Zimmer im Vorhinein zu besorgen, der Vermieterin von ihren Ersparnissen eine kleine Anzahlung zu geben und den Umzug für die folgende Woche zu planen. Andernfalls hätte sie nach diesem

Gespräch nicht mehr den Mut gehabt, ihren Plan in die Tat umzusetzen.

»Du kommst auch ohne mich klar, Mum«, sagte sie und versuchte, fröhlich zu klingen. »Ich besuche dich jedes Wochenende, und unter der Woche kann ich auch ab und zu zum Abendessen vorbeikommen.«

»Da würdest du ja erst ganz spät kommen, nein danke. Und ich hol dich sicher nicht ab, ganz bestimmt nicht. Bei dem weiten Weg!«

»Dann nehme ich eben den Bus«, sagte Katrina.

»Ich hol dich auch nicht von der Haltestelle ab.«

»Dann laufe ich. Ehrlich, Mum, du wirst kaum merken, dass ich weg bin.«

Ihre Mutter fing laut an zu weinen, und als Katrina sie zu trösten versuchte, scheuchte sie sie weg und schimpfte, wie egoistisch sie sei, dass sie sowieso nicht allein in der Stadt überleben würde, dass sie nicht klarkommen und vermutlich bereits in der ersten Woche vergewaltigt und ermordet würde. »Du kannst ja nicht mal kochen!«

Katrina, die für sie beide kochte, seitdem sie elf war, ließ den Satz unkommentiert. »Ich schaffe das schon«, sagte sie nur.

»Und was ist mit mir?«

»Du schaffst das auch.«

»Wie kannst du mir das bloß antun?«

»Ich komme dich ganz oft besuchen«, wiederholte Katrina. Sie hatte das Gefühl, ein schreckliches Verbrechen zu begehen, und die Freude über die neue Stelle – für sie der erste echte Erfolg ihres Lebens – war gänzlich verdorben. Trotzdem war sie entschlossen, es durchzuziehen.

Vielleicht war dies der erste erkennbare Zug ihrer Persönlichkeit, vielleicht war sie im tiefsten Innern eine Egoistin. Dennoch konnte sie dafür keine Reue empfinden, denn sie ahnte, dass sie dadurch ohne ihre Mutter überleben würde.

Ihr neues Zuhause war ein kleines Hinterzimmer bei einer Witwe mittleren Alters im Westen Glasgows in der Nähe des *Herald*. Katrina musste lediglich eine Viertelstunde mit dem Bus fahren. Es fühlte sich geradezu luxuriös an, sich morgens in einem ruhigen Zimmer fertigzumachen, ungestört zu frühstücken und einen neuen rosa Lippenstift aufzutragen, ohne ihre Mutter im Ohr zu haben, die sich darüber lustig machte. Ihre Vermieterin war streng und unfreundlich, ließ Katrina jedoch in Frieden, nachdem sie sich davon überzeugt hatte, dass sie weder Männer mit nach Hause brachte noch die vereinbarten Uhrzeiten für den Gebrauch der Küche und der Dusche missachtete.

Mit zwanzig Jahren war Katrina zum ersten Mal im Leben rundum glücklich. Sie mochte ihre Arbeit, die geschäftige Atmosphäre im Büro und ihre Kolleginnen. Ihre älteren männlichen Kollegen waren weitgehend freundlich zu ihr, hin und wieder ein wenig herablassend. Der ein oder andere bat sie, Tee zu kochen, als wäre sie eine Sekretärin (Katrina fügte sich jedoch, weil sie sich nicht traute, eine der Sekretärinnen darum zu bitten).

Zu jener Zeit entdeckte sie, dass sie andere Menschen zum Lachen bringen konnte. Ihre Art, Anekdoten zum Besten zu geben, wurde lebhafter, trockener und selbstironischer, und häufig übertrieb sie etwas. Einige Leute aus dem Büro wurden ihre Freunde, und manchmal gingen sie nach der Arbeit zusammen in den Pub.

Ihre Schwester sah sie nach dem Umzug nach Glasgow seltener. Jill und Chris hatten ein Baby bekommen und waren mit ihrem kleinen Sohn so beschäftigt wie Katrina mit ihrem neuen Leben. Zunächst besuchte sie ihre Mutter tatsächlich noch jedes Wochenende, dann jedes zweite, und obwohl sie fest damit gerechnet hatte, dass ihre Mutter deshalb ein furchtbares Theater machen würde, wirkte diese lediglich traurig und resigniert, als wäre die Schlacht bereits verloren.

Nachdem Katrina also im Alter von zwanzig Jahren endlich den Klauen ihrer Mutter entkommen war, betrat sie eines Abends einen Pub im Glasgower West End.

2

Vielleicht hatte John recht gehabt, als er später behauptete, sie wäre auf der Suche nach einem Ehemann gewesen. Sich dessen bewusst war sie damals jedenfalls nicht. Obwohl sie das kleine, ordentliche Leben mochte, das sie sich aufgebaut hatte, kam es ihr noch immer so vor, als sei sie auf der Flucht. Sie sehnte sich nach einer Stabilität, die auf tief verankerten Fundamenten ruhte, nach Mann und Kindern, die wie eine feste Schicht Beton unter der Oberfläche ihres Lebens liegen würden.

Es war ein Donnerstagabend. Sie feierten die Abschiedsparty eines Kollegen in einem Pub, den sie noch nicht kannten. (»Besondere Anlässe verlangen nach einer neuen Örtlichkeit«, hatte jemand gesagt.) John, fünfundzwanzig, war nicht unbedingt gutaussehend, doch er hatte ein nettes Gesicht. Katrina gefielen seine dunkelbraunen Augen, und auch wenn er klein geraten war, einen breiten Mund und etwas große Vorderzähne hatte, befand sie sein Äußeres als durchaus ansprechend.

Seitdem sie beim *Herald* war, hatten mehrere Kollegen Interesse bekundet, doch Katrina war geschickt darin geworden, sie abblitzen zu lassen – stets höflich und darauf bedacht, niemandem auf die Füße zu treten. Sie hatte die Männer jeweils diskret in Augenschein genommen und jedes Mal befunden, dass sich keiner von ihnen dazu eignete, ihr fester Freund zu werden. Außerdem waren die meisten von ihnen ohnehin verheiratet.

Später würde John ihr sagen, sie sei die schönste Frau, die er je im wahren Leben gesehen hätte. Das Kompliment würde ihr unangenehm sein, gleichzeitig freute es sie jedoch.

Für John bot sich an jenem Abend keine Gelegenheit, sie unter vier Augen anzusprechen, denn Katrina war keins der selbstbewussten Mädchen, die einfach an der Theke die nächste Runde bestellten wie Männer, sie verließ sich darauf, von anderen mit Drinks versorgt zu werden. Also wartete John ab, bis sie sich am Rand der Gruppe von Kollegen befand, mit der sie unterwegs war, und kam dann auf sie zu. »Entschuldigen Sie die Frage«, setzte er an, »aber ist das Ihre natürliche Haarfarbe?«

Katrina wollte die Frage ganz und gar nicht entschuldigen, auch wenn seine Unverfrorenheit durch seine warmen Gesten abgemildert wurde.

»Ist es«, sagte sie, ohne ihn durch ein Lächeln zu ermutigen, jedoch bereit, sich auf seinen Charme einzulassen, sollte er sich als charmant herausstellen.

»Ich habe noch nie so hübsche rote Haare gesehen«, sagte er. »Wirklich bemerkenswert.«

Mae, Katrinas Kollegin, mit der sie sich unterhalten

hatte, schnaubte etwas herablassend, wandte sich aber demonstrativ den anderen zu, damit die beiden allein reden konnten. Katrina wünschte, sie hätte das nicht getan, denn sie fühlte sich sogleich sehr befangen.

John dagegen wirkte zufrieden. Er stellte ihr einige Fragen, und als er hörte, sie arbeite für den *Herald*, meinte er: »Ich sollte also aufpassen, was ich sage, hm? Nicht, dass das morgen alles in der Zeitung steht.«

»Wohl kaum«, sagte Katrina. »Ich schreibe für den Wirtschaftsteil.«

»Eine echte Karrierefrau also«, sagte John und lächelte.

»Wohl kaum«, wiederholte sie, etwas anderes fiel ihr nicht ein.

»Wobei ein so hübsches Mädchen wie Sie wohl nicht lange dabeibleiben wird«, sagte John. »Früher oder später kommt jemand und heiratet Sie. Oder sind Sie etwa eine von diesen modernen Frauen, die nicht mehr an die Ehe glauben?«

»Bin ich nicht«, sagte Katrina.

John war Buchhalter und lebte in Glasgow, seit er mit achtzehn die Ausbildung dort begonnen hatte. Er war jedoch auf Litta groß geworden, wie er erzählte, einer Insel der südlichen Hebriden. Die Insel war abgelegen und wunderschön und hatte weniger als hundert Einwohner.

Damit hatte er Katrinas Aufmerksamkeit. »Das muss herrlich gewesen sein«, sagte sie. Sie versuchte, es sich vorzustellen.

»Das war es«, sagte John. »Für ein Kind zumindest. Als Jugendlicher wollte ich nur weg. Es war mir damals *zu* abgelegen. Jetzt denke ich anders darüber. Ich würde gern irgendwann zurückziehen. Wenn ich mal Kinder habe, sollen die da aufwachsen.«

»Ich war noch nie auf den Hebriden.«

»Müssen Sie unbedingt mal hin«, sagte er mit Nachdruck. »Nirgendwo ist es schöner.«

Damit fing es an, mit dieser Leidenschaft, mit der er seine Heimat und Kindheit beschrieb – sie hinterließ bei Katrina den größten Eindruck. Sie wollte das alles sehen: die menschenleeren, windigen Strände, die Wellen, die gegen die schwarzen Steine schlugen, die Klippen, das Heideland und die Hügel, die Tölpel und Seehunde und Schafe.

Sie begann, ihre Abende mit John zu verbringen, sie gingen gemeinsam ins Kino, in den Pub oder ins Restaurant. Es gefiel ihr, wie viel Mühe er sich gab: Er fragte immer, was sie machen wollte, welchen Film sie sehen mochte oder nach welchem Essen ihr der Sinn stand, anschließend arrangierte er alles. Er bestellte in Restaurants für sie, suchte für sie beide den Wein aus, und Katrina genoss es, keine Entscheidungen treffen zu müssen. John gab ihr ein Gefühl von Sicherheit. Und sie liebte die Aufmerksamkeit. Die Erfahrung, für jemanden so interessant zu sein, war etwas komplett Neues. Nur zum Lachen brachte er sie nicht, im Gegensatz zu einigen ihrer Kollegen. Katrina bemerkte, dass sie allgemein ernsthafter wurde, wenn sie mit ihm zusammen war, nachdenklicher, weniger übermütig. Aber es gab nun mal wichtigere Dinge im Leben als Lachen.

An den meisten Abenden wartete er vor dem Büro auf sie und brachte sie zu dem von ihm auserkorenen Ziel, sogar wenn es nahe seinem Büro im East End lag und er insofern einen Umweg in Kauf nahm, um sie abzuholen. Katrina wies ihn darauf hin, doch John zuckte nur mit den Schultern und meinte, er würde sie eben so gern abholen, er wolle keinen Moment mit ihr verpassen. Manchmal bekam er sogar die Empfangsdame des *Herald* dazu, ihn reinzulassen, stand plötzlich um halb sechs vor ihrem Schreibtisch, grüßte ringsum Kollegen und fragte, ob sie startklar sei. Katrina freute sich immer, ihn zu sehen, nur fühlte sie sich von diesen Überraschungsbesuchen unangenehm überrumpelt. Als hätte er sie bei irgendetwas ertappt (sie wusste nur nicht, bei was).

Später – sehr viel später – wurde ihr klar, dass sie sich schlicht und einfach verliebt hatte, weil sie sich verlieben wollte. Es hätte jeder sein können. Das war das Tragische daran.

Sie ließ viel Zeit verstreichen, bevor sie ihn ihrer Mutter vorstellte. Zuerst verbrachten sie einen Abend mit Jill und Chris, ein verkrampftes Essen in einem kleinen italienischen Restaurant in Edinburgh, bei dem sich keiner von ihnen normal verhielt. Danach war Katrina enttäuscht, denn als sie John fragte, was er von ihnen hielt, bekam sie nur zur Antwort: »Die sind ganz in Ordnung, wieso?« Doch John konnte sehr schüchtern sein, und außerdem hatte sie selbst auch nicht mehr das vertrauteste Verhältnis zu ihrer Schwester.

Die erste Begegnung zwischen John und ihrer Mutter entpuppte sich ebenfalls als Reinfall, allerdings aus anderen Gründen. Katrina hatte sich innerlich für eine Szene gestählt, in der ihre Mutter heulen und John erzählen würde, dass Katrina sie im Stich gelassen hatte, oder in der sie John vom ersten Moment an nicht leiden könnte und ihm ihre typische Standpauke darüber halten würde, dass Männer nun mal Schweine waren. Katrina stellte sich Johns Gesicht vor, blass und unbewegt, während er diese Demütigungen über sich ergehen ließ, und wie sie dabei vor Scham beinahe im Boden versank.

Als es so weit war, gab sich ihre Mutter zwar wenig enthusiastisch, aber höflich. Sie bot John Sherry an, fragte ihn nach seiner Arbeit und hörte sich sogar geduldig seine Antwort an, ohne das Gespräch sofort auf sich selbst zu lenken. Sie hatte ein angemessenes Essen aus Sandwiches, Scones und Mohnkuchen vorbereitet und ermutigte John im richtigen Moment zu einem Nachschlag. Insgesamt wirkte sie an diesem Nachmittag wie eine ganz normale Mutter. Katrina war misstrauisch und ziemlich perplex.

»Du warst aber wortkarg«, sagte John auf der Rückfahrt nach Glasgow. »Und deine Mum finde ich richtig nett. Meintest du nicht, sie wäre eher schwierig?«

Katrina konnte das alles nicht fassen. Vielleicht war diese ungewöhnliche Höflichkeit, mit der ihre Mutter John begegnet war und mit der sie Katrinas vorherige Schilderungen wie Lügen hatte wirken lassen, ihre Art der Rache?

Nach ein paar Monaten hatten sie und John zum ersten Mal Sex. John sagte, es bedeute ihm viel, dass es Katrinas erstes Mal war, dass sie sich für ihn aufgespart hatte. Sie hatte Angst, schwanger zu werden, doch John meinte, das würde schon nicht passieren, und selbst wenn, wäre es nicht schlimm, da sie ja ohnehin bald heiraten würden.

»Oder willst du etwa einen anderen heiraten?«, fragte er mit einem Lächeln.

»Nein.«

»Na, bitte.«

Es war besser, als sie gedacht hätte. Unter seinen Kleidern war John dünn und blass, und Katrina hatte das merkwürdige Gefühl, ihn beschützen zu wollen. Sie fühlte keine große Erregung, aber ohnehin beschlich sie das Gefühl, ihre Mutter habe ihr Sex für immer verdorben. Der Akt an sich fühlte sich ein wenig so an, als stochere jemand mit einem spitzen Gegenstand grob in ihr herum, doch nackt ineinander verschlungen zu sein, hatte etwas Rührendes, Ursprüngliches, als würde man geboren.

»Ich liebe dich«, sagte John hinterher zu ihr. Ihr Kopf ruhte auf seinem Arm. Er sagte es häufig, trotzdem war Katrina jedes Mal aufs Neue geradezu entzückt. Das hier, dachte sie, das war »es« endlich. Nun konnte ihr Leben beginnen, und sie wäre für immer in Sicherheit. Allerdings gab es einen beunruhigenden Vorfall, da waren sie etwa ein halbes Jahr zusammen. Katrina wollte zur Abschiedsparty von Mae, die demnächst nach London zog, und sagte John, sie hätte an dem Abend keine Zeit für ihn. Sie tat es nicht gern, sie wusste, dass es ihn verletzte, wenn sie keine Zeit hatte, und fehlte daher immer öfter bei den Abenden unter Kollegen. Doch Mae war ihre beste Freundin bei der Arbeit, und sie hatte ihr versprochen zu kommen.

Zunächst schien es John nichts auszumachen. Er sagte,

sie solle ruhig gehen, und wünschte ihr einen schönen Abend. Katrina war erleichtert, dass er nicht mitkommen wollte, denn ihre Kollegen neckten sie bereits damit, wie viel Zeit sie zusammen verbrachten. Sie versicherte ihm, nur ein paar Stunden zu bleiben und dann zu ihm zu kommen, doch sie war noch keine Stunde im Pub, als er plötzlich neben ihr auftauchte: Er wolle sie abholen.

»Aber es ist noch viel zu früh«, sagte Katrina. Dann, im Versuch, den Abend zu retten, fügte sie hinzu: »Trink doch was mit!«

Mae stand ganz in der Nähe und pflichtete Katrina bei. Sie legte den Arm um ihre Schulter und sagte zu John: »Dir ist schon klar, dass ich sie heute Abend vielleicht das letzte Mal sehe, oder? Da wirst du sie mir doch nicht jetzt schon wegnehmen?«

John war nicht in der Stimmung, mit Mae zu scherzen oder es irgendeinem der Anwesenden recht zu machen, das sah Katrina ihm an. Instinktiv versuchte sie zu vermitteln und wollte vor allem John von dort wegbringen, bevor er noch unzufriedener mit ihr wurde. Also gingen sie.

Im Auto fragte sie: »Was hast du denn? Warum bist du auf einmal so …« Sie fand nicht das richtige Wort. »So anders?«

Ein kurzes, hartes Lachen. »Keine Ahnung, wovon du redest.«

Die gesamte Rückfahrt sprach er kein weiteres Wort mehr mit ihr.

»Hab ich irgendetwas falsch gemacht?«, versuchte sie es abermals, als sie beinahe zu Hause waren. »Ich sehe doch, dass du sauer bist.«

»Ich bin nicht sauer«, sagte er. »Das bildest du dir mal wieder ein.«

Mal wieder?, dachte sie.

Auch in der Wohnung änderte sich seine merkwürdige, schweigsame Art nicht. Trotzdem machte er Anstalten, mit ihr zu schlafen. Katrina hoffte, dies würde bedeuten, dass sich die Dinge zwischen ihnen wieder normalisierten, aber John war nicht so liebevoll wie sonst. Er war distanziert und mechanisch, positionierte sie auf merkwürdig unpersönliche Weise in verschiedenen Stellungen, sah ihr nicht in die Augen und küsste sie nicht. Fast hätte sie geweint, doch es gelang ihr, sich zusammenzureißen.

Als sie hinterher nebeneinanderlagen, sagte John: »Ich weiß schon, warum du mich heute Abend loswerden wolltest.«

»Loswerden?«, fragte Katrina. »Was soll das denn heißen?« Sie drehte sich auf die Seite, um ihn anzusehen, doch er starrte weiter an die Decke. Das hasste sie am allermeisten, wenn er sie nicht ansah und so tat, als wäre sie nicht da, obwohl er mit ihr sprach.

Mit derselben ruhigen Stimme sagte er: »Damit du dich vor den Männern da wie ein Flittchen aufführen kannst.«

»Da waren *zwei* andere Männer!«, sagte Katrina so überrumpelt, dass sie im ersten Moment nicht mal verärgert war.

»Wundert mich nicht, dass du exakt weißt, wie viele«, entgegnete er. »Und wann hast du dich eigentlich in diesen Minirock geworfen, oder hast du schon den ganzen Tag aller Welt deine Beine präsentiert?«

»Das war doch kein Minirock«, sagte Katrina und bemühte sich um einen gelassenen Tonfall. »Außerdem können sich meine Kollegen bestimmt zusammenreißen, selbst wenn sie meine Knie sehen.« Vielleicht konnte sie die Stimmung ja lockern, wenn sie auf humorvolle Art an die Sache heranging.

John fuhr sie an: »Als ob du das wüsstest!«

Er klang derart giftig, dass Katrina die Tränen kamen. »Warum bist du heute so?«, fragte sie. Er benahm sich wie ein anderer Mensch. Katrina fragte sich, wie sie ihn dazu getrieben hatte und wie sie es wieder rückgängig machen konnte.

Ihre Tränen schienen ihn nicht kaltzulassen. Endlich sah er sie an. »Ach Süße, wein doch nicht! Ich will nur nicht, dass du dich lächerlich machst. Du bist mir eben unglaublich wichtig. Wahrscheinlich wäre alles einfacher, wenn du mir nicht so viel bedeuten würdest.«

»Ich habe mich nicht lächerlich gemacht!«

»Doch, das merkst du bloß nicht. Männer sehen so was anders als Frauen, weißt du? Du hast in dem Aufzug ausgesehen wie das letzte Flittchen, und so haben dich deine Kollegen auch angeguckt.«

»Das stimmt überhaupt nicht, die sind nicht so!« Katrina war völlig verwirrt.

»Doch, Süße. Alle Männer sind so. Also fast alle. Und jetzt hör auf zu weinen.« Er holte ein Taschentuch aus seiner Nachttischschublade und tupfte ihr sachte die Tränen ab. »Du warst eben ein klitzekleines bisschen naiv, das ist alles. Das Ganze war ein Missverständnis.«

Im Nachhinein dachte Katrina genauso darüber – wenn sie sich überhaupt erlaubte, an den Vorfall zu denken. Sie versuchte von da an, umsichtiger zu sein, kurze Röcke und enge Kleidung zu vermeiden, und gab sich alle erdenkliche Mühe, sich vor ihren Kollegen in keiner Weise zweideutig zu verhalten, sodass ihr Lieblingskollege Ronald sogar eine der Sekretärinnen bat, unauffällig herauszufinden, ob er Katrina unwissentlich wehgetan hatte. Katrina war das Ganze furchtbar peinlich, und ihr wurde klar, dass sie schon wieder nicht das richtige Maß gefunden hatte. Von da an war sie freundlicher, hoffte allerdings, nicht zu freundlich zu sein. Zumindest fragte Ronald sie nie wieder, ob sie ihm einen Tee bringen könnte.

Katrina und John heirateten in der Woche nach Katrinas dreiundzwanzigstem Geburtstag. Als sie Jill am Telefon von ihrer Verlobung erzählte, reagierte diese nicht sonderlich erfreut. »Bist du dir sicher? Du bist doch noch so jung.«

»Klar bin ich mir sicher«, sagte Katrina.

»Aber hast du dir das wirklich gut überlegt?«

»Hab ich.«

Das Telefonat endete alles andere als fröhlich, aber Jill und Chris kamen trotzdem zwei Monate später zur Hochzeit ins Glasgower Rathaus und bemühten sich, Freude zu zeigen. Sie schenkten John und Katrina sogar eine Kiste Champagner, und Katrina sorgte sich, die beiden hätten sich in Unkosten gestürzt. Doch John sagte, es sei ein billiger Champagner, eigentlich gar kein echter Champagner, und er habe sicher nicht viel gekostet.

Die anderen Hochzeitsgäste waren Katrinas Mutter, die später im George Hotel bei jedem Toast weinte und sagte, sie habe nicht das Gefühl, eine Tochter zu verlieren, sondern einen Sohn zu gewinnen; Katrinas Freundin Mae, die für den Anlass den weiten Weg aus London auf sich genommen hatte; Katrinas Schulfreundin Beth, die sie eigentlich kaum noch sah und nur aus Pflichtgefühl eingeladen hatte; und Johns Bruder Malcolm mit seiner Frau Heather – ein stilles, sanftes Paar, das den ganzen Tag über etwas fehl am Platz wirkte. Um Johns Mutter stand es wohl gesundheitlich zu schlecht, um die Reise aufs Festland anzutreten, und sein Vater war tot. Für Katrinas Geschmack sah die Gästeliste etwas kümmerlich aus, und sie fragte ihn während der Hochzeitsvorbereitungen, ob er nicht vielleicht noch ein paar Freunde einladen wolle. Er schüttelte den Kopf und sagte, sie sei der einzige Mensch, den er brauche. Und Katrina war damit zufrieden gewesen, denn ihr ging es genauso.

Grundsätzlich hatte sie sich einverstanden erklärt, nach Litta zu ziehen und eine Familie zu gründen, in ihrer Vorstellung würde das allerdings erst in ein paar Jahren geschehen. Sie wollte gern mehr Zeit in Glasgow verbringen, gemeinsam mit John in seiner Wohnung wohnen, für ihn kochen und manchmal abends in den Pub gehen, zusammen am Ofen sitzen und lesen und lange, faule Wochenenden im Bett liegen, um ihre Liebe erst mal so richtig zu genießen.

Doch sehr viel schneller, als Katrina gedacht hätte, innerhalb eines Monats nach der Hochzeit, um genau zu sein, war sie schwanger. Sie hatte schon seit geraumer Zeit die Pille nehmen wollen, aber John war dagegen. Er meinte, sie sei gefährlich und würde außerdem unausweichlich zu Promiskuität führen.

»Promiskuität?«, sagte sie. »Ist das dein Ernst?«

»Ganz allgemein gesprochen. Ich meine natürlich nicht bei dir persönlich.«

»Na, schönen Dank auch!«, sagte Katrina.

Er lachte und streckte die Hand nach ihr aus. »Ich meine, wegen den Nebenwirkungen, Süße. So was kann wirklich gefährlich sein. Und du kannst mir vertrauen, ich pass schon auf. Versprochen.«

Katrina gab nach. Es stimmte, dass John normalerweise nicht in ihr kam, aber nicht immer. Er sagte, das mache den Moment kaputt, und manchmal wurde er dann wütend. Eine Frau sollte einem Mann nicht vorschreiben, wie er sich in *so* einem Moment zu verhalten habe. Mittlerweile wusste Katrina, wie empfindlich John auf gewisse Dinge reagierte. Doch aufgrund dieser Verletzlichkeit, die er tief im Innern trug, liebte sie ihn noch mehr. Aus dem wenigen, was John über seine Mutter erzählt hatte, schloss sie, dass diese daran vermutlich nicht ganz unschuldig war. Katrina schwor sich insgeheim, Johns Gefühle zu beschützen, wann immer es ihr möglich war. Er war nicht mehr alleine. Sie würde sich um ihn kümmern.

Über die Schwangerschaft war sie auch nicht allzu verstimmt, zumal sie John so glücklich machte. Welche Frau freute sich denn nicht, wenn sie herausfand, dass sie das Kind ihres Ehemannes in sich trug?

John sagte, sie könnten bis zur Geburt auf dem Festland bleiben, doch danach wäre es Zeit für den Umzug. Er hatte bereits ein Haus auf Litta gefunden und suchte nach einer Stelle als Buchhalter in Oban. Sein Plan war, ein paar Tage pro Woche zu arbeiten, zu pendeln, wenn das

Wetter es zuließ, und ansonsten in einem kleinen Zimmer zur Miete auf dem Festland zu bleiben. Alles war schon arrangiert.

Auch wenn sie sich dabei hinterhältig vorkam, hoffte Katrina insgeheim, dass er nicht sofort eine Arbeit in Oban finden würde und sie mit dem Umzug länger warten müssten. Doch wie John selbst von sich behauptete, gelänge ihm alles, was er anpackte. Genau eine Woche vor dem errechneten Geburtstermin stellte ihn eine Firma in Oban ein.

Und so zogen sie sechs Wochen nach Nickys Geburt auf die Insel. Katrina fühlte sich noch wie eingeschlossen von einer Nebelwand aus Erschütterung und Erschöpfung, wohingegen sie am Telefon gegenüber Jill fröhlich und entschlossen tat.

»Bist du dir da sicher?«, hatte ihre Schwester erneut gefragt.

»Natürlich«, antwortete Katrina. »Das war doch die ganze Zeit der Plan.«

»Es ist aber schon sehr weit weg. Zweieinhalb Stunden mit der Fähre …«

»Nicht ganz zweieinhalb«, widersprach Katrina und verstand selbst nicht, warum sie meinte, sich verteidigen zu müssen.

»Na, dann viel Glück«, sagte Jill daraufhin, und zum ersten Mal hatte Katrina das Gefühl, dass sie ihre Schwester nicht leiden konnte.

3

Katrina kannte niemanden auf der Insel und litt schrecklich unter der Abgeschiedenheit ihrer neuen Umgebung, unter der Trostlosigkeit der dunklen Hügel und der endlosen See. In jenem Winter fror sie ständig. In dem Häuschen, das John gemietet hatte, zog es fürchterlich, und es gab keine Zentralheizung, nur einen alten Nachtspeicherofen, der so viel Strom verbrauchte, dass sie es sich nicht leisten konnten, ihn häufig anzustellen. Selbst im Haus spürte Katrina die Feuchtigkeit der salzigen Luft, in ihrer Kleidung und in den Knochen.

Sie hatte Angst, dass es für Nicky zu kalt sein könnte, und wickelte ihn in so viele Schichten, dass er beinahe wie eine Kugel aussah. Im Wohnzimmer gab es einen Kamin, und Katrina machte oft Feuer und ließ es dann den ganzen Tag über brennen. Wenn es besonders kalt und nass war, kauerte sie stundenlang mit dem Kleinen davor.

An schöneren Tagen erkundete sie mit Nicky im Tragetuch ihr neues Zuhause, wanderte entlang der einzigen

Straße der Insel durch die hügelige Heidelandschaft. Sie empfand kaum Freude dabei. Alles war nur wieder ein anderer Grauton, selbst die Schafe, die sie unheilvoll beäugten, wenn sie vorüberlief.

Katrina hatte sich für relativ selbstständig gehalten, doch in jenen ersten Monaten auf der Insel fühlte sie sich so einsam und allein, dass es ihr Angst machte. John blieb häufig über Nacht auf dem Festland und überließ sie sich selbst. Und zu Hause war er oft mit den Gedanken woanders und nicht mehr der Mann, den sie von früher in Erinnerung hatte. Inwiefern er sich genau verändert hatte, konnte sie jedoch nicht sagen. Nicky schlief anfangs nicht gut, und Katrina kam mit dem Einkaufen, Kochen und Waschen nicht hinterher. Meist war John geduldig, doch sie wusste genau, dass er es nicht mochte, wenn das Haus abends unordentlich war und das Essen nicht auf dem Tisch stand. Es handelte sich dabei ja wirklich um einfache Aufgaben, das wusste sie selbst. Auch das Baby zerrte an ihren Nerven mit dem ständigen Geschrei. Sie hatte deshalb ein sehr schlechtes Gewissen. Nie hatte sie Bedenken gehabt, ob sie wohl eine gute Mutter wäre, kam jetzt jedoch zu dem Schluss, dass sie genau das nie sein würde. Sie musste an Jills Worte denken, ihre Mutter hätte keinerlei Gefühle für andere Menschen, und Katrina meinte auch, sie sei als Mutter zum Scheitern verurteilt. Wie sollte sie denn etwas können, was ihr nie gezeigt worden war? Sie fing an, sich zu wünschen, John niemals begegnet zu sein. Diese Situation war weder ihm noch ihr gegenüber fair. Und so fing sie an, sich zu wünschen, niemals geboren zu sein.

Bei so wenigen Einwohnern war es unmöglich, für

sich zu bleiben, selbst wenn sie es gewollt hätte. Malcolm und Heather lebten zwanzig Minuten mit dem Auto entfernt auf der anderen Seite der Insel, und ab und an kam Heather sie besuchen. Sie schien überrascht, wie häufig John nicht da war, und Katrina merkte, wie diese Überraschung sie mit jedem Mal wütender machte und es ihr lieber gewesen wäre, Heather würde sich fernhalten. Sie hasste es, so überfallen zu werden – das Haus ein einziges Durcheinander, genau wie sie selbst, die sich seit Tagen nicht mehr die Haare gewaschen hatte, das Gesicht vor Erschöpfung ganz eingefallen, und dann schrie auch noch das Baby wie am Spieß und ließ sich nicht beruhigen. Sie stellte sich vor, was Heather später zu Malcolm sagte, der es seinerseits vermutlich direkt an John weitergeben würde: »Sie versucht natürlich ihr Bestes, die Ärmste, aber es ist leider offensichtlich, dass sie der Sache einfach nicht gewachsen ist.«

Katrina gab sich dennoch alle Mühe, freundlich zu Heather zu sein, während sie sich innerlich wünschte, sie möge gehen.

»Es muss hart sein«, sagte Heather einmal zu ihr, während sie steif im Wohnzimmer saßen und an ihren Kaffeetassen nippten. »Mit so einem kleinen Baby, und dann auch noch so weit weg von zu Hause, auf dieser Insel.«

Die Wut, die sofort in ihr aufstieg, überraschte Katrina. Heather hatte keine Kinder. Und somit auch kein Recht, über Katrina zu urteilen.

»Kann ich dir irgendwie helfen?«, fragte Heather.

Katrina hob stolz das Kinn. »Ach was, nein. Wir kommen schon klar. Aber danke!«

Doch es war nicht normal, so viel zu weinen. Noch bevor sie morgens aus dem Bett stieg, fühlte Katrina die Tränen über ihre Wangen rollen. Hatte sie denn gar keine Selbstkontrolle? Sie war wirklich erbärmlich. Falls John da war, musste sie sie schnell wegwischen, wenn er gerade nicht hinsah. War er erst einmal auf dem Weg zur Arbeit oder zog sich in sein Arbeitszimmer zurück (Katrina bekam die strikte Anweisung, ihn dort auf keinen Fall zu stören), konnte sie ihren Tränen freien Lauf lassen. Manchmal musste sie beinahe darüber lachen, wie absurd das alles war, wie sie hier mit dem weinenden Nicky auf dem Arm dastand und selbst weinte, zwei Babys anstelle von einem.

Genau so fand ihre Nachbarin Fiona sie eines Tages vor, als John nicht da war: Sie saß im Wohnzimmer, hatte ihr heulendes Kind auf dem Schoß und weinte sich die Augen aus dem Kopf. Katrina ignorierte das Klingeln an der Tür, da sie gerade nicht vorzeigbar war und sowieso keine Lust auf Besuch hatte. Doch sie unterschätzte Fionas Hartnäckigkeit. Einen Augenblick später tauchte diese nämlich am Fenster auf und klopfte sanft dagegen.

Ihr blieb keine Wahl, sie musste sie reinlassen, diese dämliche neugierige Frau!

»Ach Mensch, du Arme!«, sagte Fiona als Erstes. Katrina versuchte, sich schnell die Tränen wegzuwischen und ihr ein Lächeln zu schenken, damit sie sah, dass alles in Ordnung war, aber Fiona ließ sich nicht hinters Licht führen. Sie nahm ihr das schreiende Baby ab, verschwand in der Küche und hantierte dort geschäftig mit Teetassen und Wasserkocher herum.

Als sie zurück ins Wohnzimmer kam, weinte Katrina immer noch.

»Na, na, ist schon gut«, sagte Fiona. Kaum zu glauben, doch Nicky war inzwischen eingeschlafen und ließ sich ohne Probleme in sein Bettchen legen. »Ich hole uns schnell den Tee«, sagte Fiona. Wie es ihr gelungen war, gleichzeitig Tee zu kochen und Nicky zum Schlafen zu bringen, war Katrina absolut schleierhaft. Sofort kam sie sich noch unfähiger vor als ohnehin schon.

»*Natürlich* wächst dir das alles über den Kopf«, sagte Fiona und lehnte sich mit ihrer Tasse im Sessel zurück. »Ganz allein hier draußen mit einem kleinen Kind – das ist doch normal.«

Katrina wünschte sich, die Leute würden nicht ständig behaupten, sie sei allein.

Da sagte Fiona etwas Unerwartetes. »Weißt du, im ersten Jahr mit Stuart habe ich fast jeden Tag geweint. Er ist jetzt zum Glück schon fünf. Es wird wieder besser, glaub mir.«

Bei diesen Worten empfand Katrina das erste Fünkchen Hoffnung seit Monaten. »Ich habe manchmal das Gefühl, ich verkrafte das alles nicht so gut«, sagte sie vorsichtig.

»Das geht allen Frauen ähnlich, meine Liebe«, sagte Fiona. »Wenn du es schaffst, dich und das Baby am Leben zu halten, machst du es schon richtig.«

Nach diesem Gespräch kam Fiona mehrmals pro Woche mit Essen vorbei, mit Lasagne, mit Auflauf, immer etwas, das man schnell aufwärmen konnte.

»Ich tu das gern«, sagte sie, wenn Katrina protestierte. »Ich koche sowieso, und dann mach ich eben ein bisschen mehr. Ist doch kein Problem.«

Was für eine freundliche Frau, dachte Katrina, als sie unter Tränen aß, was Fiona gekocht hatte (was sie ab und zu nicht mal aufwärmte, sondern in den seltenen Pausen, in denen Nicky gerade schlief, kalt aus der Auflaufform hinunterschlang). Sie meinte, noch nie jemanden so sehr gemocht zu haben wie Fiona.

Und irgendwann wurde es tatsächlich besser, wenn auch langsam. Der Frühling kam, und obwohl es noch immer kalt war, schien wenigstens die Sonne hell und ließ das Meer glitzern. Überall kehrten die Farben zurück. Katrina verbrachte nun auch mehr Zeit mit Heather und entspannte sich in ihrer Gegenwart. Nach und nach lernte sie die anderen Inselbewohner kennen; sie waren so entschlossen, sie in ihre Gemeinschaft aufzunehmen, dass sie keine andere Wahl hatte. Und als Katrina wieder fröhlicher wurde, schien auch John sie mit mehr Zuneigung zu behandeln. Manchmal sagte er ihr sogar, sie sehe hübsch aus.

Kurz vor Nickys erstem Geburtstag stellte Katrina fest, dass sie wieder schwanger war. Es machte ihr nicht so große Angst, wie sie erwartet hatte. Eigentlich freute sie sich auf ein weiteres Baby, vielleicht nicht unbedingt auf die täglichen Aufgaben, aber doch darauf, zwei Kinder zu haben. Sie hoffte, dass die beiden einander liebhaben und miteinander spielen würden. Bei diesem Gedanken sehnte sie sich plötzlich nach Jill, zu der sie mittlerweile kaum noch Kontakt hatte.

Im Laufe des letzten Jahres wurden ihre Telefonate zunehmend angespannter, da Katrina weniger von ihrem Leben auf der Insel erzählen mochte. Sie konnte Jill nicht sagen, dass sie unglücklich war, da die ihr ja genau das prophezeit hatte. Und als Chris ihre Schwester einige Monate zuvor verlassen hatte, war Katrina zu müde und überfordert gewesen, um ihr wirklich Trost zu spenden. Seither war ihre Beziehung noch distanzierter. Trotzdem verletzte es Katrina, als Jill nach einigen Monaten der Funkstille anrief und ihr lapidar mitteilte, dass sie mit dem kleinen Henry nach England gezogen war. Katrina war in diese Pläne nicht eingeweiht gewesen.

»Ihr habt euch eben auseinandergelebt«, sagte John nur dazu. »Ihr seid sehr unterschiedlich, und ihr lebt völlig verschiedene Leben. Außerdem war sie immer schon eifersüchtig auf dich.«

»Eifersüchtig?« Katrina war überrascht. »Das glaube ich eigentlich nicht.«

»Egal, auf jeden Fall ist sie manchmal ganz schön schwierig«, sagte John.

»Aber außer ihr habe ich keine Familie mehr.« Ihre Mutter zählte nicht, fand Katrina. Sie rief sie kaum noch an, weil sie neben Nicky keine Kraft für ein weiteres bedürftiges Wesen hatte. Gelegentlich schickte sie ihr zwar noch eine Postkarte, auf die ihre Mutter jedoch nie antwortete.

»Wen brauchst du denn außer mir? Ich bin deine Familie«, sagte John darauf.

Und da ihr diese Wahrheit einleuchtete, sie nun mit Ehemann und Sohn und einem weiteren Kind auf dem Weg in ihrem eigenen Haus wohnte und endlich das Gefühl hatte, alles im Griff zu haben, empfand Katrina etwas, das vage an Zufriedenheit erinnerte.

Dennoch blieb ein Gefühl des Unbehagens. Trotz der Vorfreude auf das neue Baby schien es, als würde ihre Welt immer weiter zusammenschrumpfen, bis ihr ganzer Lebensinhalt nur noch aus dem Wunsch bestand, ihr Mann möge zufrieden und ihre Kinder, geboren und ungeboren, gesund sein. Ihr fiel es schwer, dieses Gefühl einzuordnen. Bedeutete es, dass sie bereits alles hatte, was sie wollte? Oder freute man sich als erwachsener Mensch einfach nicht mehr so auf Dinge wie früher?

4

Sie konnte sich nicht erklären, was zwischen ihr und John seit Tommys Geburt schieflief, warum er plötzlich alle Geduld mit ihr verloren zu haben schien, seitdem das zweite Baby da war.

Es war eine schwere Geburt gewesen, Tommy kam schließlich per Kaiserschnitt zur Welt (zum Glück hatte Katrina auf einer Geburt im Krankenhaus auf dem Festland bestanden, und es war keine Hausgeburt geworden, wie John es sich gewünscht hatte). Danach war sie lange Zeit sehr schwach und hatte keine Kraft, sich um den Haushalt zu kümmern, doch sie tat, was sie konnte. Es gelang ihr gerade so, Nicky und das neue Baby zu versorgen, doch vieles blieb eben liegen. Eine Weile half Fiona ihr, aber als John bemerkte, wie viel diese für sie tat, schritt er ein. Er sagte, es sähe nach außen hin fast so aus, als würde er sich nicht um seine Frau kümmern. Katrina musste sich zurückziehen und Fiona sagen, John wäre häufiger zu Hause, sie habe nun alles im Griff.

Doch vielleicht war ihre Schwäche gar nicht Johns Problem. Vielleicht hatte er bis jetzt abwarten wollen, ob Katrina sich bewähren, ob sie sich tatsächlich als die Richtige herausstellen würde. Ob sie ihn vielleicht sogar retten könnte. Was auch immer John genau von ihr gewollt hatte – als ihr zweiter Sohn sechs Monate alt war, machte er sich diesbezüglich offensichtlich keine Illusionen mehr.

»Du bist ganz schön dick geworden«, sagte er zu Katrina. »Man hört ja immer, dass manche Frauen sich gehenlassen, sobald sie Kinder haben, aber ich hätte nicht gedacht, dass du zu denen gehörst. Als ich dich kennengelernt habe, hast du überhaupt nicht faul gewirkt auf mich.«

Katrina fragte sich, ob sie ihn wirklich hinters Licht geführt hatte. Absichtlich jedenfalls nicht, das wusste sie. Doch auch sie selbst beschlich langsam das Gefühl, faul zu sein. Alles war so anstrengend.

Wenn sie weinte, was nun wieder häufiger vorkam, warf John ihr vor, sie sei labil. War sie das? »Mit dir macht man vielleicht was mit«, sagte er dann oft, und Katrina schämte sich, obwohl es manchmal liebevoll klang.

Sie versuchte, sich zu verändern, um Johns Vorstellung von ihr wieder zu entsprechen. Sie aß sehr wenig, um den Babybauch möglichst schnell loszuwerden, und gab sich stets gutgelaunt, wenn John aus Oban zurückkam oder wenn er abends das Arbeitszimmer verließ; sie versuchte, nicht bei jeder kleinsten Kritik in Tränen auszubrechen. »Du bist so empfindlich«, musste sie sich sonst anhören.

Katrina verstand nicht, wo die viele Liebe und das Glück vom Anfang der Beziehung hin waren. Hätte sie sich mehr angestrengt und besser aufgepasst, wäre ihr das alles bestimmt nicht so sang- und klanglos entglitten.

Trotz ihrer Bemühungen stritten sie nun häufig, und wenn er sagte, es sei ihre Schuld, gab sie ihm insgeheim recht. Er brachte sie dazu, aus der Haut zu fahren, wie es ihr nie zuvor im Leben passiert war, und dann tat er immer einen Schritt zurück und sah ihr mit einem reumütigen, schiefen Lächeln im Gesicht zu, als hätte er die ganze Zeit schon gewusst, dass sie ihn so anschreien würde, hätte nur insgeheim gehofft, sich zu irren. Wie oft sie ihn enttäuschte. Wenn Katrina so wütend wurde, wusste sie meistens nicht mal, wie es dazu gekommen war. John schien ständig grausame Dinge zu sagen, und je mehr sie sich zu verteidigen versuchte, desto schäbiger kam sie sich vor. Sie, die als Kind immer ruhig und genügsam gewesen war, entdeckte, was es bedeutete, »außer sich« zu sein. Sie konnte nicht glauben, wie laut sie ihn anschrie. Er selbst erhob nie die Stimme gegen sie.

»Du kommst aus einem zerrütteten Elternhaus«, sagte John. »Du weißt nicht, wie man eine normale Beziehung führt. Im Grunde ist es nicht deine Schuld. Aber das macht es, ehrlich gesagt, nicht leichter für mich. Deine Mutter hat dich leider verdorben.«

War sie tatsächlich verdorben? Katrina dachte über dieses hässliche Wort nach und trug es wochenlang im Kopf mit sich herum, während sie ihre täglichen Aufgaben erledigte. Möglicherweise machte sie deshalb so viele dumme Fehler, ließ das Essen anbrennen und Johns Lieblingshemd einlaufen (ihr war neu, dass er überhaupt ein Lieblingshemd hatte).

»Ich habe dich gebeten, es nicht mit den anderen zusammen zu waschen«, sagte John mit finsterer Miene und hielt ihr das Kleidungsstück vorwurfsvoll hin. Die Ärmel waren nun zu kurz, und es wirkte merkwürdig schmal.

»Ich wusste nicht, dass das Handwäsche ist«, sagte Katrina. »Tut mir leid. Ich dachte, das wäscht man genauso wie die anderen.« Welches Hemd war denn, bitte, Handwäsche?

John schüttelte den Kopf und lächelte wieder auf diese Art. »Ich habe es dir extra gesagt, Süße.«

»Hast du nicht.« Sie war sich ganz sicher, dass er sich irrte. Dieses Mal würde sie standhaft bleiben.

»Doch, habe ich. Du vergisst so was nur gleich wieder. Du hast einen Kopf wie ein Sieb.«

Katrina stählte sich innerlich. »John, du hast mir das nicht gesagt. Es tut mir leid, dass es eingelaufen ist. Aber ganz ehrlich, du hast es mir nicht gesagt.«

Sein Lächeln verschwand. »Die Sache ist es doch nicht wert, deshalb zu lügen, Katrina.«

Die Realität kippte. Sie glaubte nicht, dass sie log. Aber sie war so müde, und er war sich immer so sicher. Sie sagte, schon weniger selbstbewusst: »Ich erinnere mich jedenfalls nicht daran.«

»In Ordnung, Süße. Ich glaube dir.«

Darüber war sie erleichtert.

Dann fügte er hinzu: »Aber warum hast du nicht auf das eingenähte Etikett mit den Waschhinweisen geguckt?«

Das war zu viel.

»Ich schaue nicht bei jedem Teil, das ich wasche, auf das Etikett, John! Ich muss jeden Tag so viel Wäsche machen.«

»Kein Grund, gleich aus der Haut zu fahren.«

»Ich *fahre* nicht aus der Haut«, sagte sie mit mühsam kontrollierter Stimme.

»Doch, tust du. Du brüllst mich ja fast an. Es ist nur ein Hemd, mein Gott.«

»Nur ein Hemd? Du bist der, der … eine Riesensache daraus macht.« Und nun geschah, was immer geschah: Ihre Stimme wurde lauter, und ihre Worte überschlugen sich.

»Nein, das habe ich nicht«, sagte er ruhig. »Mir ist lediglich aufgefallen, dass mein Hemd eingelaufen ist. Ich weiß nicht, warum ich hier jetzt plötzlich der Buhmann bin. Man könnte fast meinen, mir wäre *dein* Hemd eingelaufen, nicht andersherum.«

Er machte sie verrückt. Sie hatte wirklich das Gefühl, verrückt zu werden. Sie versuchte, sich zu beruhigen, doch da kamen schon die Tränen, und ihre Gedanken wurden wirr, waren nicht mehr so schön geordnet wie seine. »Ich wollte dich nicht angreifen«, sagte sie mit piepsiger Stimme wie ein Kind. Natürlich konnte er sie nicht ernst nehmen.

»Das weiß ich doch«, sagte er. »Aber ich hatte heute einen langen Tag, und da kann ich es wirklich nicht gebrauchen, dass ich auch noch angeschrien werde, sobald ich zur Tür reinkomme.«

»Es tut mir leid.«

Er streckte die Hand nach ihr aus. »Schon gut, Süße. Ich weiß, du bist müde. Und halb so wild, ist ja nur ein Hemd.«

Er war so geduldig, sogar, wenn sie seine Sachen kaputt machte.

»Hast du meinen Autoschlüssel gesehen?«, rief er aus dem Wohnzimmer.

»Nein, tut mir leid«, rief Katrina zurück.

John trat in die Küche. »Ich habe ihn auf den Beistelltisch gelegt, wie immer. Du musst ihn verlegt haben, ich habe ihn da nämlich nicht weggenommen.«

»Ich habe ihn nicht angerührt, Schatz.«

»Willst du mir etwa weismachen«, sagte John ganz langsam, als wäre Katrina ein bisschen dumm, »dass der Schlüssel Beine bekommen hat und von alleine weggelaufen ist?«

»Nein. Aber vielleicht hast du ihn woanders hingelegt.«

»Und das hältst du wirklich für die wahrscheinlichste Erklärung, ja?«

Schon begann sie zu zweifeln. »Ich habe ihn jedenfalls nicht angefasst.«

Später fand sie den Schlüssel auf dem Wohnzimmertisch unter einem ihrer Bücher. Dabei war sie sich sicher, dass sie ihn garantiert nicht dort hingelegt hatte. Zumindest beinahe sicher.

»Egal«, wehrte John ab, als sie ihm das sagte, »Hauptsache, wir haben ihn wiedergefunden. Aber du wirst täglich schusseliger, hab ich das Gefühl.«

Es stimmte – sie war häufig müde, häufig vergesslich. Dennoch konnte sie sich manchmal nach einem solchen Vorfall des Gedankens nicht erwehren, er könnte seine Sachen selbst verlegt haben und es ihr anschließend in die Schuhe schieben. Wann immer sie so etwas dachte, und sei es auch noch so flüchtig, wusste sie, dass sie tatsächlich dabei war, den Verstand zu verlieren.

Erst Jahre später, als sie mit Beth schwanger war, erkannte Katrina das volle Ausmaß der eiskalten Natur ihres Mannes, oder besser gesagt: erlaubte sich, sie zu erkennen. Kurz nach Tommys Geburt war ihr klargeworden, wie sehr sie Angst vor ihm hatte. Doch nun wurde ihr noch viel mehr klar. Auch wenn er nie laut wurde, sie nie schlug, verstand sie langsam, dass seine Verachtung an sich eine Form der Gewalt war. Katrina fühlte, wie diese Verachtung sie umschlang und ihr die Luft abschnürte. Und nicht nur sie zog Johns Zorn auf sich. Er erstreckte sich in alle Richtungen und schloss beinahe jeden Menschen ein, den er kannte – von seinen Kollegen in der Buchhaltungsfirma bis zu seinem eigenen Bruder (Malcolm war Johns Meinung nach begriffsstutzig und fantasielos, ein Langweiler, handwerklich passabel, aber sonst nicht zu viel zu gebrauchen). Bei ihm war alles ein erbitterter Kampf darum, seine Überlegenheit unter Beweis zu stellen und dabei gleichzeitig die verabscheuungswürdigen Fehler der anderen aufzudecken.

Katrina versuchte, gemeinsam mit ihm über die Menschen und Dinge herzuziehen, die ihm missfielen. Er machte sich beispielsweise über Fiona lustig, die er für eine bemitleidenswerte Topfguckerin hielt. Katrina wusste, was er meinte, fand es dennoch nicht fair, so über sie zu reden. Fiona war immer gut zu ihr gewesen und hatte ihr damals sehr geholfen. Johns Meinung über Malcolm konnte sie ebenso wenig teilen, sie mochte dessen Sanftheit, auch wenn er nicht so clever war wie John. Laut John war sie selbst auch nicht gerade die Hellste und hatte keine gute Menschenkenntnis, vielleicht lag es also daran.

Anfangs war sie immer erleichtert, wenn sein Zorn sich gegen andere richtete und nicht gegen sie. Doch schon bald spürte sie dessen giftige Wirkung auch bei sich. Plötzlich sah sie überall nur Mängel und Schwäche, genau wie John.

Sie selbst hasste er nach wie vor am allermeisten. Früher hatte er geglaubt, sie könne ihn glücklich machen, und das war wohl das eigentliche Problem, dachte Katrina. Als ihm schließlich klarwurde, dass sie es nicht konnte, fing er an, sie zu hassen. Einerseits konnte sie ihm keinen Vorwurf machen. Sie hatte nicht gewusst, was für Hoffnungen er in sie setzte, und sie hatte nicht bemerkt, wie sie ihn im Stich ließ – so wie alle anderen das getan hatten. Aber auch wenn sie von alldem nie etwas geahnt hatte, konnte sie seine Frustration über diese Enttäuschung durchaus nachvollziehen. In seinem Leben, wurde ihr klar, hatte es für ihn ein paar Mal die Gelegenheit gegeben, etwas anderes, etwas Neues zu wagen, womit er dann wie alle anderen hätte sein und akzeptiert hätte werden können. Doch am Ende hatten sich diese Gelegenheiten – so wie die Ehe mit Katrina – stets als Trugbilder herausgestellt. Und für diesen Verrat mussten seine Mitmenschen bestraft werden.

Trotzdem gab er sich nach außen hin ganz anders als ihr gegenüber, begegnete der Welt mit einem milden Lächeln. Es machte Katrina zu schaffen, dass andere ihn so sympathisch fanden, denn wieder zweifelte sie an ihrer Zurechnungsfähigkeit. Bildete sie sich diese Kälte in ihm nur ein? Oder war sie die Einzige, die sie in ihm hervorrief? Natürlich wollte er, dass die Leute ihn mochten. Das wollte jeder Mensch. Vielleicht fand er auch nichts

Schlimmes daran, sich ihr gegenüber so abweisend zu verhalten. Wenn es nach ihm ging, schien sie es verdient zu haben. Und manchmal sah sie es selbst so.

Doch ihre Kinder würden nicht unter dieser Wut aufwachsen. Nicht ihr sensibler Nicky und nicht ihr süßer, ängstlicher Tommy. Und auch nicht ihre kleine Beth, die schon jetzt einen lebhafteren Charakter an den Tag legte als ihre Brüder und noch die Chance hatte, zu einem weitaus umgänglicheren und fröhlicheren Menschen heranzuwachsen als der Rest der Familie.

Obwohl ihre Tochter die Jüngste war, machte Katrina sich am meisten Sorgen um ihre Söhne. Sie waren beide so sensibel, so rücksichtsvoll und auf den anderen bedacht, dass Katrina manchmal einen Kloß im Hals spürte, wenn sie die beiden beobachtete. Sie waren ganz und gar nicht für Auseinandersetzungen geschaffen, und Katrina wusste instinktiv, dass sie niemals die Söhne sein würden, die John haben wollte. Je älter sie würden, desto deutlicher würde dies werden, und nichts konnte sie vor seiner Enttäuschung beschützen. Katrina konnte sich seine frostige Art nur zu gut vorstellen, sollte ihm das eines Tages aufgehen. Irgendwie musste sie sie retten. Wenn sie ehrlich war, wusste sie jedoch genau, dass es vor John kein Entkommen gab. Zumindest nicht, solange man in seiner Nähe war.

Teil 3

I

Es regnete mal wieder. Fiona saß auf ihrem Bett, sah zu, wie der Regen ans Fenster prasselte, und versuchte, nicht an Tommy zu denken.

Sie hatte dieses Zimmer ganz für sich. Irgendwann hatte sie Gavins Schnarchen einfach nicht mehr ertragen, und seitdem – seit mittlerweile über zehn Jahren – schlief er in Stuarts altem Kinderzimmer. Wenn Stuart zu Besuch kam, zog er zurück zu ihr, und das sonstige Schlafarrangement wurde mit keiner Silbe erwähnt. (Fiona hatte Sorge, Stuart würde es nicht gut finden, oder wäre zumindest gern vorher gefragt worden.)

Sie liebte dieses Zimmer, die strahlend weißen Laken und den rosa Quilt, der fein säuberlich zusammengelegt am Fußende lag, ihre Sachen so hübsch ordentlich auf der Kommode aufgereiht, kein Staubkorn weit und breit, alles von der erdigen, schwerfälligen Präsenz ihres Mannes gereinigt. Sie hasste es, sich ein Zimmer mit Gavin teilen zu müssen, und sei es auch nur einmal im Jahr, wenn Stuart nach Hause kam. Der Raum roch anders, wenn Gavin sich darin aufhielt, und fühlte sich für Fiona plötzlich zerknittert und beschmutzt an. Sie war immer beinahe froh, wenn Stuart wieder abreiste, denn dann konnte sie das Fenster aufreißen und alles von oben bis unten putzen, das Bett frisch beziehen und sich den Raum zurückerobern. Wollte Gavin was von ihr und kam nach oben, wusste sie, dass er das Zimmer nicht von sich aus betreten würde, auch wenn er dreißig Jahre lang selbst hier geschlafen hatte. Nein, er würde anklopfen und höflich vor der Tür warten, und anstatt »komm rein« zu rufen, kam Fiona dann zu ihm heraus und verstellte ihm dabei den Weg.

Gedankenversunken strich Fiona über den weichen Stoff des Quilts. Sie liebte es, morgens das Bett zu machen, die Kissen aufzuschütteln und die Decke glatt zu ziehen, sodass alles seine Ordnung hatte. Solche kleinen Dinge genießen, ganz im Moment sein, das war doch gerade der letzte Schrei, oder? *Achtsamkeit.* Sie hatte vor ein paar Tagen einen Zeitungsartikel darüber gelesen, und dieses »im Moment leben« klang eigentlich nicht schlecht. Es gab so viele Dinge aus der Vergangenheit, über die sie lieber nicht nachdenken wollte. Wobei das in ihrem Alter wahrscheinlich den meisten Menschen so ging.

Doch es war nicht einfach, sich auf die Gegenwart zu konzentrieren, wenn die Vergangenheit sich die ganze Zeit so penetrant ins Bild schob, wenn sie auf der Insel herumwanderte und man ihr völlig unvorbereitet über den Weg lief oder sie zum Abendessen zu einem nach Hause kam. Und es war wirklich eine Schande, wie ähnlich Tommy seinem Vater sah. Sobald man ihn anschaute, war die gedankliche Verbindung hergestellt, und das ging nicht nur ihr so, das hatte sie gemerkt. Er hatte durchaus auch was von seiner Mutter, das musste man zugeben. Zuerst war es Fiona nicht aufgefallen, doch wenn sie nun an ihn dachte, war es da. Vielleicht die Form seiner Augen, vielleicht sein Mund? Irgendetwas an seinem Ausdruck. Fiona hatte sich Gesichter nie gut merken können.

Um Katrinas willen hatte sie sich mit Tommy alle Mühe gegeben, aber leicht gemacht hatte er es ihnen wirklich nicht. Beim Abendessen war er im Grunde kurz davor gewesen, eine richtige Szene zu machen! Später hatte sie mit Gavin darüber reden wollen, doch er hatte nur gesagt: »War halb so wild, Fi. Natürlich ist John ein sensibles Thema für ihn, und du weißt doch, wie Ed ist, wenn er betrunken ist.« Dann, als Fiona nicht antwortete, hatte er noch hinzugefügt: »Das Lamm war übrigens hervorragend, mein Herz. Sehr zart.« Sie hatte sich gerade so zusammenreißen können, ihm nicht noch mal seinen fatalen Fehler unter die Nase zu reiben: den Jungen aus Versehen John zu nennen, Herrgott.

Fiona war heute gezwungen, sich im oberen Stockwerk aufzuhalten, weil Gavin unten herumpolterte und jeden Gedanken aussprach, der ihm in den Kopf kam – *wo sind denn jetzt schon wieder die Briefmarken – das ist aber auch ein Unwetter heute, so viel Regen – ach Mensch, und Malcolm ist bestimmt mit Robert draußen, der arme Mann, dabei hätte der sich wirklich ein bisschen Ruhe verdient – jetzt frischt der Wind aber noch mal richtig auf, was?* – Fiona hatte Angst, sie würde ihn umbringen, wenn sie ihm noch länger zuhören müsste.

Sie würde Wäsche zusammenlegen, hatte sie ihm gesagt, doch nun saß sie hier auf dem Bett und blickte starr in den Regen hinaus. Manchmal hatte sie das Gefühl, in ihrem Leben gäbe es nichts als Wasser. Das graue Meer, das die Insel umgab und langsam näher zu kriechen schien – alle taten so, als würden sie es nicht bemerken –, der Regen, der Stunde um Stunde auf das Dorf niederging, die aufgeweichte Heide, die feucht glänzende Wolle der Schafe. Fiona war auf Mull aufgewachsen, war durch und durch ein Inselmädchen und hatte keinen Moment gezögert, als Gavin vorgeschlagen hatte, sich hier niederzulassen. Aber Mull war eine große Insel im Vergleich zu Litta: beinahe dreitausend Einwohner, mehrere Schulen, Geschäfte, Hotels und eine gute Anbindung ans Festland. Litta war etwas ganz anderes, kalt und rau und unzivilisiert. Hier gabs nichts als regengetränkte Erde und Meer. Man hatte das Gefühl, man würde am äußersten Rand der Welt leben: Viele hatten ihn bereits überschritten, nur eine Handvoll zerlumpter Überlebender war übrig, hatte sich auf diesem dunklen Felsen zusammengerottet und trotzte hartnäckig den Elementen. Sie wusste manchmal nicht, wie die anderen das aushielten, doch wenn sie das jemals Gavin gegenüber erwähnte, lachte der und sagte: »Tja, Litta ist eben nicht jedermanns Fall.« Es war schlicht unmöglich, dass er auch mal etwas ernst nahm. Außer ihr schien sich niemand sonst auf der Insel an dieser schrecklichen Abgeschiedenheit zu stören, die Bewohner waren eher stolz darauf. Fiona konnte somit ihrer gegenteiligen Meinung nie Ausdruck verleihen, ohne auf gewisse Weise ihre eigene Schwäche zu offenbaren: eine mangelnde

Anpassungsfähigkeit. Und diese Schwäche galt es nun mal tunlichst zu verbergen.

Doch sie machte sich gut, da war sie sich sicher. Sie legte eine überzeugende Show hin, und sie erwartete dasselbe von ihrem Ehemann, der sie immerhin hierhergebracht hatte. Wenn Gavin auch nur den Hauch einer Beschwerde äußerte, über die unregelmäßigen Fähren zum Beispiel, die aufgrund von Personalmangel stets seltener fuhren, keifte Fiona ihn sofort an, dass es ein Glück wäre, dass es sie überhaupt gab, obwohl sie heimlich derselben Meinung war wie er.

Als Katrina neu auf die Insel gekommen war, hatte Fiona in ihr ihre eigene Ratlosigkeit wiedererkannt. Bei jemand anderem hätte sie das vielleicht wütend gemacht, aber ihr fiel auf, dass auch Katrina ihre wahren Gefühle in Bezug auf Litta überspielte, und wahrscheinlich war gerade das der Grund, der sie milde stimmte ihr gegenüber. Eine Zeit lang hatten sie sich nahegestanden, als Katrina neu war und zu kämpfen hatte. Zumindest hatte Fiona das geglaubt. Manchmal meinte sie, jenes erste Jahr, in dem sie Katrina beinahe jeden Tag besucht hatte, sei ihr glücklichstes bis jetzt gewesen. Nie zuvor hatte sie eine enge Freundin gehabt, zumindest nicht mehr seit Kindertagen. Fiona hatte sich früher oft gefragt, warum das so war, und nicht selten hatten diese Überlegungen in Tränen geendet.

Während es anderen Frauen leichtzufallen schien, neue Freundschaften zu schließen, spürte sie immer eine unsichtbare Barriere, die sich einfach nicht überwinden ließ. Nie bekam sie von anderen Menschen so ganz, was sie wollte, und manchmal hatte sie sogar den Eindruck, man würde sich diskret von ihr abwenden, die Freundschaft anderer vorziehen. Sie hätte diese Leute am liebsten geschüttelt und gefragt, was die anderen hatten, was sie nicht hatte. Sie hätte es ihnen doch liebend gern gegeben! Sie gab sich solche Mühe, aber nie wusste es jemand zu schätzen.

Katrina war anders gewesen. Was auch immer der Trick war, dachte Fiona, er war ihr endlich gelungen. Dieses eine Mal hatte es sich einfach angefühlt. Aber natürlich durfte sie dieses Glück nicht lange genießen. Katrina hatte eine junge Familie und einen Ehemann, um die sie sich kümmern musste, und als sie besser klarkam, konzentrierte sie – wie zu erwarten war – ihre Aufmerksamkeit wieder auf diesen inneren Kreis. Die Zugbrücke war jedoch langsam und so sachte hochgekurbelt worden, dass Fiona es erst bemerkte, als Katrina bereits hinter dicken Mauern verschwunden war. Fionas Besuche bei ihr wurden seltener und kürzer, häufig war Katrina gar nicht zu Hause, und wenn doch, fühlte Fiona sich nicht willkommen. Zu ihr kam Katrina sowieso fast nie. Sie blieben Freundinnen (meinte Fiona zumindest), aber sie standen sich nicht mehr nahe. Als Katrinas Jungs schließlich in die Schule kamen, war es ganz vorbei.

Fiona hegte keinen Groll deswegen, sie hatte Verständnis. Katrina war nicht der Typ für enge Freundschaften, Mann und Kinder hatten für sie oberste Priorität, und sie musste nicht außerhalb der eigenen vier Wände nach Erfüllung suchen wie andere. Trotzdem fühlte Fiona sich im Nachhinein manchmal … ausgenutzt war wohl das richtige Wort. Ja, sie kam sich ein wenig ausgenutzt vor. Aber seis drum, Katrina und John waren gute Nachbarn gewesen, freundliche Menschen, mit denen man einen netten Abend verbringen konnte. Besonders John hatte sich ins Zeug gelegt und war stets hilfsbereit und zuvorkommend gewesen. Kein Aufwand war ihm je zu groß (wie bereitwillig er ihr geholfen hatte, als ihr Auto damals nicht mehr ansprang!). Wenn sie ehrlich war, mochte sie John zum Schluss sogar mehr als Katrina.

»Alles in Ordnung da oben?«, rief Gavin.

»Ja«, rief Fiona zurück.

Bald würde sie sich mit einem Armvoll Wäsche blicken lassen müssen, sonst kam Gavin am Ende noch hoch, um nach ihr zu sehen. Das hätte sie gerade nicht ertragen.

Sie würde gleich runtergehen. Nur noch einen Moment dem Regen zusehen, wie er an den Fensterscheiben hinunterrann. Das schlechte Wetter drückte ihr wie immer auf die Seele.

Tommy sah vielleicht aus wie sein Vater, aber diese Kühle in seinem Wesen, die Fiona gespürt zu haben meinte, die hatte er bestimmt von seiner Mutter.

2

Als Tom am nächsten Morgen aufwachte, seinem dreizehnten oder vierzehnten Tag auf der Insel (so langsam verlor er das Zeitgefühl), war er allein. Er machte sich eine Schüssel Müsli und blätterte beim Essen in einem Buch über Wikinger, das er bei Malcolm im Regal gefunden hatte. Einige Zeit verbrachte er damit, über die Wikinger-Plünderungen auf Iona zu lesen, wie brutal die Mönche dort niedergemetzelt worden waren und über die verlorenen Schätze. Nach Iona könnte man auch mal wieder, dachte er. Als er klein war, hatten sie das Kloster dort besichtigt.

Nach dem Frühstück ging er wieder hoch. Vor lauter Anspannung hatte er Magenschmerzen, aber er konnte es einfach nicht weiter vor sich herschieben. Er musste seine eigene Feigheit besiegen.

Beim dritten Klingeln ging Caroline ran.

»Tom, wo bist du?«, fragte sie sofort.

»Immer noch auf der Insel.«

»Bei deinem Onkel?«

»Ja.« Es folgte eine lange Pause, und Tom wurde klar, dass er sich vorher hätte überlegen sollen, was er überhaupt sagen wollte. »Wie gehts dir so?«

»Nicht gut, kannst du dir sicher denken.«

»Tut mir leid«, sagte er. »Ich weiß, ich hab alles kaputtgemacht.«

»Allerdings.«

Stille. Dann: »Du kommst nicht mehr zurück, oder? Hierher? Zu mir?«

»Nein.«

»Wieso frag ich überhaupt.« Ihre Stimme klang sehr weit weg. »Du hast dich ja klar und deutlich ausgedrückt.«

»Es tut mir leid«, wiederholte er. »Du hast das nicht verdient.« Was für eine überflüssige Phrase.

Caroline dachte scheinbar ähnlich. Sie platzte heraus: »Was glaubst du, wie das für mich gewesen ist? Zwei Wochen in Sorge, ob es dir gutgeht!«

»Tut mir leid.«

»Hör auf damit, das hilft mir auch nicht.«

Wieder Stille. Abgesehen von Entschuldigungen, wusste Tom nicht, was er sagen sollte.

»Das wars dann also?«, sagte Caroline schließlich. »Aus und vorbei?«

»Ja.«

»Hätte ich dich bloß nie kennengelernt. Wenn ich die Zeit zurückdrehen könnte, ganz ehrlich, ich würds machen.« Ihre Stimme brach.

»Würde ich dir auch wünschen«, sagte Tom. Sie hatten sich auf einer Party kennengelernt, in einer komplett überfüllten Wohnung. Es wäre so leicht gewesen, nicht zu ihr rüberzugehen.

»Das Schlimmste ist«, sagte Caroline, »dass du mir einfach nicht egal bist. Selbst wenn ich richtig sauer auf dich bin, hoffe ich immer noch, dass es dir gutgeht. Und das wird wohl leider auch so bleiben.«

»Das musst du nicht«, sagte Tom. »Wirklich, mach dir keine Sorgen um mich.« Er meinte es ernst, hatte aber das Gefühl, es würde unecht klingen.

»Ich such mir das ja nicht aus.«

Tom konnte nur mit Fakten dienen. »Ich hätte mich besser verhalten sollen. Ich habe dich so schlecht behandelt, als …«

»Als würdest du mich hassen?«, unterbrach ihn Caroline. Sie zog die Nase hoch. »Nein, du hasst nur dich selbst, das war immer deutlich.«

Tom schwieg.

»Ich werd schon drüber wegkommen, früher oder später.«

Wie tapfer sie war! »Auf jeden Fall. Irgendwann findest du einen viel Besseren als mich.«

»Das will ich doch stark hoffen.« Plötzlich klang sie forsch: »Ich pack dann deine Sachen zusammen. Wo soll ich die hinschicken?«

»Das weiß ich noch nicht. Ich sag dir Bescheid.«

»In Ordnung.«

Tom zögerte, musste an ihren warmen Körper in seinen Armen denken, daran, wie viel Humor sie hatte, wie liebevoll sie war. »Weißt du, Caz …«

»Ja?«

Tom suchte nach den richtigen Worten, doch er fand sie nicht.

Lange schwiegen sie beide, dann sagte Caroline entschieden: »Pass auf dich auf, Tom.«

»Du auch.«

Das wars. Tom schaltete das Handy aus und legte es vorsichtig auf seinen Nachttisch. Wie anstrengend es sein konnte, einfach nur am Leben zu bleiben, Tag für Tag, Jahr für Jahr. Immerhin war Caroline nun frei.

Er ging nach unten und wollte sich ein Sandwich machen, merkte jedoch, dass er beim besten Willen nichts essen konnte. Und dann überfiel sie ihn wieder, diese Rastlosigkeit, die sich geradezu aggressiv anfühlte. Er gab dem Bewegungsdrang nach, zog Jacke und Stiefel an und ging aus dem Haus.

Die Luft war frisch und der Wind kalt. Tom stellte fest, dass ihn seine Schritte die Straße entlang gen Norden führten, als würde er mit Nicky Robben suchen gehen. Zu beiden Seiten erstreckte sich die schroffe Heide, hügelig und uneben, hier und da unterbrochen von einzelnen Felsen und Farnkrautfeldern, deren Farbe an getrocknetes Blut erinnerte.

Eine Weile lief Tom ohne einen einzigen Gedanken im Kopf. Es fühlte sich gut an, sich auf nichts zu konzentrieren als seine Schritte und die Kälte im Gesicht, die auch dann die Nässe der Seeluft mit sich trug, wenn das Meer noch weit und breit nicht zu sehen war. Er würde so lange laufen, bis er nicht mehr konnte, dann könnte er zu Hause wenigstens schlafen.

Doch obwohl er eilig voranschritt, kam er innerlich

nicht zur Ruhe. Die Insel mit ihren wenigen Bewohnern gaukelte Freiheit und Weite vor, ließ einen in dem Glauben, stundenlang laufen zu können, bis man völlig erschöpft war, und nie an ein Ende zu gelangen. Doch so war es nicht. Tatsächlich war die Insel ein kleiner Felsen, der an allen Seiten von Wasser umgeben war. Nicht mehr als ein großes Gefängnis, man war hier draußen genauso eingesperrt wie in einem verschlossenen, fensterlosen Raum. Beim Versuch, sich freizulaufen, konnte man wahrscheinlich verrückt werden, ging es Tom durch den Kopf. Man lief und lief, und doch gab es keinen Ausweg, immer nur das endlose Meer und der Himmel über einem. Er musste an die Wikinger denken, diese rücksichtslosen Krieger, für die das Meer keine Grenze, sondern Ansporn gewesen war, ein Ruf zu den Waffen. Es beschäftigte ihn, dass er nicht mehr sagen konnte, ob er sie als Kind für ihren Mut oder ihre Brutalität bewundert hatte.

Er war seit etwa einer halben Stunde unterwegs, als er in der Ferne, bevor die Straße eine nicht mehr einsehbare Kurve machte, eine Gestalt in einem rosa Regenmantel entdeckte. Nein, dachte er. Er würde heute mit niemandem von hier reden, schon gar nicht mit Fiona McKenzie. Er scherte sich nicht darum, ob die Gestalt ihn gesehen hatte oder nicht, er machte kehrt und verließ die Straße, stieg rechter Hand den Hügel hinab, von dem aus die Straße leicht bergauf führte, und lief hinaus in die Heide. Das Gelände war so holprig und von Furchen durchzogen, dass man ihn von der Straße aus schon bald nicht mehr sehen konnte. Und nun, fernab des Weges, spürte er Littas merkwürdige trügerische Weite noch mehr als zuvor. So klein war die Insel nun auch wieder nicht. Umgeben von vereinzelt hervorragenden, spitzen Felsen und der offenen Heidelandschaft, fühlte man sich verloren wie in der Wildnis.

Über Nacht hatte es stark geregnet, und der Boden unter Toms Füßen war morastig. Er versuchte, auf die gelben Grasklumpen zu treten anstatt auf die hellgrünen Flecken, wo der Boden am sumpfigsten war, doch schon bald waren seine Stiefel durchgeweicht und das Wasser bis zu seinen Socken vorgedrungen. In der Hoffnung, dass es auf steinigerem Gebiet trockener war, lief er landeinwärts auf einen kleinen Hügel zu. Wenn er demnächst links abbog und dann weiter in nordwestlicher Richtung quer über die Heide lief, müsste er eigentlich an den Machair an der Nordwestküste kommen, hinter dem er wieder auf die Straße gelangen würde.

In der Richtung, in die er wollte, ging es jedoch nicht weiter: Plötzlich stand er vor einem Bach, der durch den nächtlichen Regen entstanden oder dessen Wasserpegel dadurch zumindest stark gestiegen sein musste und der ihm den Weg versperrte. Er war zu breit, um drüberzuspringen, und zu tief, um einfach hindurchzuwaten, ohne dabei bis zu den Knien im Wasser zu stehen. Tom beschloss, dem Bachlauf eine Weile zu folgen, vielleicht fand sich ja irgendwo eine passierbare Stelle. Doch nach etwa zwanzig Minuten war der Bach noch immer nicht so schmal geworden, dass man einen Sprung hätte wagen können. Da er nicht kehrtmachen wollte, drehte Tom vom Bach ab. In der Nähe eines Hügels graste eine kleine Wildziegenherde, die ihm skeptisch bei seinem Aufstieg zusah und dann überraschend anmutig auseinanderstob, als er sich näherte. Der Hügel war nicht hoch genug, um von dort die Straße zu erspähen. Das Terrain präsentierte sich als ein einziger Flickenteppich: Ein Hügel versperrte den Blick auf den nächsten. Ab und an sah Tom ein Schaf, viel Gras gab es nicht. Trotzdem gefiel ihm der Gedanke, dass er hier draußen niemandem begegnen würde, und da er es nicht eilig hatte, machte ihm der ungeplant weitläufige Rückweg nichts aus. Er kraxelte weiter. Ihm fiel auf, dass ihn die nötige Konzentration, um nicht von den feuchten Felsen abzurutschen oder zu stolpern, vorübergehend von seinen anderen Ängsten ablenkte. Nachdem er eine ganze Weile gegangen war, ohne großartig weiterzukommen, wurde ihm allerdings klar, dass er sich nun besser ernsthaft auf die Suche nach der Straße machen musste, um es vor Einbruch der Dunkelheit nach Hause zu schaffen. Er war sich nicht mehr sicher, in welche Richtung er sich wenden sollte, und entschied, rechts zu gehen, dort vermutete er Westen.

Es dauerte lange, bis er sich endlich eingestand, dass er sich verlaufen hatte. Das schien ihm schier *unmöglich*, ausgerechnet hier auf dieser Insel, die er mal so gut gekannt hatte, und auf einem im Grunde relativ kleinen Stück Land: Es gab überhaupt nur ein paar Meilen aus Hügeln und Heide, auf denen man sich verlaufen konnte, und trotzdem hatte er es irgendwie geschafft. Im Gegensatz zu den Küstenregionen hatte der nördliche Teil der Insel keine nennenswerten natürlichen Orientierungspunkte vorzuweisen. Es war leicht, im Kreis zu gehen, ohne es zu merken. Genau das hatte er anscheinend getan. Und nun, da das Licht schwand, würde es sicher noch leichter werden. Er musste sich ausruhen und überlegen, was es als Nächstes zu tun galt. Auf halbem Weg einen Hügel hinunter entdeckte er einen dichten Ginsterbusch, in dem er sich vor dem Wind schützen könnte, der mittlerweile angezogen hatte. Hier würde es nicht so feucht sein wie weiter unten. Seine Füße waren in den nassen Stiefeln sehr kalt. Tom kauerte sich in den schützenden Ginster. Er saß in der Patsche. Wirkliche Angst hatte er jedoch nicht, es war nicht kalt genug, um binnen einer Nacht zu erfrieren, und es gab auch keine tiefen Sümpfe, in die man sich verirren konnte.

Trotzdem: Wenn er den Weg nach Hause nicht fand, stand ihm eine ziemlich ungemütliche Nacht bevor. Er machte sich auch keine große Hoffnung, dass ihn jemand mit dem Auto mitnahm, denn wahrscheinlich war er viel zu weit von der Straße entfernt. Seis drum. Er schlang die Arme um die angezogenen Knie und legte den Kopf darauf ab. Er würde sich zusammenreißen und einen Plan schmieden. Doch die Ruhe in seinem Kopf war tückisch. Genau in diesen Momenten krochen nämlich gern andere Gedanken hervor. Tom hatte in den letzten Tagen wieder gespürt, wie sie näher kam, die Erinnerung daran, dass sein eigenes Überleben Nicky den Tod gebracht hatte. Nun spürte er seinen älteren Bruder, der immer ein Kind bleiben würde, neben sich stehen. Er hatte nie verstanden, warum sein Vater ihn verschont hatte und nicht Nicky, der doch sein Lieblingskind gewesen war. Manchmal dachte Tom, es wäre durchaus möglich, dass sein Vater einfach keine Lust gehabt hatte, das Haus nach ihm, Tom, abzusuchen. Nach Nicky hätte er vielleicht gesucht.

Abrupt zwang er sich aufzustehen. Er würde hier jetzt nicht dumm rumsitzen, er würde weitergehen, immer in dieselbe Richtung. Selbst wenn es der falsche Weg war, musste er irgendwann die Straße erreichen, man konnte sie gar nicht verfehlen, da sie ja einen fast vollständigen Kreis bildete. Und er fand sie tatsächlich, nachdem er in der Dunkelheit in etliche Pfützen getreten und in einer Senke einmal schmerzhaft mit dem Fuß umgeknickt war.

Er sah Lichter in der Ferne, und anhand ihrer Zahl wurde ihm klar, dass er auf der Ostseite der Insel sein musste, wo die Straße eine Kurve machte und um den Hafen verstreut einige Häuser standen. Das waren keine guten Neuigkeiten. Auf der Straße würde er Stunden zurück nach Hause brauchen. Wieder in die Heide zu gehen, wäre aber verrückt gewesen. Tom war sehr müde und fühlte sich dumm.

Also folgte er der Straße nach Hause. Um seine Gedanken im Zaum zu halten, konzentrierte er sich wieder auf seine regelmäßig trottenden Schritte. Trotzdem spürte er die Panik in sich wachsen und mit jeder Minute stärker werden. Das kommt bloß von der Müdigkeit, sagte er sich. Und davon, dass er schon zu lange auf dieser Insel war. Natürlich hätte er es besser wissen müssen, als hierher zurückzukehren. Als ob sich damit irgendetwas ändern ließe. Es hatte alles nur noch schlimmer gemacht.

Als die Panik ihren Höhepunkt erreicht hatte, wurde ihm klar, woher sie rührte: Seine Schritte brachten ihn näher und näher zu dem schmalen Weg, der zu seinem alten Haus führte. Bald würde er daran vorbeilaufen müssen. Da war es schon. Ohne darüber nachzudenken, rannte Tom los, er spürte weder den Schmerz in seinem Knöchel noch das Stechen in der Lunge. Erst als das Haus weit hinter ihm lag, erlaubte er sich anzuhalten, stützte sich auf den Knien ab und rang nach Luft. Seine hastigen Atemzüge klangen wie Schluchzen. Er würde niemals davor wegrennen können.

Tom lief die nächsten zwei Stunden, ohne bewusst etwas wahrzunehmen. Er spürte dumpf, dass er am ganzen Körper zitterte, wusste aber nicht, ob vor Erschöpfung, Kälte oder Furcht. Schließlich war er so sehr am Ende seiner Kräfte, und sein Knöchel schmerzte so stark, dass die Bilder von Nicky erst ein wenig verschwammen und irgendwann ganz verblassten.

Nach einer Weile näherte sich ein Auto, das regelmäßige Brummen wurde lauter, kurz darauf tauchte es in der Kurve vor ihm auf, sodass er plötzlich im Licht der Scheinwerfer stand. Tom blinzelte und trat an den Straßenrand, um dem Wagen nicht im Weg zu sein. Doch das Auto rauschte nicht an ihm vorüber, sondern wurde langsamer und fuhr dann einige Meter vor ihm links ran. Als Tom darauf zuhumpelte, öffnete sich die Fahrertür, und er erkannte Gavin McKenzie. Neben ihm saß Fiona. Gab es kein Entkommen vor dieser Frau?

»Bisschen spät für einen Spaziergang, oder?«, fragte Gavin. »Wo willst du denn hin? Nach Hause? Sollen wir dich mitnehmen?«

In diesem Zustand hier ertappt zu werden, war natürlich die Hölle. Tom versuchte, sich nichts anmerken zu lassen und sich in Erinnerung zu rufen, wie man mit Menschen sprach. »Braucht ihr nicht, alles in Ordnung.« Und dann, beinahe zu spät: »Danke.«

»Nichts da«, sagte Fiona und beugte sich näher heran. »Wir bringen dich nach Hause.«

»Es liegt gar nicht auf dem Weg für euch«, fiel Tom ein. »Ihr müsst doch in die andere Richtung.«

»Für uns sind das aber nur zwanzig Minuten. Wenn du hier weiter zu Fuß rumstapfst, brauchst du um diese Uhrzeit ewig«, sagte Fiona.

»Nein, nein«, entgegnete Tom. Er versuchte ein Lächeln. Entspannt und gleichzeitig entschlossen wirken! »Ist wirklich okay, ich laufe gerne.« Er machte Anstalten, an dem Auto vorbeizugehen.

»Jetzt sei doch nicht albern, Tommy«, beharrte Fiona. »Komm, steig ein!«

Tom blieb stehen. »Ich möchte nicht gefahren werden«, sagte er so höflich wie möglich. Einen Moment lang hatte er das Gefühl, seine Mutter würde ihm zusehen.

»Du kannst im Dunkeln doch nicht so weit laufen!«

»Lasst mich bitte einfach in Ruhe«, sagte Tom. Dieses Gespräch aufgezwungen zu bekommen, fühlte sich an wie Schmirgelpapier auf seiner Haut.

»Wir wollten dir nur helfen …« Fiona klang pikiert.

»Es ist aber keine Hilfe, wenn der andere sie gar nicht will«, sagte Gavin sanft. »Ist in Ordnung, mein Herz. Er möchte eben nicht mit.« Er fügte hinzu: »Gute Nacht, Tommy.«

Doch Fiona ließ nicht locker: »Du solltest erkennen, wenn man es gut mit dir meint. Du bist ganz schön dickköpfig, weißt du das?« Es machte Tom rasend, wie selbstgerecht sie klang.

»Könnt ihr euch jetzt bitte einfach verpissen?«

Nach einer kurzen, schockierten Pause setzte Fiona erneut an: »Jetzt hör mir mal zu …«, doch Tom ignorierte sie, humpelte am Auto vorbei und war dankbar, als ihn die Dunkelheit wieder einhüllte. Bald darauf konnte er nicht mehr sagen, wo die Finsternis aufhörte und er anfing. Er musste einfach demnächst schlafen, sagte er sich. Mehr war das nicht. Er hatte schon Schlimmeres durchgestanden.

Er sah Malcolms Haus schon von Weitem. Alle Lichter waren an, es schwebte leuchtend in der Dunkelheit. Als er endlich zur Tür hereinhumpelte, kam Malcolm ihm bereits entgegen. Tom wurde klar, dass sein Onkel auf ihn gewartet hatte, und aus irgendeinem Grund machte ihn diese Erkenntnis wütend.

Malcolm rieb sich mit der Hand über das müde Gesicht. »Da bist du ja.«

»Hab mich verlaufen«, sagte Tom und fragte sich, ob er jetzt einen Anschiss kassieren würde. Es war ihm egal.

»Alles in Ordnung?«

Tom zuckte mit den Schultern. »Joah …« Sein Knöchel tat weh, und er war zu müde zum Denken.

»Du zitterst ja«, sagte Malcolm. »Komm, trink erst mal was Heißes. Ich hab Kakao da. Und dann mach ich dir eine Wärmflasche und …«

»Nein«, sagte Tom aggressiver, als er gewollt hatte. »Mir gehts gut. Ich will nur ins Bett.«

Malcolm strich ihm kurz über den Arm. Seine Stimme war ruhig und bestimmt. »Ich habe mir Sorgen gemacht.«

»Nicht nötig«, sagte Tom und trat einen Schritt zurück, außer Reichweite. Er schaute Malcolm in die Augen, sein Blick war deutlich: Wer bin ich denn schon für dich? Er wandte sich ab und ging die Treppe hinauf.

3

Als Malcolm an dem Abend um sechs von der Arbeit auf Roberts Farm zurückkam und Tommy nicht da war, bereitete ihm das zunächst kein Kopfzerbrechen. Es war zwar schon fast dunkel draußen, doch Tommy kannte die Insel gut, und selbst bei Dunkelheit war es einfach, sich auf der Straße zurechtzufinden.

Gegen halb acht wurde er doch unruhig. Tommy war bis jetzt immer vor Einbruch der Dämmerung wieder zu Hause gewesen. Wenn er wusste, dass er so lange fortbleiben würde, wieso hatte er keinen Zettel geschrieben? Vielleicht hatte er sein Handy dabei, aber anrufen würde er wahrscheinlich nicht. Der Junge hatte noch nicht mal seine Nummer, er Tommys auch nicht. Malcolm machte sich noch eine Tasse Tee und versuchte, Zeitung zu lesen.

Nach einer Weile fiel ihm ein, dass an diesem Tag eine Fähre ging. Vielleicht war Tommy endgültig fort. Vielleicht würde es einfach immer so sein, Tommy würde unerwartet auftauchen und genauso unerwartet wieder verschwinden. Ohne Verabschiedung. Bei dieser Erkenntnis verspürte Malcolm eine gewisse Erleichterung, was ihn nicht überraschte. Sie hielt sich jedoch in Grenzen, denn ein Gefühl der Bestürzung überwog. Davon war Malcolm durchaus überrascht, und auch davon, wie sehr ihn Tommys unangekündigte Abreise verletzte. Es war noch viel zu früh dafür. Malcolm bekam Angst. Er kannte den erwachsenen Tommy zu wenig, um zu wissen, ob es ihm gut genug ging, wieder allein zu sein. Und nun war er fort, und er hatte keinerlei Kontaktmöglichkeit. Wieso hatte er nicht nach einer Telefonnummer oder Adresse gefragt, verdammt noch mal? Jetzt war Tommy ihm sozusagen ein zweites Mal durch die Lappen gegangen. Was Heather wohl dazu gesagt hätte?

Das Haus fühlte sich an diesem Abend sehr leer an, obwohl Malcolm seit nunmehr sechs Jahren allein hier wohnte. Er rang lange mit sich, ob er einen Blick in Tommys Zimmer werfen sollte oder nicht, tat es am Ende aber doch. Dort fand er Tommys Rucksack auf dem Boden und am Fußende des Betts ordentlich nebeneinander seine Turnschuhe. Außerdem lag Tommys Handy auf dem Nachttisch. Im ersten Moment war Malcolm beruhigt, doch das hielt nicht lange an: Mittlerweile war es fast neun. Möglicherweise machte er nur einen ausgedehnten Spaziergang, wollte den Kopf frei kriegen, so etwas in der Art, versuchte Malcolm, sich zu überzeugen. Doch immer wieder drängten sich Bilder von einem verletzt am Boden liegenden Tommy in seinen Kopf. Hoffentlich steckte er nicht in Schwierigkeiten!

Es meldete sich zudem noch eine andere Angst: Es bestand die Möglichkeit, dass Tommy etwas Dummes getan, einen endgültigen Ausweg gesucht haben könnte. Aber wozu eigentlich die Euphemismen? Was wollte ein Mann wie Malcolm mit solchen Beschönigungen, jemand, der gesehen hatte, was er gesehen hatte? Er hatte Angst, dass Tommy sich vielleicht umgebracht hatte, das war es. Und nun? Auf der Insel gab es keine Polizei, und selbst wenn, Tommy war ja erst seit ein paar Stunden verschwunden. Malcolm konnte noch nicht mal mit Sicherheit sagen, ob er *tatsächlich* verschwunden war. Er könnte Nachbarn um Hilfe bitten, doch wie sollten sie ihn bei der Dunkelheit suchen? Er wusste genau, was Ross und Davey erwidern würden: *Warte bis morgen früh. Dann finden wir ihn.* Vor Sonnenaufgang konnten sie nichts tun, denn die nächtliche Dunkelheit hier war dicht und schwer, beinahe greifbar. Und so saß Malcolm in seiner kleinen Küche und wartete. Die Zeit verging. Und natürlich kam ihm früher oder später John in den Kopf. John entkam man nicht. Nah mit jemandem verwandt zu sein, der ein solches Verbrechen begangen hatte – es fiel Malcolm immer noch schwer, das zu begreifen.

Manchmal machte es die Sache einfacher, so zu tun, als hätte sich sein Bruder ganz plötzlich verändert, als wäre der Mann, der seine Frau und seine Kinder ermordet hatte, nicht derselbe, mit dem Malcolm aufgewachsen war. Er versuchte, das Ganze zu sehen, wie es die anderen hier taten, als einen unvorhersehbaren und unerklärlichen Ausraster, einen Augenblick der Raserei, diese Formulierungen eben, die das Geschehene in eine Form pressen sollten, mit der man leichter umgehen konnte. Doch es nicht kommen gesehen zu haben und davon überrascht gewesen zu sein, das waren zwei verschiedene Paar Schuhe.

Ihm war zum Beispiel aufgefallen, dass die Jungs in Johns Gegenwart immer ungewöhnlich still waren. Wenn ihr Vater nicht da war, waren sie anders, alberner, kindlicher, doch vor John nahmen sie eine merkwürdig steife Haltung ein, als wagten sie es kaum zu atmen. Malcolm hatte das sogar einmal Heather gegenüber erwähnt, Heather hatte aber nur gemeint, John sei ein strenger Vater, und das sei ja nicht unbedingt etwas Schlechtes. Und schließlich schlug er sie nicht. Doch auch Katrina ließ John nie aus den Augen. Selbst wenn sie mit jemand anderem sprach, warf sie immer wieder vorsichtige Blicke zu ihrem Mann herüber. Sicher war es nicht normal, dass eine Frau ihrem Mann gegenüber so misstrauisch war, oder? Malcolm konnte sein Unbehagen Heather gegenüber nie in Worte fassen. John überwachte Katrina, nur war seine Überwachung anderer Natur. Auch das war Malcolm aufgefallen. Er hatte genug gesehen. Das brutale Paradox bestand darin, dass die Warnzeichen erst nach dem Ereignis zu deuten waren. Sie wurden *durch* das Ereignis enthüllt. Es hatte das Schlimmste passieren müssen, damit Malcolm sich aus den vielen Hinweisen die ganze Geschichte zusammenreimen konnte. Doch eine Art nachträgliche Vorahnung war nun mal nicht dasselbe wie eine tatsächliche Vorahnung.

Malcolm hatte nicht mal gewusst, dass sein Bruder überhaupt eine Schrotflinte besaß. Was wollte denn ein Buchhalter mit einer Schrotflinte? John hatte sie bereits vor Jahren gekauft, kurz nachdem er auf die Insel zurückgekommen war, wie sie später herausfanden. In Johns

Arbeitszimmer hatte sich ein mit der Wand verschraubter Waffenschrank befunden. Malcolm hatte ihn nie zu Gesicht bekommen, war nie in dem Raum gewesen, erst hinterher. Er konnte sich nicht erklären, warum John sich die Mühe gemacht hatte, einen Waffenschein zu erwerben und ihn regelmäßig verlängern zu lassen. Ihr Vater hatte ihnen vor Jahren das Schießen beigebracht, doch sein Bruder hatte sich dabei nicht gerade hervorgetan: Er traf weder Bierdosen noch Hasen. Sein Ziel musste schon genau vor seiner Nase sein, dachte Malcolm.

Endlich, um kurz nach zehn, hörte er die Haustür, und einen Augenblick später stand Tommy blass und zitternd im Flur. Malcolm wusste vor Erleichterung nicht, wohin mit sich, und bot Tommy sofort alles Mögliche an, er hörte sich von Kakao und einer Wärmflasche reden. Dabei war das gar nicht, was er eigentlich sagen wollte. Und Tommy nahm auch nichts davon an.

Früh am nächsten Morgen rief Malcolm Robert an und sagte, er könne heute nicht kommen, es würde ihm nicht gutgehen. Die Lüge fühlte sich komisch an im Mund. Dann machte er sich einen Tee – endlose Tassen Tee – und setzte sich, um zu warten.

Als Tommy endlich in die Küche kam, sagte Malcolm: »Morgen. Gut geschlafen?«

»Mhm«, machte Tommy nur und setzte Wasser auf.

Er wirkte nicht gerade ausgeschlafen und erholt.

»Alles in Ordnung?«

»Mhm.«

Tommy wartete schweigend darauf, dass das Wasser

kochte, machte seinen Tee und brachte ihn an den Tisch. Er nippte daran, sagte jedoch nichts.

Malcolm wusste nicht, wie er diese Mauer durchbrechen sollte. Er war nie gut darin gewesen, den Graben zwischen sich und anderen zu schließen, und nun war Heather nicht mehr da, um ihm zu helfen. Er stellte sich vor, wie sie ihnen zusah. *Typisch Männer*, hätte sie geschimpft. *Nie sprecht ihr miteinander.*

Nein, denn niemand hatte es ihnen beigebracht. Dabei hatte sich Malcolm nie wie ein Mann gefühlt. Immer hatte er diesbezüglich ein schlechtes Gewissen mit sich herumgeschleppt, als würde er bewusst alle täuschen, als könnte er jeden Moment enttarnt werden. Nach außen hin machte er alles richtig, daran hatte sein Vater nie etwas auszusetzen gehabt – er war groß und stark und arbeitete gut auf dem Hof mit. Doch im Inneren hatte Malcolm nie begriffen, was von ihm verlangt wurde. Er sei sensibel, sagte Heather einmal zu ihm. Er machte sich viele Gedanken. Es war liebevoll gemeint (gut, vielleicht schwang ein Quäntchen Frust mit), doch es traf Malcolm. Beinahe schämte er sich, als hätte man ihn bei etwas Verbotenem erwischt. Heather war in vielerlei Hinsicht stärker als Malcolm gewesen, sagte Dinge geradeheraus, war pragmatisch, konnte Unangenehmes gut verdrängen, *Augen zu und durch.* (Aber sie konnte ihre Gefühle auch offen zeigen, wenn es nötig war, konnte sagen, *Das hat mich verletzt*, oder *Das hat mich glücklich gemacht.* Sie konnte sagen, *Ich liebe dich.*) Malcolm hatte ebenfalls einiges an Kraft in sich, körperliche Stärke, was sein Vater so bewunderte. Er konnte einem Sturm trotzen oder eine

Winternacht durcharbeiten, ohne zu jammern, doch nach mehr als sechzig Jahren auf diesem Planeten war er sich sicher, dass es ihm dagegen an mentaler Kraft mangelte. Er hatte häufig gemeint, in seinem Bruder eine Männlichkeit wahrzunehmen, die er selbst nicht besaß: John war entschlossen und zielstrebig, wo Malcolm schwach und wankelmütig war. John war zwar kleiner und dünner gewesen, und ihr Vater hatte behauptet, er sei ein Weichling. Malcolm wusste jedoch, dass das nicht stimmte, dass ihr Vater bei ihnen beiden falschlag. Nichts davon hätte er laut aussprechen können. Und es hätte wahrscheinlich auch gar nichts genützt.

Malcolm hatte die Lektionen seines Vaters und der Welt nur halb verinnerlicht, und wohin hatte das geführt? Er war eine Art Flickenmann, Frankensteins Monster, seine Männlichkeit zusammengesteckt und abgewetzt. Trotzdem hätte er jetzt zu gern jemanden gefragt (nur wen?), ob ein Mann zu sein zwangsläufig bedeutete, dass man andere in seiner Gewalt haben musste, dass einer immer der Stärkere war. Stimmte das wirklich? Gab es keine andere Möglichkeit?

Verflucht, dachte Malcolm und sah hinüber zu Tommy. Das konnte nicht so weitergehen. Er nahm sich zusammen und sagte: »Tommy, du bist hier immer willkommen. Bleib, solange du willst. Aber was ist dein Plan? Was hast du eigentlich vor?« Er konnte nicht fassen, wie lange er gebraucht hatte, das zu fragen.

Tommy sah ihn an. »Plan? So was hatte ich noch nie.«

»Ich will auch gar nicht klingen wie ein …«

Tommy zuckte mit den Schultern. »Schon gut.«

»Was denn?«

»Ich verspreche dir, ich bleib nicht mehr lange. Ein paar Tage noch, mehr nicht.«

»Ich versuche nicht, dich loszuwerden«, sagte Malcolm. »Ich habe mich nur gefragt, was …« Er hielt inne.

»Was mir durch den Kopf geht«, beendete Tommy seinen Satz.

»So ungefähr.«

»Das weiß ich meistens selbst nicht.«

Als es an jenem Nachmittag an der Tür klingelte, war Tommy gerade oben in seinem Zimmer. Malcolm war nicht sonderlich überrascht darüber, Fiona vorzufinden. Von allen seinen Bekannten war es bei ihr am wahrscheinlichsten, dass sie unangekündigt vor der Tür stand. Das bedeutete nicht, dass er sich freute, sie zu sehen. Er hatte gerade mehr als genug um die Ohren und war nicht in Stimmung, mit ihr zu plaudern.

»Fiona!«, begrüßte er sie. Sein gewollt freundlicher Tonfall klang leicht hysterisch. »Das ist aber eine nette Überraschung.«

Ungewohnt zögerlich blieb sie auf der Schwelle stehen. »Ist Tommy da?«

»Er ist oben. Schläft, vermute ich. Ich sollte ihn besser nicht wecken.« Er dachte an die dunklen Ringe unter Tommys Augen.

»Nein«, sagte Fiona. »Weck ihn nicht.« Mit deutlich mehr Entschlossenheit kam sie herein.

»Kann ich dir vielleicht eine Tasse Tee anbieten?«, fragte Malcolm.

»Ja, danke.« Sie folgte ihm in die Küche.

Eine Weile mühten sie sich mit Small Talk über das Wetter und Gavins Rückenprobleme ab, die offenbar wieder schlimmer geworden waren. Malcolm beschlich das Gefühl, Fiona habe etwas Bestimmtes auf dem Herzen. Sie benahm sich merkwürdig, war steifer und unbeholfener als sonst. Er hatte jedoch nicht die geringste Ahnung, was sie wollte. Noch immer kam sie nicht zur Sache, auch nicht, nachdem er ihr eine Tasse Tee in die Hand gedrückt und sie ins Wohnzimmer eskortiert hatte.

»Ist dir warm genug?«, fragte er. Die Luft war heute tatsächlich kalt. Es war der erste November, wie ihm einfiel. »Soll ich den Kamin anmachen?«

»Nein, nein, keine Umstände.« Sie zog sich die dicke Strickjacke fester um die Schultern. Die leicht theatralische Geste missfiel Malcolm.

»Doch, ich mach uns mal Feuer«, sagte er. »Ist auch schöner für Tommy, wenn er runterkommt.« So konnte er sich mit irgendetwas beschäftigen und ihr zumindest kurz den Rücken zuwenden, während er die Scheite platzierte und die Späne in der Mitte entzündete. Als er schließlich sein Werk begutachtete, die kleine orangefarbene Flamme, die an den Rändern der größeren Scheite leckte, sagte Fiona: »Ich muss mit dir reden, Malcolm.« Es lag daran, dass er ihr den Rücken zugewendet hatte, dachte er. So konnte sie endlich sagen, was sie ihm mitzuteilen hatte. Vorsichtig drehte er sich um. »Ach ja?«

»Es geht um Tommy.«

Sofort nahm Malcolm innerlich eine Abwehrhaltung ein. Er hätte dieses Gespräch gern beendet, bevor es überhaupt begann, aber das konnte er natürlich nicht. Und er hatte keinen blassen Schimmer, was Fiona besprechen wollte, woher also dieses dringende Bedürfnis, Tommy zu schützen? Vielleicht wollte sie Tommy einfach anbieten, bei sich im Laden zu arbeiten. Steif erhob er sich und setzte sich in seinen üblichen Sessel gegenüber vom Sofa, auf dem Fiona saß. »Na, dann mal raus damit.«

Unter seinem Blick fühlte sie sich wieder sichtlich unwohl. »Es fällt mir nicht leicht, dir das zu sagen. Und ich würde es auch nicht tun, wenn ich nicht das Gefühl hätte, dass es meine Pflicht ist. Verstehst du?«

Jetzt spucks aus, dachte Malcolm. Er weigerte sich, es ihr leichter zu machen. Konfrontiert mit seinem Schweigen, spielte Fiona nervös an ihrer Tasse herum.

»Bitte weiß, dass ich dir das als Freundin sage, Malcolm. Wir kennen einander schon seit langer Zeit.«

»Mhm.«

»Nun … also es ist Folgendes. Einige von uns machen sich Sorgen.«

»Sorgen?«, sagte Malcolm mit möglichst neutraler Stimme.

»Um Tommy. Um seinen Besuch hier. Um sein … *Verhalten.*«

»Welches Verhalten denn?«, fragte Malcolm.

»Er hat etwas Schreckliches erlebt, das wissen wir alle.« Fionas Worte kamen eifriger. »Das wünscht man seinem ärgsten Feind nicht. Und es ist auch nachvollziehbar, dass er deshalb ein bisschen …«

Malcolm hatte das starke Bedürfnis, etwas zu sagen, zwang sich jedoch, es nicht zu tun.

»… ein bisschen labil ist«, endete Fiona schließlich.

»Inwiefern labil?«, fragte Malcolm kühl. »Davon habe ich nichts bemerkt.«

»Du hast doch gesehen, wie er neulich Abend war, bei uns. Du hast gesehen, wie wütend er war, Malcolm. Tu nicht so, als hättest du das nicht mitbekommen.«

»Doch, hab ich«, sagte Malcolm. »Und ich kann es sehr gut verstehen. Natürlich ist er wütend.« Er war überrascht, wie wütend er selbst gerade wurde. »Er wird sein ganzes Leben lang wütend bleiben. Das ist etwas, womit er leben muss.«

»Und dann sein Verhalten gestern Abend«, sagte Fiona.

Damit erwischte sie Malcolm auf dem falschen Fuß. »Wie meinst du das?«

»Du weißt doch sicher, dass er sehr spät noch draußen rumgelaufen ist?«

»Daran kann ich nichts sonderlich Schlimmes finden, Fiona«, sagte Malcolm und versuchte, leichtherziger zu klingen. »Mach ich manchmal auch.«

»Wir haben ihn getroffen, Gavin und ich«, sagte Fiona. »Er war sehr aggressiv. Dabei haben wir ihm nur angeboten, ihn nach Hause zu fahren.«

»Vielleicht wollte er das nicht.«

»Ja, daran hat er keinen Zweifel gelassen. Er hat mich *beleidigt*, Malcolm!«

»Okay«, sagte Malcolm. »Okay, also … das tut mir sehr leid, Fiona. Das gehört sich natürlich nicht. Ich entschuldige mich für sein schlechtes Benehmen. Ich werde mit ihm sprechen. So was kommt nie wieder vor.«

»Das war mehr als schlechtes Benehmen«, sagte Fiona.

»Er hat mir Angst gemacht.« Als Malcolm nicht antwortete, fügte sie hinzu: »Irgendetwas stimmt nicht mit ihm. Es tut mir leid, dir das zu sagen, Malcolm, das tut es wirklich. Aber du weißt, dass es so ist. Er ist einzig und allein hergekommen, um es uns heimzuzahlen.«

»Fiona, ich bitte dich«, sagte Malcolm. »Das ist jetzt ein bisschen weit hergeholt.«

»Ist es nicht!«, sagte sie und wurde vor Empörung laut. »Gavin sieht das genauso.«

Ach ja?, dachte Malcolm. Das bezweifelte er.

»Wir haben Angst davor, was Tommy tun könnte«, sagte Fiona. »Und mal ganz ehrlich, das Wichtigste ist doch, dass es ihm nicht guttut, hier zu sein, das merkt man. Wie sollte es auch. Wir wollen alle nur das Beste für ihn. Darum geht es doch. Und er … streift umher, Erinnerungen kommen hoch, setzen ihm zu …«

»Du meinst, sie setzen *dir* zu«, sagte Malcolm.

»Ich sehe schon, dass du das nicht gerne hörst«, sagte Fiona. »Und ich verstehe das. Das tue ich wirklich. Schließlich ist er dein Neffe. Aber wir finden, es wäre am einfachsten für alle, wenn sich Tommys Besuch bald dem Ende zuneigt. Ich bin sicher, dass du nur das Beste für ihn willst, genau wie wir.«

»In der Tat, ich will nur das Beste für ihn«, sagte Malcolm. Für einige Momente hielt er inne. Dann stand er auf. »Danke, dass du vorbeigekommen bist. Tommy bleibt so lange hier, wie er will. Der Junge geht nirgendwohin.«

»Ich meine es als Freundin«, sagte Fiona und erhob sich unsicher. Sie stellte ihre halb volle Teetasse auf dem Beistelltisch ab. »Ich hoffe du weißt, dass ich nur helfen will.«

»Tommy kann bleiben, solange er will«, wiederholte Malcolm. »Das hier ist sein Zuhause.«

»Nun, ich habe meinen Teil gesagt«, erwiderte Fiona und ging an ihm vorbei in Richtung Flur. »Weil ich mich um dich sorge, und um Tommy. Ich hoffe, du wirst dich daran erinnern, Malcolm.«

»Mhm.« Er öffnete ihr die Haustür. »Pass auf dich auf, Fiona.« Sie sah ihn noch einen Moment an und schüttelte ein wenig den Kopf, bevor sie das Haus verließ. Malcolm schloss die Tür hinter ihr, wartete etwa eine Minute, bis er hörte, wie sie den Motor anließ, und ging dann mit finsterer Miene in die Küche. Dort saß Tommy am Tisch, die Hände vor sich gefaltet. Malcolm erschreckte sich ziemlich.

»Wie lange sitzt du schon hier?«, fragte er.

»Schon länger«, sagte Tommy, er sah auf seine Hände hinunter, die auf dem Tisch ruhten.

»Was hast du gehört?«

»So ziemlich alles, glaube ich. Zumindest den Teil, in dem es um mich ging.«

Malcolm seufzte und setzte sich ihm gegenüber. »Ich wünschte, das hättest du nicht.«

»Willst du mir jetzt erzählen, dass sie es nur gut meint?«

»Nein.«

»Ich reise ab«, sagte Tommy. »Morgen ist Samstag, oder? Da kommt die Fähre wieder. Ich hau dann sofort ab. Wollte ich sowieso.«

»Nein, wolltest du nicht«, sagte Malcolm. »Und ich will es auch nicht.«

»Ja, hast du bereits gesagt«, sagte Tommy. »Ich habe es gehört. Aber du meinst es nicht so.«

»Doch, das tue ich. Das hier wird immer dein Zuhause sein.«

Völlig erstaunt sah er Tommy dabei zu, wie er den Kopf in den Armen vergrub und anfing zu weinen.

4

Fiona hielt ihr Schluchzen zurück, bis sie im Auto saß, und selbst dann erlaubte sie sich nur einen kurzen Moment der Schwäche, ein paar Tränen, die ihr die Wange herunterliefen. Sie hatte sich schon immer gut im Griff gehabt, und so auch jetzt: Sie gab keinen Mucks von sich und biss die Zähne aufeinander, damit sich ihr Gesicht ja nicht zu dieser erbärmlichen Fratze verzog, bis sie um die Kurve gefahren und Malcolms Haus nicht mehr im Rückspiegel zu sehen war.

Sie schämte sich vor sich selbst für die schrillen Töne, die aus ihrem Mund kamen, aber wenigstens bekam niemand anderes es mit.

Sie heule vor Wut, rechtfertigte sie sich. Malcolm hatte nicht das Recht, so mit ihr umzugehen. Jedes Kind konnte sehen, dass Tommys Anwesenheit hier niemandem guttat, am wenigsten ihm selbst. Fiona wollte nur helfen! Nie nahmen die Leute ihre Hilfe an, sondern hauten sie ihr stattdessen um die Ohren.

Katrina hatte Fionas Hilfe doch auch gewollt, hatte vor sich selbst gerettet werden wollen. Warum sonst hätte sie sich ausgerechnet ihr anvertraut und nicht Heather, der sie damals eigentlich näherstand?

Fiona trat aufs Gas, fuhr sehr viel schneller als sonst die schmale Straße entlang, wollte unbedingt Abstand zwischen sich und Malcolm bringen. Doch der Heimweg führte sie gleichzeitig zu dem Straßenabschnitt zurück, den sie einst mit Katrina und John geteilt hatte, zu dem Haus, in dem sie gestorben waren. Sie hatten alles verdorben. »Die Wände blutverschmiert«, hatte Greg Brown gesagt, als er an jenem Tag zitternd in Fionas Wohnzimmer stand. Sie wollte es erst partout nicht glauben, hielt das Ganze für ein schreckliches Missverständnis.

Aber konnte man denn wirklich, also wirklich *mit Sicherheit* sagen, dass Fiona sich falsch verhalten hatte? Im Endeffekt machen wir doch alle das, was wir im jeweiligen Moment für richtig halten, niemand weiß alles, niemand kann in die Zukunft sehen. Man stürzt sich ins Unbekannte mit nichts bewaffnet als dem, was man eben für richtig hält. Jeder tut sein Bestes, dachte Fiona. Ich habe jedenfalls immer mein Bestes getan. Und Katrina hatte sie in eine unmögliche Situation gebracht. Fiona nahm die nächste Kurve sehr scharf, zum Glück kam ihr niemand entgegen. Sie wusste nicht, ob sie rechtzeitig hätte bremsen können.

Dieser merkwürdig euphorische Moment, als Katrina wieder mit ihr sprach, das Gefühl, ihre alte Vertrautheit habe sich wiederhergestellt. Fiona beugte sich vor und sagte: »Mir kannst du alles erzählen, das weißt du doch.«

Erst als sie hinterher gründlich darüber nachdachte, waren ihr Zweifel gekommen. War es nicht komisch, dass Katrina plötzlich hereinschneite, nachdem sie sie vor Jahren hatte fallenlassen, und dann gleich so eine Bombe platzen ließ? Fiona hatte gedacht, Katrina würde sie danach noch mal aufsuchen. Doch das tat sie nicht. Wäre sie nur noch ein einziges Mal gekommen, um sich Fiona anzuvertrauen, vielleicht wäre alles anders gelaufen.

So ging sie davon aus, Katrina wolle sie nur benutzen. Es war immer das Gleiche – mal war sie willkommen, dann wurde sie wieder weggeschubst, immer und immer wieder. Alle behandelten sie so, auch Katrina, und das war einfach nicht gerecht. Katrina machte ebenfalls nur, was sie für richtig hielt, hatte sich nie um andere geschert, und diesmal richtete sich ihre Selbstsucht sogar gegen den eigenen Ehemann und die Kinder, die sie ihm wegnehmen wollte. »Er darf nichts davon wissen«, hatte Katrina gesagt. »Ich habe Angst vor ihm.«

Vor einem Mann wie John!

»Ich brauche deine Hilfe, bloß um zur Fähre zu kommen«, hatte sie gesagt. Fiona hatte nur völlig schockiert genickt.

Als sie sich Katrinas Haus näherte – wie konnten die Dougdales dort wohnen? –, trat sie aufs Gas. Sie raste an diesem schrecklichen Ort vorbei und flüchtete sich in die Sicherheit ihrer eigenen Einfahrt. Sie stellte den Motor ab, blieb jedoch sitzen. Bevor sie reinging, wollte sie sich fangen.

Endlose, schmerzliche Wochen hatte sie sich Katrinas Bitte durch den Kopf gehen lassen. Doch Katrina tat danach, als sei nichts vorgefallen, sprach im Laden ein paar Tage später wieder so beiläufig und so distanziert mit Fiona wie zuvor. Und sie kam nicht noch mal zu ihr. Außerdem hatte sie Fiona in der darauffolgenden Woche nach dem Gottesdienst hastig zugeflüstert: »Vergiss, was ich dir erzählt habe!« Fiona hatte keine Zeit, etwas zu erwidern, denn in dem Moment war Heather dazugestoßen, und Katrina hatte sich abgewandt, um sie zu begrüßen, und Fiona alleine stehengelassen.

Sie konnte das Gefühl nicht ausstehen, benutzt zu werden.

Im Dunkeln kramte sie eine Packung Taschentücher aus der Handtasche und tupfte sich das Gesicht ab. Zum Glück hatte sie sich nicht geschminkt – keine Mascara, die verlaufen konnte. Um zu bemerken, dass sie geweint hatte, musste man schon genau hinsehen, und das tat Gavin nie. Sie löste den Gurt und stieg aus.

Als sie ins Wohnzimmer trat, sah Gavin kurz von seinem Kreuzworträtselheft auf. Wie erwartet, bemerkte er Fionas gerötete Augen nicht. Sie hatte eigentlich gedacht, sich wieder unter Kontrolle zu haben, aber als Gavin fragte, ob sie einen schönen Nachmittag gehabt habe, stiegen erneut Tränen in ihr auf.

»Ja, alles bestens«, erwiderte sie.

Das Zittern ihrer Stimme entging nicht mal Gavin. Er sah richtig auf. »Ist was passiert?«

Fiona brach in Tränen aus. Eine ganze Weile stand sie nur da und weinte wie ein Kind. Als sie schließlich reden konnte, kam alles ganz durcheinander aus ihr heraus.

»Wieso ist er bloß wiedergekommen? Das ist so ungerecht! Haben wir nicht etwa genug durchgemacht mit dieser schrecklichen Geschichte direkt vor unserer Haustür?«

Zu ihrer Überraschung stand Gavin auf und umarmte sie ungeschickt. »Alles gut, mein Herz«, sagte er und streichelte ihr den Rücken. »Alles gut.« Doch er machte es sofort wieder kaputt, indem er sagte: »Natürlich ist es schwer für uns, aber überleg mal, wie schlimm es für Tommy sein muss.«

»Aber warum ist er dann *hier?*« Sie schrie es beinahe, ihre Stimme nur von seiner Brust gedämpft. »Er tut damit niemandem einen Gefallen, er erinnert uns die ganze Zeit daran.« Ihr Gesicht war tränennass und Gavins Hemd auch. Sah so ein Nervenzusammenbruch aus?

»Ist ja gut, mein Herz.«

»Es ist einfach nicht fair, uns die Schuld zu geben! Du weißt, wie er sich neulich beim Essen benommen hat. Und dann gestern Abend! Er gibt uns die Schuld an allem, aber das ist nicht fair. Wie hätten wir denn wissen sollen, was John vorhat? Er war doch immer so *normal*. Drei Wochen – es war doch nur drei Wochen später!«

Gavin hielt kurz den Atem an und löste sich vorsichtig aus der Umarmung. »Wie meinst du das, drei Wochen später?« Er sah sie ernst an. Im Nachhinein fragte sie sich, welch unfehlbarer Instinkt dazu geführt hatte, dass er in dem Moment so schnell eins und eins zusammenzählte. »Fiona. Was hast du gemacht?«

»Nichts!«, antwortete sie. »Ich habe gar nichts gemacht. Warum fragst du mich so was?«

Er ließ sie nicht aus den Augen. »Ich weiß nicht.«

»Was hätte ich tun sollen?«, sagte sie. »Ich hab nichts getan.«

Er schüttelte den Kopf und trat einen Schritt zurück. »Du weißt gerade nicht, was du redest, glaube ich.«

»Wie auch, wenn hier alles drunter und drüber geht? Je zügiger Tommy Baird von hier verschwindet, desto besser.«

Gavin seufzte, setzte sich in den Sessel und wandte sich wieder seinem Rätselheft zu. »Geh schlafen, Fi. Ich denke, du bist übermüdet.«

Der Mann hatte vielleicht Nerven. Aber Fiona wusste, dass sie nichts mehr von ihm zu erwarten hatte. Sie ging in die Küche.

Es stimmte, sie hatte nichts getan, dachte sie bei sich und stellte den Wasserkocher an. Nach einer Tasse Tee würde es ihr bestimmt wieder bessergehen. Ganze drei Wochen hatten dazwischengelegen, das sagte doch alles. Welcher Mann würde denn, bitte schön, drei Wochen warten? Sie goss den Tee auf. Außerdem hatte er so ruhig reagiert, hatte ihr höflich gedankt und ihr versichert, sie habe das Richtige getan. Wäre das alles Fionas Schuld gewesen, hätte er es sofort getan, nicht drei Wochen später. Sie hatte getan, was sie für richtig hielt, beruhigte sie sich selbst. Sie hatte versucht, im Sinne aller Beteiligten zu handeln. Kinder brauchten Stabilität. Und John hatte ein Recht darauf gehabt, von Katrinas Plänen zu erfahren. Ein Mann hatte ein Recht auf seine Frau. Ein Mann hatte ein Recht auf seine Kinder.

Fiona erblickte ihr Spiegelbild im metallenen Wasserkocher. Ihr Gesicht war verquollen und rot, sie wandte sich schnell ab. Es war zwar niemand hier, der sie hätte sehen können, aber auch sie sah sich selbst nicht gern so hässlich.

5

Schwer zu sagen, wem Tommys Tränen unangenehmer waren, Malcolm oder ihm selbst. Malcolm saß erst einen Moment wie gelähmt da, bevor er aufstand und seinem Neffen unbeholfen die Hand auf die Schulter legte. »Ist ja gut.«

Tommy schüttelte seine Hand nicht ab, also ließ Malcolm sie einfach dort liegen. »Ist ja gut«, sagte er noch mal.

Tommy wischte sich das Gesicht ab und atmete mehrmals tief ein und aus. »Tut mir leid.«

»Muss es nicht.«

»Mein Dad war immer stinksauer, wenn Nicky oder ich weinen mussten.«

»Meiner war genauso.« … *der Dreckskerl*, fügte Malcolm in Gedanken hinzu. Er setzte sich wieder.

»Die letzten Tage waren hart.« Tommy rieb sich die Augen und seufzte.

»Ich weiß.«

»Ich wollte mich die ganze Zeit schon bei dir entschuldigen.« Tommy sah Malcolm nicht an. »Ich hätte nicht so viele Jahre wegbleiben sollen oder mich zumindest mal melden können.«

»Ist doch jetzt nicht wichtig.«

»Finde ich schon. Das war dir und Heather gegenüber nicht in Ordnung.«

»Du konntest es eben nicht.«

Tommy schüttelte nur den Kopf. »Und ich hab keine Ahnung, was ich jetzt machen soll.«

Das Gefühl kannte Malcolm. »Erst mal nichts«, sagte er. »Ruh dich aus. Sollen wir später was kochen? Shepherds Pie hatten wir lange nicht mehr.« *Shepherds Pie hatten wir lange nicht mehr? Meine Güte, Malcolm, was Besseres ist dir nicht eingefallen?*

Doch Tommy schien den Vorschlag nicht abwegig zu finden. Er nickte langsam. »Klingt gut.«

Am nächsten Tag gingen sie zusammen in Richtung Craigmore. Malcolm wollte Tommy ablenken, damit die Trauer nicht zu viel Raum hatte, ihn müde machen, damit er endlich mal vernünftig schlief. Als Tommy an diesem Morgen in die Küche gekommen war, sah er aus, als habe er die ganze Nacht kein Auge zugemacht. Malcolm machte sich langsam ernsthafte Sorgen, dass der Junge von dem Schlafmangel krank werden könnte.

»Komm, wir gehen ein bisschen an die frische Luft«, hatte er deshalb nach dem Frühstück vorgeschlagen. »Ich will mal wieder nach den Robben gucken.«

Tommy protestierte nicht, sondern zog gehorsam wie ein Kind Stiefel und Regenjacke an.

Malcolm hatte gehofft, was auch immer so schwer auf Tommy lastete, würde draußen vielleicht ein wenig leichter werden, doch der Junge stapfte nur gedankenversunken und erschöpft neben ihm her. Er vergrub die Hände in den Taschen und hielt den Kopf gesenkt, blickte auf den mit Schlaglöchern überzogenen Asphalt und reagierte kaum auf Malcolms Bemerkungen zur Landschaft. Malcolm wusste nicht, wie er ihm helfen sollte.

Erst eine Stunde später, als sie endlich oben auf den Klippen angelangt waren und wieder an der eingestürzten Kapelle vorbeikamen, sagte Tommy plötzlich: »Ich muss dir was erzählen.«

Malcolm blieb automatisch stehen, doch Tommy lief weiter und sah sich auch nicht nach ihm um. Er schien diesen Spaziergang zu brauchen, das Wetter und das endlose Meer vor sich, um mit Malcolm über das reden zu können, was ihn so belastete. Er musste neben ihm laufen, nicht ihm gegenübersitzen und gezwungen sein, ihm ins Gesicht zu sehen. Also schloss Malcolm zu Tommy auf und hielt mit ihm Schritt.

»Es geht um die Nacht, als es passiert ist«, sagte Tommy. Seine Worte klangen dumpf, mechanisch, als würde es ihn einiges an Kraft kosten.

»Okay«, sagte Malcolm hilflos.

Als Tommy seine Schritte ein wenig beschleunigte, um vorzugehen, versuchte Malcolm nicht, mit ihm mitzuhalten, er ging nur so viel schneller, dass Tommy nicht lauter werden musste, um verstanden zu werden.

»Ich hab das nie jemandem erzählt. Mein ganzes Leben nicht.«

Oh Gott. Aber Malcolm wollte Tommys Schmerz unbedingt ein bisschen lindern, und wenn er dazu einen Teil davon selbst auf sich nehmen musste, würde er das tun. Her damit, dachte er. Tommy ging noch eine ganze Weile schweigend weiter, sodass Malcolm schon Sorge hatte, der Junge würde es am Ende doch nicht über sich bringen. Ob ihm das, was er hatte erzählen wollen, wohl letzte Nacht den Schlaf geraubt hatte?

»Was ist, Tommy?«, sagte er schließlich.

Tommy sprach schnell, als habe er auf die Aufforderung gewartet. »Es geht um Nicky.« Er ging immer schneller, Malcolm musste sein eigenes Tempo anpassen.

»Es ist meine Schuld, dass er tot ist«, fuhr Tommy hastig fort.

»Ist es nicht«, erwiderte Malcolm reflexartig.

»Hör mir doch erst mal zu!« Tommy blieb stehen und sah ihn an. Malcolm blieb ebenfalls stehen. Er war ziemlich außer Atem. »Natürlich hat mein Dad ihn umgebracht«, sagte Tommy, »das weiß ich. Und ich hätte es nicht verhindern können. Ich weiß auch, dass ich noch ein Kind war, das muss mir keiner erklären. Ich weiß das alles, selbst wenn es mir manchmal schwerfällt, es zu akzeptieren. Aber da ist noch was anderes.«

»Sags einfach.«

»Ich kanns nicht!«

»Versuchs.«

»Es ist was ganz Schlimmes.« Tommy fummelte am Ärmel seiner Jacke herum.

»Ich habe schon jede Menge schlimme Sachen gehört, mich haut so schnell nichts aus den Latschen, keine Angst.«

»Du wirst mich danach hassen«, sagte Tommy und sah wieder auf. Sein Blick war verzweifelt.

»Kann ich mir nicht vorstellen. Sags mir einfach, Tommy.«

»Na gut. Na gut, ich machs.« Tommy holte tief Luft. »Du weißt ja, wie ich an dem Abend überlebt habe.«

Als hätten sie sich abgesprochen, setzten sie ihren Spaziergang Seite an Seite fort.

»Ich hab mich im Schlafzimmer meiner Eltern im Kleiderschrank versteckt«, fuhr Tommy fort. »Und mein Vater hat währenddessen alle anderen umgebracht. Er ist ins Zimmer gekommen, aber er hat nicht in den Schrank geguckt.«

Das wusste Malcolm alles bereits, doch er spürte, dass Tommy ihm die Geschichte von Anfang an erzählen musste, um sie überhaupt aussprechen zu können.

»Ich hab mich versteckt und bin einfach dortgeblieben, die ganze Nacht und den nächsten Tag lang, bis die Polizei gekommen ist und mich rausgeholt hat.«

Als er nicht sofort weitersprach, sagte Malcolm sanft: »Ich weiß.«

»Aber da ist noch was«, sagte Tommy. »Der Teil, den niemand kennt.« Wieder verstummte er und schwieg einen Moment. »Es ist das Schlimmste, was ich je getan habe. Ich verstehe immer noch nicht, wie ich das tun konnte. Ich hatte einfach so große Angst. Aber das ist keine Entschuldigung.«

Malcolm sah ihn an.

»Nicky ist reingekommen«, sagte Tommy. »Nicky ist ins Zimmer gekommen. Das weißt du vermutlich. Aber du weißt nicht, dass mein Vater nicht sofort hinterherkam. Er hat Nicky nicht reingejagt und dann erschossen. Nicky ist alleine reingekommen. Er hat ein Versteck gesucht, und er war ganz offensichtlich in Panik, und ihm fiel nichts ein. Er konnte nicht klar denken. Er muss mit angesehen haben, wie meine Mutter und Beth erschossen wurden. Ich hab im Schrank gesessen und ihn durch die Lamellen gesehen und hab nichts gesagt.« Er sprach so schnell, dass sich seine Worte fast überschlugen. »Ich hab ihm dabei zugeschaut, wie er ein Versteck sucht, und hab nichts gesagt. Ich hatte einfach so große Angst! Dann kam mein Vater rein und hat Nicky erschossen. Ich hab ihn sterben sehen. Und wenn ich was gesagt hätte, hätte Nicky sich mit mir im Schrank verstecken können, und entweder hätten wir beide überlebt, oder wir wären zusammen gestorben.«

Sie waren stehen geblieben und sahen aufs Meer hinunter. Malcolm wollte etwas erwidern, doch Tommy sprach schnell weiter.

»Ich weiß, was du jetzt sagst. Dass er uns beide gefunden und uns niemals am Leben gelassen hätte. Und dass Nicky trotzdem gestorben wäre, nur dass es mich dann eben auch erwischt hätte. Aber das wäre mir lieber. Ich dachte immer, ich wäre froh, überlebt zu haben. Aber mittlerweile bin ich mir sicher, es wäre besser gewesen, wenn ich mit ihm zusammen gestorben wäre. Das wäre besser, als alleine zu überleben und für immer zu wissen, dass ich ihn hab sterben lassen.«

Tommy rieb sich über das Gesicht. Er zitterte. Er sah Malcolm an, als wäre er bereit, den Zorn seines Onkels über sich ergehen zu lassen.

Malcolm wartete einen Augenblick, um sicherzugehen, dass Tommy nichts mehr hinzufügen wollte, und sagte schließlich sanft: »Es ist absolut nachvollziehbar, dass du das gemacht hast. Falls du es wirklich gemacht hast. Du warst ein Kind, und du hattest Todesangst.« Er hatte so viel Mitgefühl mit dem Jungen, dass ihm das Sprechen schwerfiel. Er griff nach Tommys Schulter. »Es ist wirklich absolut nachvollziehbar. Aber das kann so nicht stimmen. Zumindest nicht genau so, wie du es in Erinnerung hast. Nicky ist nicht im Schlafzimmer gestorben, sondern auf dem Treppenabsatz. Das kannst du gar nicht gesehen haben.«

Tommy runzelte die Stirn. »Ich weiß doch, was ich gesehen habe, Malcolm.«

»Und ich glaube, da irrst du dich.« Malcolm sprach so ruhig und deutlich, wie er konnte. »Deine Mum und Beth sind in der Küche gestorben, und Nicky oben im Flur, am Treppenabsatz. Da lag auch dein Dad, neben Nicky.«

»Nein, das stimmt nicht. Ich habe es doch *gesehen!*«

Malcolm schüttelte den Kopf. »Im Polizeibericht steht was anderes, auch in dem Brief, den ich bekommen habe. Da steht drin, wie die Polizei alles vorgefunden hat.«

»Also, selbst wenn das stimmt und sie Nicky am Treppenabsatz gefunden haben, heißt das nicht, dass mein Dad ihn nicht später da hingelegt hat.«

»Erinnerst du dich daran? Wie dein Dad ihn aus dem Schlafzimmer getragen hat?«, fragte Malcolm.

Tommy sah ihn unsicher an. »Nein. Aber … ich stand unter Schock, die Erinnerungen sind verschwommen.«

»Ich befürchte, dein Kopf hat sich da etwas Falsches

gemerkt. Die Polizei und die Leute von der Forensik, die können feststellen, wo jemand getötet wurde. Die gucken sich die …« Malcolm zwang sich, es auszusprechen. »Die gucken sich die Blutspritzer und die Blutflecken an, daran können die das sehen. Im Schlafzimmer haben sie fast keine gefunden. Dort war fast kein Blut. Nur … die Fußspuren von deinem Vater.«

Tommy schüttelte fassungslos den Kopf. »Dann kann ich also gar nicht gesehen haben, wie er gestorben ist?«

»Nein.«

»Dann muss er erst ins Schlafzimmer gekommen und wieder rausgerannt sein«, überlegte Tommy.

»Keine Ahnung. Vielleicht. Aber lag das Schlafzimmer nicht am anderen Ende vom Flur? Das war nicht gleich vorn am Treppenabsatz, oder? Nicky müsste den ganzen Flur runtergelaufen und wieder nach vorn gerannt sein.«

»Muss er wohl«, sagte Tommy. »Ich weiß noch genau, wie er sich im Zimmer umgesehen hat. Ich weiß, wie ich ihn durch die Lamellen beobachtet habe. Er *muss* ins Zimmer gekommen sein.«

»Vielleicht ist er das«, sagte Malcolm. »Kann ja sein.«

»Ich *muss* ihn gesehen haben«, sagte Tommy. Er ballte die Fäuste. »Aber es ist alles so durcheinander. Ich kann nicht sagen, was wahr ist und was nicht.«

Malcolm schwieg. Wie könnte er Tommy nur trösten? Plötzlich machte Tommy kehrt und lief zurück. Malcolm hastete hinterher. Etwas außer Atem, hatte er ihn schließlich wieder eingeholt.

»Es fühlt sich wahr an, verstehst du?« Tommy sprach, ohne Malcolm anzusehen. »Egal, wie es genau war, es fühlt sich auf jeden Fall wahr an, dass ich ihn verraten habe.«

»Ich weiß.« Das konnte Malcolm besser nachvollziehen, als ihm lieb war: Manchmal war die Wahrheit das, was man fühlte, nicht das, was man vom Kopf her wusste. Er zwang sich, endlich der Tatsache ins Gesicht zu sehen, dass Heather und er Fehler gemacht hatten. Sie hatten versucht, Tommy abzulenken, ihn auf andere Gedanken zu bringen, sie wollten ihm helfen, die Sache hinter sich zu lassen. Der Umgang mit einem traumatisierten Kind hatte sie völlig überfordert, und sie hatten deshalb alles falsch gemacht. Hätten sie doch nur mit Tommy über das geredet, was passiert war, hätten sie ihm doch den Raum gegeben, seine Version zu erzählen und die Wahrheit zu verstehen, dann hätte er diese unglaublichen Schuldgefühle nicht dreiundzwanzig Jahre lang allein mit sich herumgetragen. Das würde Malcolm sich nie verzeihen.

»Es kommt im Grunde auch nicht darauf an, ob Nicky ins Schlafzimmer gekommen ist oder nicht«, sagte er zu Tommy. »Du warst ein Kind, acht Jahre alt. Das darfst du nicht vergessen.«

Tommy schüttelte den Kopf. Er blieb stehen und wischte sich die Tränen ab. »Er ist gestorben, während ich mich versteckt habe. Alle sind sie gestorben, während ich mich versteckt habe. Der Teil bleibt nun mal wahr.«

»Damit hast du aber nichts falsch gemacht«, sagte Malcolm eindringlich. »Du hast nichts *falsch* gemacht, Tommy. Du hast nur überlebt.«

Tommy antwortete nicht. Irgendwann gingen sie weiter, zurück nach Hause.

Tommy ging sofort in sein Zimmer. Malcolm hörte, wie die Tür ins Schloss fiel. Er würde ihn lieber erst mal in Ruhe lassen, in seinem jetzigen Zustand drang nichts zu ihm durch. Natürlich wusste Malcolm auch nicht genau, wie alles an diesem schrecklichen Abend abgelaufen war. Aber egal, wie die Wahrheit lautete – Tommy hatte keinerlei Schuld am Ausgang der Tat, und es würde auch niemand überhaupt auf die Idee kommen, die Schuld dafür bei ihm zu suchen. Niemand außer Tommy selbst. Als Tommy einige Stunden später auftauchte, saß Malcolm am Küchentisch und las Zeitung. Er hörte ihn die Treppe herunterkommen und hatte gerade genug Zeit, sich innerlich darauf vorzubereiten, als Tommy den Raum betrat.

»Hi«, sagte er knapp und setzte Wasser auf. »Willst du auch einen Tee?«

»Gerne.«

»Ist wieder windiger geworden.«

»Mhm.«

Würden sie jetzt wirklich wieder in Small Talk zurückfallen? Nein, das würde er nicht zulassen. »Wie gehts dir?«, fragte er Tommy.

»Ganz okay«, sagte Tommy und warf Malcolm einen Blick über die Schulter zu. »Na ja, ehrlich gesagt, nicht so toll.«

Er widmete sich wieder seiner Aufgabe, holte die Teepackung und zwei Tassen aus dem Schrank.

Malcolm suchte nach den richtigen Worten, die es nicht zu geben schien. »Ich bin froh, dass du es mir gesagt hast«, sagte er schließlich.

Tommy blieb auf dem Weg zum Kühlschrank stehen. »Ich auch. Aber …«

»Aber?«

»Ich wüsste gern, was wirklich passiert ist. Diese Ungewissheit ist schwer zu ertragen. Ich bin die Sache tausendmal im Kopf durchgegangen, und ich bekomme die Fakten einfach nicht geordnet. Ich traue mir selbst nicht mehr.«

»Dein Vater hat die anderen umgebracht, und dich nicht, das ist passiert. Wie genau, spielt keine Rolle.«

»Für mich schon.«

»Es gibt sowieso kein Szenario, das sich für dich richtig anfühlen würde, oder? Ich glaube, dein größtes Problem ist, dass du überhaupt überlebt hast, nicht wahr?«

Tommy antwortete nicht. Er goss den Tee auf und trug die Tassen zum Tisch. Eine Zeit lang schwiegen beide. Malcolm nippte an seiner Tasse und sah Tommy an, der starrte jedoch aus dem Fenster in den dunklen Himmel.

»Ich wünschte, ich hätte dir schon damals sagen können, dass es überhaupt nicht deine Schuld war. Als du noch ein Kind warst«, sagte Malcolm.

Tommy zuckte mit den Schultern. »Ich hätte dir eh nicht zugehört.«

»Wir hätten umziehen sollen. Also danach. Heather hat das vorgeschlagen, aber ich wollte nicht. Leider hatte sie recht. Wir hätten mit dir woanders hinziehen müssen.«

»So was wird man nicht los, egal wo man wohnt«, sagte Tommy.

Wieder suchte Malcolm nach tröstenden Worten und

fand keine. Keine Entschuldigung könnte dem Geschehenen entsprechen. »Ich weiß, wie sich Schuld anfühlt, Tommy.«

»Du hast doch keinen Grund, dich schuldig zu fühlen.«

»Ich hätte besser auf dich aufpassen müssen. Er war immerhin mein Bruder.«

»Wie hättest du das wissen sollen.«

»Ich habe mir nie wirklich die Mühe gemacht, genauer darauf zu achten.« Malcolm hielt inne, um seine Gedanken zu sortieren. »Da war irgendwas, das einfach nicht gestimmt hat. Ich hätte es sehen müssen. Man hätte es auf jeden Fall sehen können.«

Tommy schüttelte den Kopf. »Nein. Das darfst du dir nicht vorwerfen, das ist Quatsch.«

»Wer weiß. Ist aber gar nicht so leicht, hm?«

Tommy rieb sich müde die Augen. »Nein.« Nach einem Moment fragte er: »Hast du eigentlich damals den kompletten Bericht gelesen?«

»Ja, in Oban sind die den mit mir durchgegangen. Und ich habe den Brief mit der Zusammenfassung noch, kannst du gern lesen, wenn du willst.«

»Lieber nicht. Aber weißt du noch, was drinsteht?«

»Nur die Fakten. Wie sie getötet wurden und wo. Die Obduktionsergebnisse. Die Schlussfolgerungen der Polizei und so. Dass dein Vater zuerst deine Mum, dann Beth und dann Nicky getötet hat und anschließend sich selbst. Gründe werden keine angegeben, auch wenn seine finanziellen Probleme kurz erwähnt werden.«

»Das ist doch kein Grund«, sagte Tommy.

»Ich weiß.«

Tommy schob den Tee von sich weg. »Es gab einfach keinen Grund. Nur ihn selbst. *Er* war der Grund.«

»Ja«, stimmte Malcolm zu.

»Ich denke die ganze Zeit daran, wie ruhig er an dem Abend war. Bevor es passiert ist, meine ich. Es gab Hähnchenfilet zum Abendessen. Aber, wer weiß, vielleicht stimmt diese Erinnerung auch nicht. Wobei ich mir das mit der Ruhe nicht einbilde, da bin ich mir wirklich sicher. Es gab überhaupt keine Vorwarnung, oder zumindest keine offensichtliche. Er muss das ganz genau geplant haben, jeden einzelnen Schritt.«

Malcolm nickte. Genauso ein Mensch war John.

Eine Weile sprach keiner von ihnen.

»Ich habe mich versteckt«, sagte Tommy schließlich. »Sie wurden umgebracht, und ich hab mich versteckt.«

»Und ich bin verdammt froh, dass du das gemacht hast«, erwiderte Malcolm.

6

Als John mit der Schrotflinte in die Küche kam, war Katrina zu ihrer eigenen Überraschung kaum schockiert. Vielleicht hatte sie seit einiger Zeit unbewusst geahnt, dass es dazu kommen würde. Natürlich würde er sie umbringen.

»Du verdammte Schlampe.« Für solche schlimmen Worte war seine Stimme sehr leise, ging es Katrina durch den Kopf. Sie war froh, dass er nicht herumschrie. Sie hatte Beth auf dem Arm, Nicky sah im Wohnzimmer fern, und Tommy war oben. Sie sollten keine Angst bekommen.

»Du elende Schlampe.« John schüttelte den Kopf. »Du willst also abhauen, hm? Und meine Kinder nimmst du auch gleich mit? Dämliche Nutte.«

Oh, dachte Katrina und war seltsam ruhig. Ich hätte vorsichtiger sein sollen. Wie lange er es wohl schon wusste? Tage? Wochen? Er hatte sich nichts anmerken lassen, hatte selbst beim Abendessen vorhin noch ganz normal gewirkt. So was konnte er eben gut.

Sie sagte: »Lass mich wenigstens Beth kurz zu Nicky ins Wohnzimmer bringen.«

»Du bleibst schön, wo du bist, du verfickte Nutte.«

Auch gut. Katrina setzte Beth vorsichtig auf den Fußboden. »So, meine Süße. Mommy nimmt dich gleich wieder, ja?«

Sie hatte erwartet, Beth würde protestieren, aber das tat sie nicht. Sie zog sich nicht mal an der nächsten Schranktür hoch wie sonst immer, sondern blieb tatsächlich sitzen, blickte mit großen Augen zu Katrina hoch und streckte die Hand nach ihrem Bein aus.

John sah überhaupt nicht aufgebracht aus, wie sie es vielleicht erwartet hätte. Er sah aus wie immer. Seine Hände, die die Waffe hielten, waren völlig ruhig. Ihre eigene seltsame Gelassenheit hingegen war lediglich die Folge ihrer Todesangst. Beim Anblick der Schrotflinte war sie in eine Art Halbwelt vorgedrungen, die hinter der normalen Angst lag. So etwas hatte sie noch nie erlebt, es fühlte sich an wie eine außerkörperliche Erfahrung.

»John, bitte nimm die Waffe runter. Egal was ich gemacht habe, es tut mir leid. Ich würde dich nie verlassen. Du bist doch mein Mann.«

»Hör auf zu lügen! Natürlich wirst du mich nicht verlassen, du dämliche Schlampe, aber nur, weil ich dich nicht lasse!«

Es sah nicht gut aus. Katrina wusste es. Einen Augenblick lang lief vor ihren Augen ihre gesamte Beziehung mit John ab, wie er sie getäuscht hatte, und wie sie selbst zu dieser Täuschung beigetragen hatte. Sie hatte etwas Bestimmtes von ihm gewollt und nur das gesehen, was zu dieser Vorstellung von ihm passte, zu dieser Idee, die sie sich zusammengeträumt hatte. Sie hatte sich Stärke in ihm gewünscht und deshalb Stärke gesehen, wo es in Wirklichkeit nur entsetzliche Schwäche gab. Der Mann, den sie geheiratet hatte, war ein Produkt ihrer Fantasie. Dennoch trug er die Hauptschuld, hatte sie in die Falle gelockt, und mittlerweile war sie überzeugt, dass er das mit voller Absicht getan hatte. Er hatte sie gesehen und sofort erkannt, wie formbar sie war. Er hatte viel weiter vorausgedacht als Katrina. Aber letztendlich hatte er sie nur täuschen können, weil sie sich hatte täuschen lassen wollen.

Er würde sie umbringen und sich hinterher immer noch für einen anständigen Menschen halten. Er würde sie umbringen, weil er meinte, dass ihm das zustand.

Wenn ich bloß noch mal zurückkönnte, dachte sie. Wenn ich mein Leben doch noch mal von vorne anfangen könnte.

Aber es gab kein Zurück, und außerdem hätte sie ihre Kinder auch um nichts in der Welt missen wollen. Meine lieben, lieben Kinder, dachte sie. Nein, selbst wenn sie es könnte, würde sie die Zeit nicht zurückdrehen und ihre Kinder damit ungeschehen machen. Oder vielleicht doch. Sie wollte nicht sterben. Sie sah so gern die Sonne am späten Nachmittag über der Heide stehen. Und das Meer! Erfrischend, aber selbst im Sommer so kalt, dass es einem den Atem nahm. Auf ihrem Nachttisch lag ein Roman, den sie noch zu Ende lesen wollte. Sie wollte auch Glasgow noch mal wiedersehen.

Sie wollte das alles nicht aufgeben.

John hielt weiterhin die Schrotflinte auf sie gerichtet

und schrie mittlerweile doch. Katrina war sich nicht sicher, ob sie ihn jemals zuvor schreien gehört hatte. Vielleicht kamen ihm gerade Zweifel, und er versuchte, sich dadurch Mut zu machen. Es war nicht zu ihr durchgedrungen, was er genau gesagt hatte, aber das war jetzt auch egal. Wichtig war nur die winzige Chance, die sie noch hatte, um zu retten, was zu retten war.

Sie würde ihn nicht bitten, dafür kannte sie ihn zu gut. Stattdessen sagte sie möglichst besonnen: »Ja, ich bin ein schlechter Mensch, John. Das weiß ich. Aber die Kinder nicht. Sie sind deine Kinder. Sie kommen nach dir.«

Er würde den Kindern nicht wehtun, da war sie sich sicher. Fast sicher.

»Sie sehen aus wie du. Besonders Tommy.« Er hatte Tommy immer am wenigsten gemocht. »Aber die anderen auch, das haben mir schon so viele gesagt.«

Sie hoffte, dass Malcolm und Heather sie nehmen würden, wenn alles vorbei war. Wenn nicht, gab es noch Jill. Sie vertraute Jill, sie würde sie nicht in die Nähe ihrer Mutter lassen. Egal, was passierte, wenigstens hätten sich die drei immer noch gegenseitig.

Sie schaute auf Beth hinunter, auf ihre weichen Haare. Noch waren sie goldblond. Würden sie später dunkler werden? Würden sie widerspenstig werden wie Nickys oder glatt wie Tommys?

Ich hätte so gerne gelebt, dachte Katrina.

7

Als Tom erwachte, fühlte er sich wie gerädert. Er hatte so tief geschlafen wie schon seit Jahren nicht mehr, aber es blieb das Gefühl, dass er seine Erschöpfung niemals würde ablegen können, egal wie viel Schlaf er bekäme.

Unten räumte Malcolm gerade die Küche auf. »Na, gut geschlafen?«

»Jep. Aber immer noch müde.«

Tom machte sich eine Schüssel Müsli und verschüttete dabei die Hälfte.

»Wundert mich nicht.« Malcolm zog die Gummihandschuhe aus und stellte die Putzmittel zurück in den Schrank. »Ich muss nachher einkaufen, und Kathy hat angerufen, ein Regal bei ihr im Laden ist zusammengekracht, das mache ich dann in einem.«

»Brauchst du Hilfe?«

»Nein, das schaff ich allein.«

Tom setzte sich mit seinem Müsli an den Tisch und fing an zu essen.

Malcolm sah ihm eine Weile zu. »Also, gegen Gesellschaft hätte ich allerdings nichts.«

Eine halbe Stunde später fuhren sie los.

Tom betrachtete die vorbeiziehende Landschaft aus dem Autofenster und versuchte zu ergründen, wie es ihm eigentlich ging. Er horchte in sich hinein, bekam jedoch keine Antwort. Er fühlte sich leer, als hätte ihm das gestrige Geständnis alle Energie geraubt. Unangenehm war ihm dieser Zustand nicht unbedingt. Es war keine innere Ruhe, aber doch wenigstens etwas Ähnliches.

Als sie auf der östlichen Seite der Insel ankamen, fing es an zu nieseln.

»Weißt du noch, Nicky fand Regen toll«, sagte Malcolm unverhofft.

Zu seiner Erleichterung konnte Tom sich tatsächlich gut erinnern. »Stimmt. Wenn es geregnet hat, wollte er immer sofort mit mir draußen spielen. Verrückt.«

»Du mochtest Sonne lieber.«

»Ja, klar, wie jeder normale Mensch.«

»Nicky ist dann pitschnass nach Hause gekommen, und deine Mutter hat die Hände über'm Kopf zusammengeschlagen.«

Tom sah wieder aus dem Fenster, blickte auf das graue Meer, das sich neben der Straße unter einem feinen Regenschleier erstreckte. Beth war auch eine Wasserratte. Manchmal waren Nicky und er mit ihr ans Meer gegangen und hatten sie abwechselnd festgehalten, während sie im flachen Wasser planschte. Bei dem Gedanken spürte Tom wieder etwas, da war ein Schmerz in seiner Brust, tief und dumpf.

»Ich hab nie verstanden, wieso er mich am Leben gelassen hat, wieso er mich nicht gesucht hat. Nicky war sein Liebling, und Beth war so klein. Wieso hat er mich am Leben gelassen und die beiden nicht?«

»Keine Ahnung, du«, erwiderte Malcolm. »Aber es war sicher keine bewusste Entscheidung.«

»So hat es sich auch nie angefühlt.« Tom nahm die Landschaft wahr, die sich veränderte, je näher sie Orsaig kamen, die Hügel flachten ab, und langsam tauchten die ersten Häuser auf. »Ich weiß nicht, wie ich damit leben soll.«

Malcolm schwieg. Erst als sie den Hafen sehen konnten, sagte er schließlich: »Ich auch nicht. Das frage ich mich bis heute.«

Als sie in den Laden kamen, wurden sie fröhlich von Kathy begrüßt, und dann prompt von ihr allein gelassen, weil sie kurz nach nebenan zur Post musste. Tom sollte in ihrer Abwesenheit kassieren, wovon er nicht die geringste Ahnung hatte, und Malcolm machte sich an die Reparatur des Regals.

Tom stützte die Ellenbogen auf den Ladentisch und sah seinem Onkel zu, wie er die schiefen Halterungen gerade bog.

»Ich sollte wohl bald wieder verschwinden, zurück aufs Festland.«

Malcolm hielt kurz inne. »Hat keine Eile, wenn's nach mir geht.«

»Ich weiß. Aber ich kann nicht für immer hierbleiben.«

»Was spricht dagegen?«

Tom lächelte. »Ich mach mich nicht gut als Landwirt, Malcolm. Und ich muss auch endlich mal den ganzen Kram bearbeiten, den ich mit mir rumschleppe. Kann ich ja nicht ewig vor mir herschieben.«

Malcolm nickte. Er passte die Regalbretter vorsichtig in die Halterungen ein. »Was hast du genau vor?«

»Ich glaub, ich versuchs mal in Glasgow. Da müsste man doch Arbeit finden können. Ich mach eigentlich alles.«

»Versteh ich. Aber wie gesagt, keine Eile. Schlaf noch mal drüber, am besten mehr als eine Nacht.«

»Klar.« Aber Tom wusste, er wollte weg. »Soll ich uns heute Abend noch mal Nudeln mit Champignonsoße machen?«

»Gerne.« Malcolm hob das fertige Regal an. »Kannst du mal kurz das andere Ende …?«

Tom packte mit an, und sie hoben es gemeinsam hoch, um es in die Wandhalterung einzulegen.

»Tommy, du bist zu hoch«, sagte Malcolm, nachdem sie eine Weile hin und her manövriert hatten, ohne das Brett an die Wand zu kriegen.

»Nee, du bist zu niedrig«, widersprach Tom, woraufhin Malcolm lachen musste.

»Halt bitte ein bisschen tiefer, ja?«, sagte er. »Nicht *so* tief!« Schließlich, schon leicht genervt: »Lass mich lieber alleine machen. Du machst es eher schlimmer als besser.«

Tom ließ los und trat gehorsam einen Schritt zurück. Einen Augenblick später war das Regal an seinem Platz.

In dem Moment kam Kathy zurück, begutachtete Malcolms Werk und strahlte. »Wie neu! Männer sind manchmal eben doch nützlich. Danke, ihr zwei!«

»Mhm«, knurrte Malcolm. »Tommy war echt eine große Hilfe.«

Malcolm begann, sich mit Kathy zu unterhalten, und suchte unterdessen seine Einkäufe zusammen. Tom sah derweil aus dem Fenster. Ein Auto hielt vor der Post. Es war Fiona McKenzie. Er überlegte einen Moment, dann sagte er Malcolm, er gehe für fünf Minuten vor die Tür.

Auf der Treppe vor der Post holte er Fiona ein.

»Fiona!«, sagte er. Sie zuckte zusammen. »Entschuldige. Ich wollte kurz Hallo sagen.«

»Hallo«, gab Fiona kühl zurück und wollte weitergehen.

»Ich wollte mich wegen neulich entschuldigen«, sagte Tom schnell. »Tut mir leid, dass ich so unhöflich war. Das war nicht in Ordnung.«

Fiona zögerte einen Moment, dann nickte sie. »Hat ja jeder mal einen schlechten Tag.«

Tom versuchte ein Lächeln. »Ich hab besonders viele, glaub ich.«

Fiona hatte sich schon wieder den Stufen zugewandt, drehte sich aber noch mal zu ihm um. »Es geht nicht gegen dich persönlich, wirklich nicht.«

»Ich weiß.«

»Es ist nur nicht leicht für die Leute hier, dich wiederzusehen.«

Tom zwang sich, ruhig zu antworten. »Kann ich mir vorstellen, da kommen natürlich die ganzen Erinnerungen wieder hoch. Was mein Vater getan hat, hatte ja Auswirkungen auf die gesamte Insel.«

»Es hat jeder sein Päckchen zu tragen«, erwiderte Fiona. »Es stimmt leider, dass er uns alle getäuscht hat.«

»Ja.«

»Und es stimmt leider«, fuhr sie etwas steif fort, »dass man gewisse Dinge besser hätte handhaben können.«

Tom wählte seine Worte sehr genau. »Es stimmt aber auch, dass niemand schuld ist an der Sache außer ihm.«

Am liebsten hätte er den Satz sofort zurückgenommen, denn Fiona wirkte plötzlich den Tränen nahe.

»Wohl wahr«, sagte sie, doch Tom meinte, etwas Merkwürdiges in ihrem Blick zu sehen.

Um sie zu trösten, sagte er: »Ich weiß, du warst gut befreundet mit meiner Mutter. Dafür wollte ich mich bei dir schon lange bedanken. Sie war bestimmt sehr froh, dass sie dich hatte.«

Er verstand nicht, wieso Fiona ihn daraufhin so bestürzt ansah und sofort davoneilte.

Ihm war noch nicht danach, zurück in den Laden zu gehen. Stattdessen spazierte er in Richtung Hafen. Er genoss den feinen Nieselregen im Gesicht. Durch den Nebel konnte er in der Ferne die Insel Jura ausmachen. Er musste daran denken, wie er oft mit Nicky am Hafen gestanden und Kieselsteine um die Wette geworfen hatte. Meistens gelangen Nicky die besseren Würfe, aber wenn Toms Steinchen doch einmal weiter flog als seiner, war er stets ein guter Verlierer: »Gut gemacht, Tommy! Super Wurf!«

Es wäre so ein herzlicher Mann aus ihm geworden, dachte Tom.

Vorsichtig versuchte er, das Gesicht seiner Mutter heraufzubeschwören. Viel mehr blieb ihm nicht von ihr. Zu den Problemen seines Vaters gehörte auch, dass er immer im Mittelpunkt hatte stehen müssen. Ein paar Jahre zuvor hatte Tom sich endlich an die Berichterstattung über die Tat gewagt, doch mehr als ein paar Absätze des ersten Zeitungsartikels hatte er nicht ertragen. Es ging hauptsächlich um seinen Vater, wie viel ihm seine Familie angeblich bedeutet hatte, was für eine Stütze er in der Gemeinde gewesen sei, Spekulationen über sein Motiv und den Grund dafür, dass ihm »die Sicherung durchgebrannt« war. Toms Mutter ging ganz unter dabei, bekam lediglich eine Maske auf mit den verschiedenen Gesichtern, die man ermordeten Frauen zudachte: das hilflose Opfer, die aufopferungsvolle Märtyrerin oder die launische Ehefrau, die es irgendwie sogar verdient hatte.

Tom wollte seine Mutter zurück. Er hatte seinen Vater satt.

Obwohl er mit der Entscheidung zufrieden war, die Insel zu verlassen, wusste er genau: Egal wie weit er sich entfernte, er würde sich nie sicher fühlen, hätte immer eine gewisse Angst vor Männern und würde in Bezug auf Frauen seine Motive hinterfragen. Die alte Angst stieg wieder in ihm auf. Er konnte der Tragödie von damals nicht entkommen. Niemals. Aber er hatte genau deshalb den Großteil seines Lebens in einem Schrank verbracht, und er war diese Enge so leid. Er sehnte sich nach Raum zum Atmen, und er sehnte sich nach Licht. Dabei kam ihm immer wieder die Brutalität seines Vaters in den Sinn. Was konnte Tom für ein Mann sein, mit dem Vermächtnis seines Vaters? Man konnte nicht anders werden, wenn man nur das eine vorgelebt bekommen hatte.

Und dann drehte er sich um und sah seinen Onkel aus

dem Laden treten. Malcolm ging leicht vornübergebeugt und wirkte etwas heruntergekommen in seinem alten Regenmantel und Heathers Jutebeutel über der Schulter. Seine Gestalt war Tom mittlerweile so vertraut. Malcolm lächelte, als er ihn sah, und Tom winkte ihm zu, völlig überrascht von der Welle der Erleichterung, die er beim Anblick seines Onkels verspürte. Er lief rasch auf ihn zu.

8

Drei Tage später standen Malcolm und Tommy am Hafen und sahen der Fähre entgegen. Ein paar Autos warteten ebenfalls, aber Tommy würde der einzige Passagier ohne eigenes Fahrzeug sein.

Die normale Fähre war zur Reparatur, deshalb fuhr eine andere, größere als sonst. Das hatte man ihnen schon gesagt, als sie Tommys Ticket kauften, aber als sie die Fähre nun vor sich sahen, wirkte sie geradezu absurd groß für die Handvoll Menschen, die sie übers Meer bringen sollte.

»Hast du genug Geld?«, fragte Malcolm und ärgerte sich, dass er erst jetzt daran dachte. »Bis du dich eingelebt hast, meine ich. Ich kann dir gern was leihen.«

Tommy schüttelte den Kopf. »Ich hab noch was gespart, ich komm klar. Außerdem wohnt ein Freund von mir dort, den ich noch aus der Uni kenne. Bei dem komme ich ein oder zwei Wochen unter, bis ich eine eigene Wohnung gefunden habe.« Als er Malcolms überraschten Blick bemerkte, lachte er. »Ich habe tatsächlich Freunde, ob du's glaubst oder nicht.«

»Ja, natürlich«, sagte Malcolm hastig.

Sie schauten der Fähre zu, der schwerfällige Metallklotz passte genauso wenig zu Litta wie ein Hochhaus.

»Komm wieder, wenn es in Glasgow nicht klappt, ja?«, sagte Malcolm.

»Mach ich.«

»Dann ist gut.«

Tommy sah auf das Meer hinaus. »Ich dachte eh, ich komm dich ab und zu besuchen. Im Sommer vielleicht.«

»Du hast immer ein Zimmer bei mir.« Malcolm gab sich Mühe, genauso unbeteiligt zu klingen wie Tommy.

Das Bugtor öffnete sich, und ein paar Autos fuhren heraus, Leute von der Insel, die in Oban einkaufen gewesen waren. Am Ende folgte das Postauto. Der einzige Fußgänger, der ausstieg, war Ross. Er blieb neben den beiden stehen.

»Du gehst wohl wieder los?«, fragte er Tommy.

»Ja.«

»Kommst uns aber besuchen, oder?«

»Wahrscheinlich im Sommer.«

»Na, das will ich hoffen.« Ross drückte Tommy kurz die Schulter. Malcolm verzieh ihm in dem Moment jede Situation, in der er ihn genervt hatte. Ross stand da im Regenmantel, mit seinen vom Wind zerzausten Haaren und seinem ehrlichen Gesicht, und grinste. »War schön, dich mal wiederzusehen, Tommy. Und, Malcolm? Sehen wir uns heute Abend im Pub?«

»Ich komm auf jeden Fall auf ein Bier vorbei.«

»Alles klar. Man sieht sich!« Damit ging Ross seiner Wege.

Nachdem er gegangen war, herrschte ein kurzes Schweigen. Dann sagte Malcolm: »Ich glaub, du musst an Bord.«

»Nicht, dass die ohne mich fahren, hm?« Tommy setzte seinen Rucksack auf. Plötzlich wirkte er schüchtern. »Danke für alles.«

Malcolm nickte. »Pass auf dich auf.« Er hatte das Gefühl, das wäre nicht genug, er müsste Tommy noch mehr mit auf den Weg geben. Aber es war ihm ja schon immer schwergefallen, in Worte zu fassen, was er fühlte.

»Du auch«, sagte Tommy. Sie sahen einander an. »Machs gut.« Tommy wandte sich zum Gehen.

»Tommy.« Malcolm griff nach seinem Arm. »Ich wollte … du weißt das bestimmt selbst, aber ich wollte es dir auch noch mal sagen. Du hast überhaupt nichts von deinem Vater.«

Tommy sah ihn ernst an, nickte und lächelte kurz. »Danke. Ich geb mir alle Mühe.«

Malcolm sah ihm zu, wie er an Bord ging, und wartete darauf, dass er auf dem Oberdeck auftauchte, damit er ihm winken konnte. Er musste daran denken, wie Heather und Tommy zwanzig Jahre zuvor mit der Fähre abgefahren waren. Jill erwartete die beiden in Glasgow, würde Tommy mitnehmen, und Heather würde allein zurück nach Litta fahren. Er musste daran denken, wie er auch damals gewartet und seinem Neffen zugewunken hatte, als er die Insel verließ. Tommy, klein, blass und sehr ernst, stand neben Heather und winkte Malcolm nicht zurück. Wer konnte ihm das verübeln?

Mehr als jemals zuvor wünschte Malcolm sich, dass Heather noch am Leben wäre und Tommy wiedersehen könnte. Sie hätte sich so gefreut. Aber man konnte nicht sein ganzes Leben nur an den Toten ausrichten. Das Leben war ein ewiger Kampf, eine lange, schwarze Nacht, und man sollte einfach dankbar sein für die Zeit, die man mit den Menschen verbringen durfte, die man liebte.

An Bord kam Tom die Fähre sogar noch größer vor als vom Hafen aus. Sie war fast leer. Während er darauf wartete, dass die Motoren ansprangen, verschaffte er sich einen Überblick, indem er langsam von einer leeren Lounge zur nächsten wanderte, eine wie die andere, alle mit Karoteppich ausgelegt, alle mit dem Flair eines Konferenzzentrums. Riesige leere Räume mit großen Fenstern, in denen Tom allein dastand, um sich herum das Meer.

Ein älteres Paar gesellte sich zu ihm, beide mit einem Kaffeebecher in der Hand. Sie kamen Tom nicht bekannt vor, aber er verließ trotzdem die Lounge – für den Fall, dass sie auf die Idee kamen, sich mit ihm zu unterhalten. Er kaufte sich einen Kaffee an einem kleinen Stand. Der Mann hinter der Theke war so alt, dass Tom sich fast Sorgen machte, ob er das Ende der Überfahrt noch erleben würde. Da sprangen die Motoren an und ließen die Fähre erzittern. Tom ging zurück aufs Oberdeck, um von dort zuzusehen, wie die Insel kleiner wurde.

Zu seiner Überraschung stand Malcolm immer noch da. Tom winkte ihm kurz, und Malcolm winkte zurück, blieb stehen und sah der Fähre zu, wie sie in aller Ruhe ablegte.

Tom atmete die frische, salzige Luft tief ein. Er erinnerte sich gut, als er das letzte Mal die Insel verlassen hatte, wie er neben Heather stand, die Hände um die kalte Reling geklammert, und sich wütend vornahm, nie wiederzukommen. Zumindest dachte er, dass er sich gut daran erinnerte, aber konnte er sich darauf noch verlassen? Viele seiner Erinnerungen waren nicht mehr die ursprünglichen. So funktionierte der Mensch. Man fügte die einzelnen Teile der Erinnerungen zu einem Muster zusammen, das einen Sinn ergab, und erzählte sich damit selbst die Geschichte seines Lebens.

Malcolm wurde immer kleiner, die Küste verschwamm, und irgendwann würde ringsum nur noch offenes Meer sein. Tom sah den Tölpeln zu, die über den schwarzen Felsen weiter draußen hin und her flogen. Auf die Menschen der Insel übte das Meer keine Faszination mehr aus, obwohl es doch die Grenzen ihrer Welt definierte. Trotzdem hatten sie sich von ihm abgewandt, sich auf das Inselinnere konzentriert. Vielleicht lag darin gar keine Resignation, sondern ein Aufbegehren?

Der Himmel klarte auf. Tom beugte sich über die Reling und betrachtete das Wasser, das zu weißem Schaum aufgewühlt wurde. Kurz darauf brach die Sonne durch die Wolken und verlieh dem Meer ein tiefes, sattes Blau. Er konnte Malcolm nicht mehr erkennen, nur noch gerade so die Umrisse von Litta, die Heidelandschaft drum herum mit ihren kleinen Anhöhen und Senken, die Felsen, die über das Meer hinausragten. Die Insel entfernte sich nun immer schneller und ihre schreckliche Schönheit mit ihr. Gleich wäre sie ganz verschwunden. Während er dabei zusah, spürte er auf einmal Nicky an seiner Seite, und dann seine Mutter mit Beth auf dem Arm. Stumm standen sie neben ihm, seine Gefährten, aufmerksam und geduldig. Sie waren ihm nicht sehr vertraut, nach so vielen Jahren, er kannte sie eigentlich fast gar nicht, wenn er ehrlich war, und dennoch blieben sie bei ihm. Stille Fremde. Er wollte sie nicht länger vertreiben. Ach, meine Geister der Vergangenheit, dachte er. Meine lieben Geister. Kommt mit, wir versuchen unser Glück in Glasgow.